鏡地獄

江戸川乱歩

角川文庫
21509

目次

人間椅子

佳子《よしこ》は、毎朝、夫の登庁を見送ってしまうと、それはいつも十時を過ぎるのだが、やっと自分のからだになって、洋館のほうの、夫と共用の書斎へ、とじこもるのが例になっていた。そこで、彼女は今、K雑誌のこの夏の増大号にのせるための、長い創作にとりかかっているのだった。

美しい閨秀作家としての彼女は、このごろでは、外務省書記官である夫君の影を薄く思わせるほども、有名になっていた。彼女のところへは、毎日のように未知の崇拝者たちからの手紙が、幾通となく送られてきた。

けさとても、彼女は書斎の机の前に坐ると、仕事にとりかかる前に、先ず、それらの未知の人々からの手紙に目を通さねばならなかった。

それはいずれも、極《き》まりきったように、つまらぬ文句のものばかりであったが、彼女は、女のやさしい心遣いから、どのような手紙であろうとも、自分にあてられたものは、ともかくも、ひと通りは読んでみることにしていた。

簡単なものから先にして、二通の封書と、一葉のはがきを見てしまうと、あとにはかさ高い原稿らしい一通が残った。別段通知の手紙は貰っていないけれど、そうして突然原稿を送ってくる例は、これまでにもよくあることだった。それは、多くの場合長々しく退屈きわまる代物であったけれど、彼女はともかくも、表題だけでも見ておこうと、封を切って、中の紙束を取り出してみた。

それは、思った通り、原稿用紙を綴じたものであった。が、どうしたことか、表題も署名もなく、突然「奥様」という、呼びかけの言葉ではじまっているのだった。はてな、では、やっぱり手紙なのかしら。そう思って、何気なく二行三行と目を走らせて行くうちに、彼女はそこから、なんとなく異常な、妙に気味わるいものを予感した。そして、持ち前の好奇心が、彼女をして、ぐんぐん先を読ませて行くのであった。

奥様、

奥様のほうでは、少しも御存じのない男から、突然、このようなぶしつけなお手紙を差し上げます罪を、幾重にもお許しくださいませ。

こんなことを申しあげますと、奥様は、さぞかしびっくりなさることでございましょうが、私は今、あなたの前に、私の犯してきました世にも不思議な罪悪を告白しようとしているのでございます。

私は数か月のあいだ、全く人間界から姿を隠して、ほんとうに悪魔のような生活を続けてまいりました。もちろん、広い世界に誰一人、私の所業を知るものはありません。もし、何事もなければ、私はそのまま永久に、人間界に立ち帰ることはなかったかもしれないのでございます。

ところが、近頃になりまして、私の心に或る不思議な変化が起こりました。そして、どうしても、この、私の因果な身の上を、懺悔しないではいられなくなりました。ただ、かように申しましたばかりでは、いろいろ御不審におぼしめす点もございましょうが、どうか、ともかくも、この手紙を終りまでお読みくださいませ。そうすれば、なぜ、私がそんな気持になったのか、またなぜ、この告白を、殊さらに奥様に聞いていただかねばならぬのか、それらのことが、ことごとく明白になるでございましょう。

さて、何から書きはじめたらよいのか、あまりに人間離れのした、奇怪千万な事実なので、こうした、人間世界で使われる手紙というような方法では、妙に面はゆくて、筆の鈍るのを覚えます。でも、迷っていても仕方がございません。ともかくも、ことの起こりから、順を追って、書いて行くことにいたしましょう。

私は生れつき、世にも醜い容貌の持主でございます。これをどうか、はっきりと、お覚えなすっておいてくださいませ。そうでないと、もしあなたが、このぶしつけな願いを容れて、私にお会いくださいました場合、たださえ醜い私の顔が、長い月日の不健康な生活のために、二た目と見られぬひどい姿になっているのを、なんの予備知識もなしに、あなたに見られるのは、私としては、たえがたいことでございます。

私という男は、なんと因果な生れつきなのでありましょう。そんな醜い容貌を持ちながら、胸の中では、人知れず、世にも烈しい情熱を燃やしていたのでございます。私は、お化けのような顔をした、その上ごく貧乏な、一職人にすぎない私の現実を忘れて、身のほど知らぬ、甘美な、贅沢な、種々さまざまの「夢」にあこがれていたのでございます。

私がもし、もっと豊かな家に生れていましたら、金銭の力によって、いろいろの遊戯にふけり、醜貌のやるせなさを、まぎらすことができたでもありましょう。それともまた、私に、もっと芸術的な天分が与えられていましたなら、たとえば美しい詩歌によって、この世の味気なさを忘れることができたでもありましょう。しかし、不幸な私は、いずれの恵みにも浴することができず、哀れな、一家具職人の子として、親譲りの仕事によって、その日その日の暮らしを立てて行くほかはないのでございました。

私の専門は、さまざまの椅子を作ることでありました。私の作った椅子は、どんなむずかしい注文主にも、きっと気に入るというので、商会でも、私には特別に目をかけて、仕事も、上物ばかりを、廻してくれておりました。そんな上物になりますと、凭《もた》れや肘掛けの彫りものに、いろいろむずかしい注文があったり、クッションのぐあい、各部の寸法などに、微妙な好みがあったりして、それを造る者には、ちょっと素人の想像できないような苦心がいるのでございますが、でも、苦心をすればしただけ、できあがったときの嬉しさというものはありません。生意気を申すようですけれど、その心持は、芸術家が立派な作品を完成したときの喜びにも、比ぶべきものではないかと存じます。

ひとつの椅子ができあがると、私は先ず、自分でそれに腰かけて、坐りぐあいをためしてみます。そして、味気ない職人生活のうちにも、そのときばかりは、なんともいえぬ得意を感じるのでございます。そこへは、どのような高貴の方が、或いはどのような美しい方がおかけなさることか。こんな立派な椅子を注文なさるほどのお屋敷だから、そこには、きっとこの椅子にふさわしい、贅沢な部屋があるのだろう。壁には定めし、有名な画家の油絵がかかり、天井からは、偉大な宝石のようなシャンデリヤが下がっているにちがいない。床には高価なジュウタンが敷きつめてあるだろう。そして、この椅子の前のテーブルには、眼の醒めるような西洋草花が、甘美な薫りを放って、咲き乱れていることであろう。そんな妄想に耽っていますと、なんだかこう、自分が、その立派な部屋のあるじにでもなったような気がして、ほんの一瞬間ではありますけれど、なんとも形容のできない、愉しい気持になるのでございます。

私のはかない妄想は、なお、とめどもなく増長してまいります。この私が、貧乏な、醜い、一職人にすぎないこの私が、妄想の世界では、気高い貴公子になって、私の作った立派な椅子に腰かけているのでございます。そして、そのかたわらには、いつも私の夢に出てくる、美しい私の恋人が、におやかにほほえみながら、私の話に聞き入っております。そればかりではありません。私は妄想の中で、その人と手をとり合って、甘い恋の睦言を、ささやき交わしさえするのでございます。

ところが、いつの場合にも、私のこのフーワリとした紫の夢は、たちまちにして、近所のおかみさんのかしましい話し声や、ヒステリーのように泣き叫ぶ、そのあたりの病児の声に妨げられて、私の前には、またしても、醜い現実が、あの灰色のむくろをさらけ出すのでございます。現実に立ち帰った私は、そこに、夢の貴公子とは似てもつかない、哀れにも醜い自分自身の姿を見出します。そして、いまの先、私にほほえみかけてくれたあの美しい人は……そんなものが、全体どこにいるのでしょう。その辺に、埃まみれになって遊んでいる、汚ならしい子守女でさえ、私なぞには、見向いてもくれはしないのでございます。ただひとつ、私の作った椅子だけが、今の夢の名残りのように、そこにポツネンと残っております。でも、その椅子は、やがて、いずことも知れぬ、私たちのとは全く別の世界へ、運び去られてしまうのではありませんか。

私は、そうして、ひとつひとつ椅子を仕上げるたびごとに、言い知れぬ味気なさに襲われるのでございます。その、なんとも形容のできない、いやあな、いやあな心持は、月日がたつに従って、だんだん、私には堪えきれないものになってまいりました。

「こんな、うじ虫のような生活をつづけて行くくらいなら、いっそのこと、死んでしまったほうがましだ」

私は、まじめに、そんなことを思います。仕事場で、コツコツと鑿《のみ》を使いながら、釘を打ちながら、或いは、刺戟の強い塗料をこね廻しながら、その同じことを、執拗に考えつづけるのでございます。

「だが、待てよ、死んでしまうくらいなら、それほどの決心ができるなら、もっとほかに、方法がないものであろうか。たとえば……」

そうして、私の考えは、だんだん恐ろしいほうへ、向いて行くのでありました。

ちょうどそのころ、私は、かつて手がけたことのない、大きな革張りの肘掛椅子の製作を頼まれておりました。この椅子は、同じY市で外人の経営している或るホテルへ納める品で、一体なら、その本国から取り寄せるはずのを、私の雇われていた商館が運動して、日本にも舶来品に劣らぬ椅子職人がいるからというので、やっと注文をとったものでした。それだけに、私としても、寝食を忘れてその製作に従事しました。ほんとうに魂をこめて、夢中になってやったものでございます。

さて、できあがった椅子を見ますと、私はかつて覚えない満足を感じました。それは、われながら、見とれるほどの見事なできばえだったのです。私は例によって、四脚ひと組になっているその椅子のひとつを、日当りのよい板の間へ持ち出して、ゆったりと腰をおろしました。なんという坐り心地のよさでしょう。フックラと、硬すぎず軟かすぎぬクッションのねばりぐあい、わざと染色を嫌って、灰色の生地のまま張りつけた、なめし革の肌ざわり、適度の傾斜を保って、そっと背中を支えてくれる豊満な凭《もた》れ、デリケートな曲線を描いて、オンモリとふくれ上がった両側の肘掛け、それらのすべてが、不思議な調和を保って、渾然として「安楽」という言葉を、そのまま形に現わしているように見えます。

私は、そこへ深々と身を沈め、両手で、丸々とした肘掛けを愛撫しながら、うっとりとしていました。すると、私のくせとして、止めどもない妄想が、五色の虹のように、まばゆいばかりの色彩をもって、次から次へと湧き上がってくるのです。あれを幻というのでしょうか。心に思うままが、あんまりはっきりと、目の前に浮かんできますので、私はもしや気でも違うのではないかと、空恐ろしくなったほどでございます。

そうしていますうちに、私の頭に、ふとすばらしい考えが浮かんでまいりました。悪魔の囁きというのは、多分ああしたことを指すのではありますまいか。それは、夢のように荒唐無稽で、無気味な事柄でした。でも、その無気味さが、言いしれぬ魅力となって、私をそそのかすのでございます。

最初は、ただただ、私の丹精こめた美しい椅子を、手放したくない、できることなら、その椅子と一緒に、どこまでもついて行きたい、そんな単純な願いでした。それが、うつらうつらと妄想の翼をひろげておりますうちに、いつの間にやら、その日頃、私の頭に醱酵しておりました、ある恐ろしい考えと結びついてしまったのでございます。そして、私はまあなんという気ちがいでございましょう。その奇怪きわまる妄想を、実際にやってみようと思い立ったのでありました。

私は大急ぎで、四つの内でいちばんよくできたと思う肘掛椅子を、バラバラに毀《こわ》してしまいました。そして、改めて、それを、私の妙な計画を実行するのに、都合のよいように造り直しました。

それは、ごく大型のアームチェアーですから、掛ける部分は、床にすれすれまで革を張りつめてありますし、そのほか、凭れも肘掛けも、非常に部厚にできていて、その内部には、人間一人が隠れていても、決してそとからわからないほどの、共通した大きな空洞があるのです。むろん、そこには頑丈な木の枠と、沢山なスプリングが取りつけてありますけれど、私はそれらに適当な細工をほどこして、人間が掛ける部分に膝を入れ、凭れの中へ首と胴とを入れ、ちょうど椅子の形に坐れば、その中にしのんでいられるほどの余裕を作ったのでございます。

そうした細工はお手のものですから、充分手際よく、便利に仕上げました。たとえば、呼吸をしたり、外部の物音を聞くために、革の一部に、そとから少しもわからぬような隙間をこしらえたり、凭れの内部の、ちょうど頭のわきの所へ、小さな棚をつけて、何かを貯蔵できるようにしたり(ここへ水筒と軍隊用の堅パンとを詰め込みました)ある用途のために大きなゴムの袋を備えつけたり、そのほかさまざまの考案をめぐらして、食料さえあれば、その中に二日三日はいりつづけていても、決して不便を感じないようにしつらえました。いわば、その椅子が、人間一人の部屋になったわけでございます。

私はシャツ一枚になると、底に仕掛けた出入口の蓋をあけて、椅子の中へ、すっぽりと、もぐりこみました。それは実に変てこな気持でございました。まっ暗な、息苦しい、まるで墓場の中へはいったような、不思議な感じがいたします。考えてみれば、墓場にちがいありません。私は、椅子の中へはいると同時に、ちょうど隠れ蓑でも着たように、この人間世界から、消滅してしまうわけなのですから。

間もなく、商会から使いのものが、四脚の肘掛椅子を受け取るために、大きな荷車を持ってやってまいりました。私の内弟子が(私はその男と、たった二人暮らしだったのです）何も知らないで、使いのものと応対しております。車に積みこむ時、一人の人夫が「こいつはばかに重いぞ」とどなりましたので、椅子の中の私は、思わずハッとしましたが、いったい肘掛椅子そのものが非常に重いのですから、別段あやしまれることもなく、やがて、ガタガタという荷車の振動が、私のからだに一種異様の感触を伝えてまいりました。

非常に心配しましたけれど、結局何事もなく、その日の午後には、もう私のはいった肘掛椅子は、ホテルの一室に、どっかりと据えられておりました。あとでわかったのですが、それは、私室ではなくて、人を待ち合わせたり、新聞を読んだり、煙草をふかしたり、いろいろの人が頻繁《ひんぱん》に出入りする、ラウンジとでもいうような部屋でございました。

もうとっくにお気づきでございましょうが、私の、この奇妙な行いの第一の目的は、人のいない時を見すまして、椅子の中から抜け出し、ホテルの中をうろつき廻って、盗みを働くことでありました。椅子の中に人間が隠れていようなどと、そんなばかばかしいことを、誰が想像いたしましょう。私は、影のように、自由自在に、部屋から部屋を荒し廻ることができます。そして、人々が騒ぎはじめる時分には、椅子の中の隠れ家へ逃げ帰って、息をひそめて、彼らの間抜けな捜索を、見物していればよいのです。あなたは、海岸の波打ち際などに、「やどかり」という一種の蟹のいるのを御存じでございましょう。大きな蜘蛛のような恰好をしていて、人がいないと、その辺を、わが物顔に、のさばり歩いていますが、ちょっとでも人の足音がしますと、恐ろしい速さで、貝殻の中へ逃げこみます。そして、気味のわるい毛むくじゃらの前足を、少しばかり覗かせて、敵の動静を伺っております。私はちょうどあの「やどかり」でございました。貝殻のかわりに椅子という隠れ家を持ち、海岸ではなく、ホテルの中を、わが物顔にのさばり歩くのでございます。

さて、この私の突飛な計画は、それが突飛であっただけ、人々の意表外に出て、見事に成功いたしました。ホテルに着いて三日目には、もう、たんまりと、ひと仕事すませていたほどでございます。いざ盗みをするというときの恐ろしくも楽しい心持、うまく成功したときの、なんとも形容しがたい嬉しさ、それから、人々が私のすぐ鼻の先で、あっちへ逃げた、こっちへ逃げたと、大騒ぎをやっているのを、じっと見ているおかしさ。それがまあ、どのような不思議な魅力をもって、私を楽しませたことでございましょう。

でも、私は今、残念ながら、それを詳しくお話ししている暇はありません。私はそこで、そんな盗みなどよりは、十倍も二十倍も、私を喜ばせたところの、奇怪きわまる快楽を発見したのでございます。そして、それについて、告白することが、実は、この手紙のほんとうの目的なのでございます。

お話を、前に戻して、私の椅子が、ホテルのラウンジに置かれた時のことから、はじめなければなりません。

椅子が着くと、ひとしきり、ホテルの主人たちが、その坐りぐあいを見廻って行きましたが、あとは、ひっそりとして、物音ひとついたしません。多分、部屋には誰もいないのでしょう。到着匆々《そうそう》、椅子から出ることなど、とても恐ろしくてできるものではありません。私は、非常に長いあいだ（ただそんなに感じたのかもしれませんが）少しの物音も聞き洩らすまいと、全神経を耳に集めて、じっとあたりの様子をうかがっておりました。

そうして、しばらくしますと、多分廊下のほうからでしょう、コツコツと重くるしい足音が響いてきました。それが、二、三間むこうまで近づくと、部屋に敷かれたジュウタンのために、ほとんど聞きとれぬほどの低い音に変りましたが、間もなく、荒々しい男の鼻息が聞こえ、ハッと思う間に、西洋人らしい大きなからだが、私の膝の上にドサリと落ちて、フカフカと二、三度はずみました。私の太腿と、その男のガッシリした偉大な臀部とは、薄いなめし革一枚を隔てて、暖かみを感じるほども密接しています。幅の広い彼の肩は、ちょうど私の胸の所へ凭れかかり、重い両手は、革を隔てて私の手と重なり合っています。そして、男がシガーをくゆらしているのでしょう。男性的な豊かな薫りが、革の隙間を通して漂ってまいります。

奥様、仮りにあなたが、私の位置にあるものとして、その場の様子を想像してごらんなさいませ。それは、まあなんという、不思議千万な感覚でございましょう。私はもう、あまりの恐ろしさに、椅子の中の暗やみで、堅く堅く身を縮めて、わきの下からは、冷たい汗をタラタラ流しながら、思考力もなにも失ってしまって、ただもう、ボンヤリしていたことでございます。

その男を手はじめに、その日一日、私の膝の上には、いろいろな人が入りかわり立ちかわり、腰をおろしました。そして、誰も、私がそこにいることを——彼らが柔かいクッションだと信じきっているものが、実は私という人間の、血の通った太腿であるということを——少しも悟らなかったのでございます。

まっ暗で、身動きもできない革張りの中の天地。それがまあどれほど、怪しくも魅力ある世界でございましょう。そこでは、人間というものが、日頃目で見ている、あの人間とは、全然別な生きものに感ぜられます。彼らは声と、鼻息と、足音と、衣ずれの音と、そして、幾つかの丸々とした弾力に富む肉塊にすぎないのでございます。私は、彼らのひとりひとりを、その容貌のかわりに、肌ざわりによって識別することができます。或るものは、デブデブと肥え太って、腐った肴のような感触を与えます。それとは正反対に、或るものは、コチコチに痩せひからびて、骸骨のような感じがいたします。そのほか、脊骨の曲り方、肩胛骨のひらきぐあい、腕の長さ、太腿の太さ、あるいは尾骶骨の長短など、それらのすべての点を総合してみますと、どんなに似寄った背恰好の人でも、どこか違ったところがあります。人間というものは、容貌や指紋のほかに、こうしたからだ全体の感触によっても、完全に識別することができるにちがいありません。

異性についても、同じことが申されます。普通の場合は、主として容貌の美醜によって、それを批判するのでありましょうが、この椅子の中の世界では、そんなものは、まるで問題外なのでございます。そこには、まるはだかの肉体と、声の調子と、匂いとがあるばかりでございます。

奥様、あまりにあからさまな私の記述に、どうか気をわるくしないでくださいまし。私はそこで、一人の女性の肉体に（それは私の椅子に腰かけた最初の女性でありました）烈しい愛着を覚えたのでございます。

声によって想像すれば、それは、まだうら若い異国の乙女でございました。ちょうどその時、部屋の中には誰もいなかったのですが、彼女は、何か嬉しいことでもあった様子で、小声で、不思議な歌を歌いながら、踊るような足どりで、そこへはいってまいりました。そして、私のひそんでいる肘掛椅子の前まできたかと思うと、いきなり、豊満な、それでいて、非常にしなやかな肉体を、私の上へ投げかけました。しかも、彼女は何がおかしいのか、突然アハアハ笑い出し、手足をバタバタさせて、網の中の魚のように、ピチピチとはね廻るのでございます。

それから、ほとんど半時間ばかりも、彼女は私の膝の上で、ときどき歌を歌いながら、その歌に調子を合わせでもするように、クネクネと、重いからだを動かしておりました。

これは実に、私に取っては、まるで予期しなかった驚天動地の大事件でございました。女は神聖なもの、いや、むしろ怖いものとして、顔を見ることさえ遠慮していた私でございます。その私が今、見も知らぬ異国の乙女と、同じ部屋に、同じ椅子に、それどころではありません、薄いなめし革ひとえ隔てて、肌のぬくみを感じるほども密着しているのでございます。それにもかかわらず、彼女は何の不安もなく、全身の重みを私の上に委ねて、見る人のない気安さに、勝手気儘な姿態をいたしております。私は椅子の中で、彼女を抱きしめる真似をすることもできます。革のうしろから、その豊かな首筋に接吻することもできます。そのほか、どんなことをしようと、自由自在なのでございます。

この驚くべき発見をしてからというものは、私は、最初の目的であった盗みなどは第二として、ただもう、その不思議な感触の世界に惑溺《わくでき》してしまったのでございます。私は考えました。これこそ、この椅子の中の世界こそ、私に与えられた、ほんとうのすみかではないかと。私のような醜い、そして気の弱い男は、明かるい光明の世界では、いつもひけ目を感じながら、恥かしい、みじめな生活を続けて行くほかに、能のない身でございます。それが、ひとたび、住む世界をかえて、こうして椅子の中で、窮屈な辛抱をしていさえすれば、明かるい世界では、口を利くことはもちろん、そばへよることさえ許されなかった、美しい人に接近して、その声を聞き、肌に触れることもできるのでございます。

椅子の中の恋！　それがまあ、どんなに不可思議な、陶酔的な魅力を持つか、実際に椅子の中へはいってみた人でなくては、わかるものではありません。それは、ただ、触覚と、聴覚と、そして僅かの嗅覚のみの恋でございます。暗やみの世界の恋でございます。決してこの世のものではありません。これこそ、悪魔の国の愛欲なのではございますまいか。考えてみれば、この世界の、人目につかぬすみずみでは、どのような異形《いぎょう》な、恐ろしい事柄が行なわれているか、ほんとうに想像のほかでございます。

むろんはじめの予定では、盗みの目的を果たしさえすれば、すぐにもホテルを逃げ出すつもりでいたのですが、この、世にも奇怪な喜びに夢中になった私は、逃げ出すどころか、いつまでも、椅子の中を永住のすみかにして、その生活を続けていたのでございます。

夜々《よるよる》の外出には、注意に注意を加えて、少しも物音を立てず、また人目に触れないようにしていましたので、当然、危険はありませんでしたが、それにしても、数か月という長い月日を、そうして少しも見つからず、椅子の中に暮らしていたというのは、我ながら実に驚くべきことでございました。

ほとんど一日じゅう、ひどく窮屈な場所で、腕を曲げ、膝を折っているために、からだじゅうが痺れたようになって、完全に直立することができず、しまいには、料理場や化粧室への往復を、躄《いざり》のように這って行ったほどでございます。私という男は、なんという気ちがいでありましょう。それほどの苦しみを忍んでも、不思議な感触の世界を見捨てる気にはなれなかったのでございます。

中には、一か月も二か月も、そこを住居のようにして、泊まりつづけている人もありましたけれど、元来ホテルのことですから、絶えず客の出入りがあります。従って私の奇妙な恋も、時とともに相手が変って行くのを、どうすることもできませんでした。そして、その数々の不思議な恋人の記憶は、普通の場合のように、その容貌によってではなく、主としてからだの恰好によって、私の心に刻みつけられているのでございます。

或るものは、仔馬のように精悍で、すらりと引き締まった肉体を持ち、或るものは、蛇のように妖艶で、クネクネと自在に動く肉体を持ち、或るものは、ゴム鞠《まり》のように肥え太って、脂肪と弾力に富む肉体を持ち、また或るものは、ギリシャの彫刻のように、ガッシリと力強く、円満に発達した肉体を持っておりました。そのほか、どの女の肉体にも、ひとりひとり、それぞれの特徴があり、魅力があったのでございます。

そうして、女から女へと移って行くあいだに、私はまた、それとは別な、不思議な経験をも味わいました。

そのひとつは、ある時、欧州の或る強国の大使が(日本人のボーイの噂話によって知ったのですが)その偉大な体軀を、私の膝の上にのせたことでございます。それは、政治家としてよりも、世界的な詩人として、いっそうよく知られていた人ですが、それだけに、私は、その偉人の肌を知ったことが、わくわくするほども誇らしく思われたのでございます。彼は私の上で、二、三人の同国人を相手に、十分ばかり話をすると、そのまま立ち去ってしまいました。むろん、何を言っていたのか、私にはさっぱりわかりませんけれど、ジェスチュアをするたびに、ムクムクと動く、常人よりも暖かいと思われる肉体の、くすぐるような感触が、私に一種名状すべからざる刺戟を与えたのでございます。

その時、私はふとこんなことを想像しました。もし！　この革のうしろから、鋭いナイフで、彼の心臓を目がけて、グサリとひと突きしたなら、どんな結果を惹き起こすであろう。むろん、それは彼に再び起つことのできぬ致命傷を与えるにちがいない。彼の本国はもとより、日本の政治界は、そのために、どんな大騒ぎを演じることであろう。新聞は、どんな激情的な記事を掲げることであろう。

それは、日本と彼の本国との外交関係にも大きな影響を与えようし、また芸術の立場から見ても、彼の死は世界の一大損失にちがいない。そんな大事件が、自分の一挙手によって、やすやすと実現できるのだ。それを思うと、私は不思議な得意を感じないではいられませんでした。

もうひとつは、有名な或る国のダンサーが来朝した時、偶然彼女がそのホテルに宿泊して、たった一度ではありましたが、私の椅子に腰かけたことでございます。その時も、私は、大使の場合と似た感銘を受けましたが、その上、彼女は私に、かつて経験したことのない理想的な肉体美の感触を与えてくれました。私はそのあまりの美しさに、卑しい考えなどは起こす暇もなく、ただもう、芸術品に対するときのような敬虔な気持で、彼女を讃美したことでございます。

そのほか、私はまだいろいろと、珍しい、不思議な、或いは気味わるい、数々の経験をいたしましたが、それらをここに細叙することは、この手紙の目的でありませんし、それに大分長くもなりましたから、急いで、肝腎の点にお話を進めることにいたしましょう。

さて、私がホテルへまいりましてから、何か月かの後、私の身の上にひとつの変化が起こったのでございます。と言いますのは、ホテルの経営者が、何かの都合で帰国することになり、あとを居抜きのまま、ある日本人の会社に譲り渡したのであります。すると、日本人の会社は、従来の贅沢な営業方針を改め、もっと一般向きの旅館として、有利な経営を目論《もくろ》むことになりました。そのため不要になった調度などは、或る大きな家具商に委託して、競売させたのでありますが、その競売目録のうちに、私の椅子も加わっていたのでございます。

私はそれを知ると、一時はガッカリいたしました。そして、それを機として、もう一度娑婆へ立ち帰り、新しい生活をはじめようかと思ったほどでございます。その時分には、盗みためた金が相当の額になっていましたから、たとえ世の中へ出ても、以前のように、みじめな暮らしをすることはないのでした。が、また思い返してみますと、外人のホテルを出たということは、一方においては、大きな失望でありましたけれど、他方においては、ひとつの新しい希望を意味するものでございました。と言いますのは、私は数か月のあいだも、それほどいろいろの異性を愛したにもかかわらず、相手がすべて異国人であったために、それがどんな立派な、好もしい肉体の持ち主であっても、精神的な妙な物足りなさを感じないわけには行きませんでした。やっぱり、日本人は同じ日本人に対してでなければ、ほんとうの恋を感じることができないのではあるまいか。私はだんだん、そんなふうに考えていたのでございます。そこへ、ちょうど私の椅子が競売に出たのであります。今度は、ひょっとすると、日本人に買いとられるかもしれない。そして、日本の家庭に置かれるかもしれない。それが、私の新しい希望でございました。私は、ともかくも、もう少し椅子の中の生活を続けてみることにいたしました。

道具屋の店先で、二、三日のあいだ、非常に苦しい思いをしましたが、でも、競売がはじまると、仕合わせなことには、私の椅子は早速買手がつきました。古くなっても、充分に人目を引くほど、立派な椅子だったからでございましょう。

買手はY市から程遠からぬ、大都会に住んでいた或る官吏でありました。道具屋の店先から、その人の邸まで、何里かの道を、非常に震動のはげしいトラックで運ばれた時には、私は椅子の中で死ぬほどの苦しみを嘗《な》めましたが、でも、そんなことは、買手が、私の望み通り日本人であったという喜びに比べては、物の数でもございません。

買手のお役人は、可なり立派な屋敷の持ち主で、私の椅子は、そこの洋館の広い書斎に置かれましたが、私にとって非常に満足であったことには、その書斎は、主人よりは、むしろ、その家の若くて美しい夫人が使用されるものだったのでございます。それ以来、約一か月間、私は絶えず、夫人とともにおりました。夫人の食事と、就寝の時間を除いては、夫人のしなやかなからだは、いつも私の上にありました。それというのが、夫人は、そのあいだ、書斎につめきって、ある著作に没頭していられたからでございます。

私はどんなに彼女を愛したか、それは、ここにくだくだしく申しあげるまでもありますまい。彼女は、私のはじめて接した日本人で、しかも充分美しい肉体の持ち主でありました。私は、そこにはじめて、ほんとうの恋を感じました。それに比べては、ホテルでの、数多い経験などは、決して恋と名づくべきものではございません。その証拠には、これまで一度も、そんなことを感じなかったのに、その夫人に対してだけ、私は、ただ秘密の愛撫を楽しむのみではあきたらず、どうかして、私の存在を知らせようと、いろいろ苦心したのでも明らかでございましょう。

私は、できるならば、夫人のほうでも、椅子の中の私を意識してほしかったのでございます。そして、虫のいい話ですが、私を愛してもらいたく思ったのでございます。でも、それをどうして合図いたしましょう。もし、そこに人間が隠れているということを、あからさまに知らせたなら、彼女はきっと、驚きのあまり、主人や家のものに、そのことを告げるにちがいありません。それではすべて駄目になってしまうばかりか、私は、恐ろしい罪名を着て、法律上の刑罰をさえ受けなければなりません。

そこで、私は、せめて夫人に、私の椅子を、この上にも居心地よく感じさせ、それに愛着を起こさせようと努めました。芸術家である彼女は、きっと常人以上の微妙な感覚を備えているにちがいありません。もし彼女が、私の椅子に生命を感じてくれたなら、それをただの物質としてではなく、ひとつの生きものとして愛着を覚えてくれたなら、それだけでも、私は充分満足なのでございます。

私は、彼女が私の上に身を投げた時には、できるだけフーワリと優しく受けるように心掛けました。彼女が私の上で疲れた時分には、わからぬほどにソロソロと膝を動かして、彼女のからだの位置を変えるようにいたしました。そして、彼女が、ウトウトと居眠りをはじめるような場合には、私は、ごくごく幽かに膝をゆすって、揺籃の役目を勤めたことでございます。

その心遣りが報いられたのか、それとも、単に私の気の迷いか、近頃では、夫人は、なんとなく私の椅子を愛しているように思われます。彼女は、ちょうど嬰児が母親の懐に抱かれるときのような、または、乙女が恋人の抱擁に応じるときのような、甘い優しさをもって私の椅子に身を沈めます。そして、私の膝の上で、からだを動かす様子までが、さも懐かしげにみえるのでございます。

かようにして、私の情熱は、日々に烈しく燃えて行くのでした。そして、ついには、アア、奥様、ついには、私は身のほどもわきまえぬ、大それた願いを抱くようになったのでございます。たったひと目、私の恋人の顔を見て、そして、言葉を交わすことができたなら、そのまま死んでもよいとまで、思いつめたのでございます。

奥様、あなたは、むろん、とっくにお悟りでございましょう。その私の恋人と申しますのは、あまりの失礼をお許しくださいませ、実は、あなたなのでございます。あなたの御主人が、あのY市の道具店で、私の椅子をお買い取りになって以来、私はあなたに及ばぬ恋をささげていた、哀れな男でございます。

奥様、一生のお願いでございます。たった一度、私にお逢いくださるわけにはまいらぬでございましょうか。そして、ひとことでも、この哀れな醜い男に、慰めのお言葉をおかけくださるわけにはまいらぬでございましょうか。私は決してそれ以上を望むものではありません。そんなことを望むにはあまりに醜く、汚れ果てた私でございます。どうぞ、どうぞ、世にも不幸な男の、切なる願いをお聞き届けくださいませ。

私はゆうべ、この手紙を書くために、お屋敷を抜け出しました。面と向かって、奥様にこんなことをお願いするのは、非常に危険でもあり、かつ私にはとてもできないことでございます。

そして、いま、あなたがこの手紙をお読みなさる時分には、私は心配のために青い顔をして、お邸のまわりを、うろつき廻っております。

もし、この、世にもぶしつけな願いをお聞き届けくださいますなら、どうか書斎の窓の撫子《なでしこ》の鉢植えに、あなたのハンカチをおかけくださいまし。それを合図に、私は、何気なき一人の訪問者として、お邸の玄関を訪れるでございましょう。

そして、この不思議な手紙は、ある熱烈な祈りの言葉をもって結ばれていた。

佳子は、手紙の半ばほどまで読んだとき、すでに恐ろしい予感のために、まっ青になってしまった。

そして無意識に立ち上がると、気味のわるい肘掛椅子の置かれた書斎から逃げ出して、日本建ての居間のほうへきていた。手紙のあとのほうは、いっそ読まないで破り棄ててしまおうかと思ったけれど、どうやら気掛りなままに、居間の小机の上で、ともかくも、読みつづけた。

彼女の予感はやっぱり当たっていた。

これはまあ、なんという恐ろしい事実であろう。彼女が毎日腰かけていたあの肘掛椅子の中には、見も知らぬ一人の男がはいっていたのであるか。

「おお、気味のわるい」

彼女は、背中から冷水をあびせられたような悪寒を覚えた。そして、いつまでたっても、不思議な身震いがやまなかった。

彼女は、あまりのことに、ボンヤリしてしまって、これをどう処置すべきか、まるで見当がつかぬのであった。椅子を調べて見る？　どうしてどうして、そんな気味のわるいことができるものか。そこには、たとえもう人間がいなくとも、食べ物その他の、彼に附属した汚ないものが、まだ残されているにちがいないのだ。

「奥様お手紙でございます」

ハッとして、振り向くと、それは、一人の女中が、いま届いたらしい封書を持ってきたのだった。

佳子は、無意識にそれを受け取って、開封しようとしたが、ふと、その上書きを見ると、彼女は、思わずその手紙を取りおとしたほども、ひどい驚きに打たれた。そこには、さっきの無気味な手紙と寸分違わぬ筆癖をもって、彼女の宛名が書かれてあったのだ。

彼女は、長いあいだ、それを開封しようか、しまいかと迷っていた。が、とうとう最後にそれを破って、ビクビクしながら中味を読んで行った。手紙はごく短いものであったけれど、そこには、彼女を、もう一度ハッとさせたような、奇妙な文句が記されてあった。


突然御手紙を差し上げますぶしつけを、幾重にもお許しくださいまし。私は日頃、先生のお作を愛読しているものでございます。別封お送りいたしましたのは、私の拙い創作でございます。御一覧の上、御批評がいただけますれば、この上の幸いはございません。或る理由のために、原稿のほうは、この手紙を書きます前に投函いたしましたから、すでにごらんずみかと拝察いたします。如何でございましたでしょうか。もし拙作がいくらかでも、先生に感銘を与え得たとしますれば、こんな嬉しいことはないのでございますが。

原稿には、わざと省いておきましたが、表題は「人間椅子」とつけたい考えでございます。

では、失礼を顧みず、お願いまで。

鏡地獄

「珍らしい話とおっしゃるのですか、それではこんな話はどうでしょう」

ある時、五、六人の者が、怖い話や、珍奇な話を、次々と語り合っていた時、友だちのKは最後にこんなふうにはじめた。ほんとうにあったことか、Kの作り話なのか、その後、尋ねてみたこともないので、私にはわからぬけれど、いろいろ不思議な物語を聞かされたあとだったのと、ちょうどその日の天候が春の終りに近い頃の、いやにドンヨリと曇った日で、空気が、まるで深い水の底のように重おもしく淀んで、話すものも、聞くものも、なんとなく気ちがいめいた気分になっていたからでもあったのか、その話は、異様に私の心をうったのである。話というのは、

私に一人の不幸な友だちがあるのです。名前は仮りに彼と申して置きましょうか。その彼にはいつの頃からか世にも不思議な病気が取りついたのです。ひょっとしたら、先祖に何かそんな病気の人があって、それが遺伝したのかもしれませんね。というのは、まんざら根のない話でもないので、いったい彼のうちには、おじいさんか、曾《ひい》じいさんかが、切支丹の邪宗に帰依していたことがあって、古めかしい横文字の書物や、マリヤさまの像や、基督さまのはりつけの絵などが、葛籠《つづら》の底に一杯しまってあるのですが、

そんなものと一緒に、伊賀越道中双六に出てくるような、一世紀も前の望遠鏡だとか、妙なかっこうの磁石だとか、当時ギヤマンとかビイドロとかいったのでしょうが、美しいガラスの器物だとかが、同じ葛籠にしまいこんであって、彼はまだ小さい時分から、よくそれを出してもらっては遊んでいたものです。

考えてみますと、彼はそんな時分から、物の姿の映る物、たとえばガラスとか、レンズとか、鏡とかいうものに、不思議な嗜好を持っていたようです。それが証拠には、彼のおもちゃといえば、幻燈器械だとか、遠目がねだとか、虫目がねだとか、そのほかそれに類した、将門目がね、万華鏡、眼に当てると人物や道具などが、細長くなったり、平たくなったりする、プリズムのおもちゃだとか、そんなものばかりでした。

それから、やっぱり彼の少年時代なのですが、こんなことがあったのも覚えております。ある日彼の勉強部屋をおとずれますと、机の上に古い桐の箱が出ていて、多分その中にはいっていたのでしょう、彼は手に昔物の金属の鏡を持って、それを日光に当てて、暗い壁に影を映しているのでした。

「どうだ、面白いだろう。あれを見たまえ、こんな平らな鏡が、あすこへ映ると、妙な字ができるだろう」

彼にそう言われて、壁を見ますと、驚いたことには、白い丸形の中に、多少形がくずれてはいましたけれど「寿」という文字が、白金のような強い光で現われているのです。

「不思議だね、一体どうしたんだろう」

なんだか神業とでもいうような気がして、子供の私には、珍らしくもあり、怖くもあったのです。思わずそんなふうに聞き返しました。

「わかるまい。種明かしをしようか。種明かしをしてしまえば、なんでもないことなんだよ。ホラ、ここを見たまえ、この鏡の裏を、ね、寿という字が浮彫りになっているだろう。これが表へすき通るのだよ」

なるほど見れば彼の言う通り、青銅のような色をした鏡の裏には、立派な浮彫りがあるのです。でも、それが、どうして表面まですき通って、あのような影を作るのでしょう。鏡の表は、どの方角からすかして見ても、滑らかな平面で、顔がでこぼこに写るわけでもないのに、それの反射だけが不思議な影を作るのです。まるで魔法みたいな気がするのです。

「これはね、魔法でもなんでもないのだよ」

彼は私のいぶかしげな顔を見て、説明をはじめるのでした。

「おとうさんに聞いたんだがね、金属の鏡というやつは、ガラスと違って、ときどきみがきをかけないと、曇りがきて見えなくなるんだ。この鏡なんか、ずいぶん古くから僕の家に伝わっている品で、何度となく磨きをかけている。でね、その磨きをかけるたびに、裏の浮彫りの所と、そうでない薄い所とでは、金の減り方が眼に見えぬほどずつ違ってくるのだよ。厚い部分は手ごたえが多く、薄い部分はこれが少ないわけだからね。その眼にも見えぬ減り方の違いが、恐ろしいもので、反射させると、あんなに現われるのだそうだ。わかったかい」

その説明を聞きますと、一応は理由がわかったものの、今度は、顔を映してもでこぼこに見えない滑らかな表面が、反射させると明きらかに凹凸が現われるという、このえたいの知れぬ事実が、たとえば顕微鏡で何かを覗いた時に味わう、微細なるものの無気味さ、あれに似た感じで、私をゾッとさせるのでした。

この鏡のことは、あまり不思議だったので、特別によく覚えているのですが、これはただ一例にすぎないので、彼の少年時代の遊戯というものは、ほとんどそのような事柄ばかりで充たされていたわけです。妙なもので、私までが彼の感化を受けて、今でも、レンズというようなものに、人一倍の好奇心を持っているのですよ。

でも少年時代はまだ、さほどでもなかったのですが、それが中学の上級生に進んで、物理学を教わるようになりますと、御承知の通り物理学にはレンズや鏡の理論がありますね、彼はもうあれに夢中になってしまって、その時分から、病気と言ってもいいほどの、いわばレンズ狂に変わってきたのです。それにつけて思い出すのは、教室で凹面鏡のことを教わる時間でしたが、小さな凹面鏡の見本を、生徒のあいだに廻して、次々に皆の者が、自分の顔を映して見ていたのです。私はその時分ひどいニキビづらで、それがなんだか性欲的な事柄に関係しているような気がして、恥かしくてしようがなかったのですが、なにげなく凹面鏡を覗いて見ますと、思わずアッと声を立てるほど驚いたことには、私の顔のひとつひとつのニキビが、まるで望遠鏡で見た月の表面のように、恐ろしい大きさに拡大されて映っていたのです。

小山とも見えるニキビの先端が、石榴《ざくろ》のようにはぜて、そこからドス黒い血のりが、芝居の殺し場の絵看板の感じで物凄くにじみ出しているのです。ニキビというひけ目があったせいでもありましょうが、凹面鏡に映った私の顔がどんなに恐ろしく、無気味なものであったか、それからのちというものは、凹面鏡を見ると、それがまた、博覧会だとか、盛り場の見世物などには、よく並んでいるのですが、私はもう、おぞけを振るって、逃げ出すようになったほどです。

ですが、彼の方では、その時やっぱり凹面鏡を覗いて、これはまた私とあべこべで、恐ろしく思うよりは、非常な魅力を感じたものとみえ、教室全体に響き渡るような声で、「ホウ」と感嘆の叫びを上げたものなんです。それがあまり頓狂に聞こえたものですから、その時は大笑いになりましたが、さてそれからというものは、彼はもう凹面鏡で夢中なんです。大小さまざまの凹面鏡を買いこんで、針金だとかボール紙などを使い、複雑なからくり仕掛けをこしらえては、独りほくそ笑んでいる始末でした。さすが好きな道だけあって、彼は人の思いもつかぬような、変てこな装置を考案する才能を持っていて、もっとも手品の本などをわざわざ外国から取り寄せたりしたのですけれど、今でも不思議に堪えないのは、これも或るとき彼の部屋をおとずれて、驚かされたのですが、魔法の紙幣というからくり仕掛けでありました。

それは、二尺四方ほどの、四角なボール箱で、前の方に建物の入口のような穴があいていて、そこのところに一円札が五、六枚、ちょうど状差しの中のハガキのように、差してあるのです。

「このおさつを取ってごらん」

その箱を私の前に持ち出して、彼は何食わぬ顔で紙幣を取れというのです。そこで、私はいわれるままに手を出して、ヒョイとその紙幣を取ろうとしたのですが、なんとまあ不思議なことには、ありありと眼に見えているその紙幣が、手を持って行ってみますと、煙のように手ごたえがないではありませんか。あんな驚いたことはありませんね。

「オヤ」

とたまげている私の顔を見て、彼はさも面白そうに笑いながら、さて説明してくれたところによりますと、それは英国でしたかの物理学者が考案した一種の手品で、種はやっぱり凹面鏡なのです。詳しい理窟はよく覚えていませんけれど、本ものの紙幣は箱の下へ横に置いて、その上に斜めに凹面鏡を装置し、電燈を箱の内部に引き込み、光線が紙幣に当たるようにすると、凹面鏡の焦点からどれだけの距離にある物体は、どういう角度で、どの辺にその像を結ぶという理論によって、うまく箱の穴へ紙幣が現われるのだそうです。普通の鏡ですと、決して本ものがそこにあるようには見えませんけれど、凹面鏡では不思議にもそんな実像を結ぶというのですね。ほんとうにもう、ありありとそこにあるのですからね。

かようにして、彼のレンズや鏡に対する異常なる嗜好は、だんだん嵩じて行くばかりでしたが、やがて中学を卒業しますと、彼は上の学校にはいろうともしないで、ひとつは親たちも甘過ぎたのですね、息子の言うことならば、たいていは無理を通してくれるものですから、学校を出ると、もうひとかどおとなになった気で、庭の空き地にちょっとした実験室を新築して、その中で、例の不思議な道楽をはじめたものです。

これまでは、学校というものがあって、いくらか時間を束縛されていたので、それほどでもなかったのが、さて、そうして朝から晩まで実験室にとじこもることになりますと、彼の病勢は俄かに恐るべき加速度をもって昂進しはじめました。元来友だちの少なかった彼ですが、卒業以来というものは、彼の世界は、狭い実験室の中に限られてしまって、どこへ遊びに出るというでもなくしたがって来訪者もだんだん減って行き、僅かに彼の部屋をおとずれるのは、彼の家の人を除くと、私ただ一人になってしまったのでした。

それもごく時たまのことですが、私は彼を訪問するごとに、彼の病気がだんだん募って行って、今ではむしろ狂気に近い状態になっているのを目撃して、ひそかに戦慄を禁じ得ないのでした。彼のこの病癖にもってきて、更らにいけなかったことは、ある年の流行感冒のために、不幸にも彼の両親が、揃ってなくなってしまったものですから、彼は今は誰に遠慮の必要もなく、その上莫大な財産を受けついで、思うがままに、彼の妙な実験を行なうことができるようになったのと、それに今ひとつは、彼も二十歳を越して、女というものに興味をいだきはじめ、そんな変てこな嗜好を持つほどの彼ですから、情欲の方もひどく変態的で、それが持ち前のレンズ狂と結びついて、双方がいっそう勢いを増す形になってきたことでした。そしてお話というのは、その結果、ついに恐ろしい破局を招くことになった或る出来事なのですが、それを申し上げる前に、彼の病勢が、どのようにひどくなっていたかということを、二つ三つ、実例によってお話ししておきたいと思うのです。

彼の家は山の手の或る高台にあって、今いう実験室は、そこの広々とした庭園の片隅の、街々の甍《いらか》を眼下に見下す位置に建てられたのですが、そこで彼が最初はじめたのは、実験室の屋根を天文台のような形にこしらえて、そこに可なりの天体観測鏡を据えつけ、星の世界に耽溺《たんでき》することでした。その時分には、彼は独学で、一と通り天文学の知識を備えていたわけなのです。が、そのようなありふれた道楽で満足する彼ではありません。その一方では、度の強い望遠鏡を窓際に置いて、それをさまざまの角度にしては、目の下に見える人家の、あけはなった室内を盗み見るという、罪の深い、秘密な楽しみを味わっているのでありました。

それがたとえ板塀の中であったり、他の家の裏側に向かい合っていたりして、当人たちはどこからも見えぬつもりで、まさかそんな遠くの山の上から望遠鏡で覗かれていようとは気づくはずもなく、あらゆる秘密な行ないを、したい三昧にふるまっている、それが彼には、まるで目の前の出来事のように、あからさまに眺められるのです。

「これればかりは、止せないよ」

彼はそう言い言いしては、その窓際の望遠鏡を覗くことを、こよなき楽しみにしていましたが、考えてみれば、ずいぶん面白いいたずらに違いありません。私も時には覗かしてもらうこともありましたけれど、偶然妙なものを、すぐ目の前に発見したりして、いっそ顔の赤らむようなこともないではありませんでした。

そのほか、たとえば、サブマリン・テレスコープといいますか、潜航艇の中から海上を眺める、あの装置をこしらえて、彼の部屋に居ながら、雇人たちの、殊に若い小間使いなどの私室を、少しも相手に悟られることなく覗いてみたり、そうかと思うと、虫目がねや、顕微鏡によって、微生物の生活を観察したり、それについて奇抜なのは、彼が蚤《のみ》の類を飼育していたことで、それを虫目がねや度の弱い顕微鏡の下で、這わせてみたり、自分の血を吸うところだとか、虫同士をひとつにして同性であれば喧嘩をしたり、異性であれば仲よくしたりする有様を眺めたり、中にも気味のわるいのは、私は一度それを覗かされてからというものは、今までなんとも思っていなかったあの虫が、妙に恐ろしくなったほどなのですが、蚤を半殺しにしておいて、そのもがき苦しむ有様を、非常に大きく拡大して見ることでした。五十倍の顕微鏡でしたが、覗いた感じでは、一匹の蚤が眼界一杯にひろがって、口から、足の爪、からだにはえている小さな一本の毛までがハッキリとわかって、妙な比喩ですが、まるで猪のように恐ろしい大きさに見えるのです。それがドス黒い血の海の中で（僅か一滴の血潮がそんなに見えるのです）背中半分をぺちゃんこにつぶされて、手足で空をつかんで、くちばしをできるだけ伸ばし、断末魔の物凄い形相をしています。何かその口から恐ろしい悲鳴が聞こえているようにすら感じられるのであります。

そうしたこまごましたことを一々申し上げていては際限がありませんから、たいていは省くことにしますが、実験室建築当初の、かような道楽は月日と共に深まって行って、ある時はまた、こんなこともあったのです。ある日のこと、彼を訪ねて、なにげなく実験室の扉をひらきますと、なぜかブラインドをおろして部屋の中が薄暗くなっていましたが、その正面の壁一杯に、そうですね一間四方もあったでしょうか、何かモヤモヤとうごめいているものがあるのです。気のせいかと思って、眼をこすってみるのですが、やっぱりなんだか動いている。私は戸口にたたずんだまま、息を呑んでその怪物を見つめたものです。すると、見ているに従って、霧みたいなものがだんだんハッキリしてきて、針を植えたような黒い草むら、その下にギョロギョロ光っている盥《たらい》ほどの眼、茶色がかった虹彩から、白目の中の血管の川までも、ちょうどソフトフォーカスの写真のように、ぼんやりしていながら、妙にハッキリと見えるのです。それから棕櫚のような鼻毛の光る、ほら穴みたいな鼻の穴、そのままの大きさで座蒲団を二枚かさねたかと見える、いやにまっ赤な唇、そのあいだからギラギラと白い瓦のような白歯が覗いている。つまり部屋一杯の人の顔、それが生きてうごめいているのです。映画なぞでないことは、その動きの静かなのと、生物そのままの色艶とで明瞭です。無気味さよりも、恐ろしさよりも、私は自分が気でも違ったのではあるまいかと、思わず驚きの叫び声を上げたほ

どです。すると、

「驚いたかい、僕だよ、僕だよ」

と別の方角から彼の声がして、ハッと私を飛び上がらせたことには、その声の通りに、壁の怪物の唇と舌が動いて、盥のような眼が、ニヤリと笑ったのです。

「ハハハハハ……どうだいこの趣向は」

突然部屋が明かるくなって、一方の暗室から彼の姿が現われました。それと同時に壁の怪物が消え去ったのは申すまでもありません。皆さんは大かた想像なすったでしょうが、これはつまり実物幻燈――鏡とレンズと強烈な光の作用によって、実物そのままを幻燈に写す、子供のおもちゃにもありますね、あれを彼独得の工夫によって、異常に大きくする装置を作ったのです。そして、そこへ彼自身の顔を映したのです。聞いてみればなんでもないことですが、可なり驚かせるものですよ。まあ、こういったことが彼の趣味なんですね。

似たようなので、いっそう不思議に思われたのは、今度は別段部屋が薄暗いわけでもなく、彼の顔も見えていて、そこへ変てこな、ゴチャゴチャとした鏡を立て並べた器械を置きますと、彼の眼なら眼だけが、これもまた盥ほどの大きさで、ポッカリと、私の目の前の空間に浮き出す仕掛けなのです。突然そいつをやられた時には、悪夢でも見ているようで身がすくんで、殆んど生きた空もありませんでした。ですが、種を割ってみれば、これがやっぱり、先ほどお話しした魔法の紙幣と同じことで、ただたくさん凹面鏡を使って、像を拡大したものにすぎないのでした。でも、理窟の上ではできるものとわかっていても、ずいぶん費用と時間のかかることでもあり、そんなにばかばかしいまねをやってみた人もありませんので、いわば彼の発明といってもよく、つづけざまにそのようなものを見せられると、なにかこう、彼が恐ろしい魔物のようにさえ思われてくるのでありました。

そんなことがあってから、二、三か月もたった時分でしたが、彼は今度は何を思ったのか、実験室を小さく区ぎって、上下左右を鏡の一枚板で張りつめた、俗にいう鏡の部屋を作りました。ドアも何もすっかり鏡なのです。彼はその中へ一本のロウソクを持って、たった一人で長いあいだはいっているというのです。一体なんのためにそんなまねをするのか誰にもわかりません。が、その中で彼が見るであろう光景は大体想像することができます。六方を鏡で張りつめた部屋のまん中に立てば、そこには彼のからだのあらゆる部分が、鏡と鏡が反射し合うために、無限の像となって映るものに違いありません。彼の上下左右に、彼と同じ数限りもない人間が、ウジャウジャと殺到する感じに違いありません。考えただけでもゾッとします。私は子供の時分に八幡の藪知らずの見世物で、型ばかりの代物ではありましたが、鏡の部屋を経験したことがあるのです。その不完全極まるものでさえ、私にはどのように恐ろしく感じられたことでしょう。それを知っているものですから、一度彼から鏡の部屋へはいれと勧められた時にも、私は固く拒んで、はいろうとはしませんでした。

そのうちに、鏡の部屋へはいるのは、彼一人だけではないことがわかってきました。その彼のほかの人間というのは、彼のお気に入りの小間使いでもあり、同時に彼の恋人でもあったところの、当時十八歳の美しい娘でした。彼は口癖のように、

「あの子のたったひとつの取柄《とりえ》は、からだじゅうに数限りもなく、非常に深い濃《こま》やかな陰影があることだ。色艶も悪くはないし、肌も濃やかだし、肉付きも海獣のように弾力に富んではいるが、そのどれにもまして、あの女の美しさは、陰影の深さにある」

といっていた。その娘と一緒に、彼の鏡の国に遊ぶのです。しめきった実験室の中の、それをまた区ぎった鏡の部屋の中ですから、外部からうかがうべくもありませんが、時としては一時間以上も、彼らはそこにとじこもっているという噂を聞きました。むろん彼が一人きりの場合もたびたびあるのですが、ある時などは、鏡の部屋へはいったまま、あまりにも長いあいだ物音ひとつしないので、召使いが心配のあまりドアを叩いたといいます。すると、いきなりドアがひらいて、すっぱだかの彼一人が出てきて、ひとことも物をいわないで、そのままプイと母屋の方へ行ってしまったというような、妙な話もあるのでした。

その頃から、もともとあまりよくなかった彼の健康が、日一日とそこなわれて行くように見えました。が、肉体が衰えるのと反比例に、彼の異様な病癖はますます募るばかりでした。彼は莫大な費用を投じて、さまざまの形をした鏡を集めはじめました。平面、凸面、凹面、波型、筒型と、よくもあんなに変わった形のものが集まったものです。広

い実験室の中は、毎日かつぎ込まれる変形鏡で埋まってしまうほどでした。ところが、それればかりではありません。驚いたことには、彼は広い庭の中央にガラス工場を建てはじめたのです。それは、彼独得の設計のもので、特殊の製品については、日本では類のないほど立派なものでありました。技術や職工なども、選びに選んで、そのためには、彼は残りの財産を全部投げ出しても惜しくない意気込みでした。

不幸にも、彼には意見を加えてくれるような親戚が一軒もなかったのです。召使いたちの中には、見るに見かねて意見めいたことを言う者もありましたが、そんなことがあれば、すぐさまお払い箱で、残っている者共は、ただもう法外に高い給金目当ての、さもしい連中ばかりでした。この場合、彼に取っては天にも地にも、たった一人の友人である私としては、なんとか彼をなだめて、この暴挙をとめなければならなかったのですが、むろん幾度となくそれは試みたのですが、いっかな狂気の彼の耳には入らず、それに事柄が別段悪事というのではなく、彼自身の財産を、彼が勝手に使うのであってみれば、ほかにどう分別のつけようもないのでした。私はただもう、ハラハラしながら、日に日に消え行く彼の財産と、彼の命とを、眺めているほかはないのでした。

そんなわけで、私はその頃から、かなり足繁く彼の家に出入りするようになりました。せめては彼の行動を、監視なりともしていようという心持だったのです。従って、彼の実験室の中で、目まぐるしく変化する彼の魔術を、見まいとしても見ないわけには行きませんでした。それは実に驚くべき怪奇と幻想の世界でありました。彼の病癖が頂上に達すると共に、彼の不思議な天才もまた、残るところなく発揮されたのでありましょう。走馬燈のように移り変わる、それがことごとくこの世のものではないところの、怪しくも美しい光景、私はその当時の見聞を、どのような言葉で形容すればよいのでしょう。

外部から買入れた鏡と、それで足らぬところや、ほかでは仕入れることのできない形のものは、彼自身の工場で製造した鏡によって補い、彼の夢想は次から次へと実現されて行くのでした。ある時は彼の首ばかりが、胴ばかりが、或いは足ばかりが、実験室の空中を漂っている光景です。それは言うまでもなく、巨大な平面鏡を室一杯に斜めに張りつめて、その一部に穴をあけ、そこから首や手足を出している、あの手品師の常套手段にすぎないのですけれど、それを行なう本人が手品師ではなくて、病的なきまじめな私の友だちなのですから、異常の感にうたれないではいられません。ある時は部屋全体が、凹面鏡、凸面鏡、波型鏡、筒型鏡の洪水です。その中央で踊り狂う彼の姿は、或いは巨大に、或いは微小に、或いは細長く、或いは平べったく、或いは曲がりくねり、或いは胴ばかりが、或いは首の下に首がつながり、或いはひとつの顔に眼が四つでき、或いは唇が上下に無限に延び、或いは縮み、その影がまた互に反復し、交錯して、紛然雑然、まるで狂人の幻想です。

ある時は部屋全体が巨大なる万華鏡です。からくり仕掛けで、カタリカタリと廻る、数十尺の鏡の三角筒の中に、花屋の店をからにして集めてきた、千紫万紅が、阿片の夢のように、花弁一枚の大きさが畳一畳にも映ってそれが何千何万となく、五色の虹となり、極地のオーロラとなって、見る者の世界を覆いつくす。その中で、大入道の彼の裸体が月の表面のような、巨大な毛穴を見せて躍り狂うのです。

そのほか種々雑多の、それ以上であっても、決してそれ以下ではないところの、恐るべき魔術、それを見た刹那、人間は気絶し、盲目となったであろうほどの、魔界の美、私にはそれをお伝えする力もありませんし、またたとえ今お話ししてみたところで、どうまあ信じていただけましょう。

そして、そんな狂乱状態がつづいたあとで、ついに悲しむべき破滅がやってきたのです。私の最も親しい友だちであった彼は、とうとう本ものの気ちがいになってしまったのです。これまでとても、彼の所業は決して正気の沙汰とは思われませんでした。しかし、そんな狂態を演じながらも、彼は一日の多くの時間を常人のごとく過ごしました。読書もすれば、痩せさらぼうた肉体を駆使して、ガラス工場の監督指揮にも当たり、私と会えば、昔ながらの彼の不可思議なる唯美思想を語るのに、なんのさしさわりもないのでした。それが、あのような無慙《むざん》な終末をとげようとは、どうして予想することができましょう。おそらく、これは彼の身うちに巣食っていた悪魔の所業か、そうでなければ、あまりにも魔界の美に耽溺した彼に対する、神の怒りででもあったのでしょうか。

ある朝、私は彼の所からの使いのものに、あわただしく叩き起こされたのです。

「大へんです。奥様が、すぐにおいでくださいますようにとおっしゃいました」

「大へん？　どうしたのだ」

「私どもにはわかりませんのです。ともかく、大急ぎでいらっしゃっていただけませんでしょうか」

使いの者と私とは、双方とも、もう青ざめてしまって、早口にそんな問答をくり返すと、私は取るものも取りあえず、彼の屋敷へと駈けつけました。場所はやっぱり実験室です。飛び込むように中へはいると、そこには、今では奥様と呼ばれている彼の愛人の小間使いをはじめ、数人の召使いたちが、あっけに取られた形で、立ちすくんだまま、ひとつの妙な物体を見つめているのでした。

その物体というのは、玉乗りの玉をもう一とまわり大きくしたようなもので、外部には一面に布が張りつめられ、それが広々と取り片づけられた実験室の中を、生あるもののように、右に左にころがり廻っているのです。そして、もっと気味わるいのは、多分その内部からでしょう、動物のとも人間のともつかぬ笑い声のような唸りが、シューシューと響いているのでした。

「一体どうしたというのです」

私はかの小間使いをとらえて、先ずこう尋ねるほかはありませんでした。

「さっぱりわかりませんの。なんだか中にいるのは旦那様ではないかと思うのですけれど、こんな大きな玉がいつの間にできたのか、思いもかけぬことですし、それに手をつけようにも、気味がわるくて……さっきから何度も呼んでみたのですけれど、中から妙な笑い声しか戻ってこないのですもの」

その答えを聞くと、私はいきなり玉に近づいて、声の洩れてくる箇所を調べました。そして、ころがる玉の表面に、二つ三つの小さな空気抜きとも見える穴を見つけるのは、わけのないことでした。で、その穴のひとつに眼を当てて怖わごわ玉の内部を覗いて見たのですが、中には何か妙に眼をさすような光が、ギラギラしているばかりで、人のうごめくけはいと、無気味な、狂気めいた笑い声が聞こえてくるほかには、少しも、様子がわかりません。そこから二、三度彼の名を呼んでもみましたけれど、相手は人間なのか、それとも人間でないほかの者なのか、いっこうに手ごたえがないのです。

ところが、そうしてしばらくのあいだ、ころがる玉を眺めているうちに、ふとその表面の一か所に、妙な四角の切りくわせができているのを発見しました。それがどうやら、玉の中へはいる扉らしく、押せばガタガタ音はするのですけれど、取手も何もないために、ひらくことができません。なおよく見れば、取手の跡らしく、金物の穴が残っています。これは、ひょっとしたら、人間が中へはいったあとで、どうかして取手が抜け落ちて、そとからも、中からも、扉がひらかぬようになったのではあるまいか。とすると、この男はひと晩じゅう玉の中にとじこめられていたことになるのでした。では、その辺に取手が落ちていまいかと、あたりを見廻しますと、もう私の予想通りに違いなかったことには、部屋の一方の隅に丸い金具が落ちていて、それを今の金物の穴にあててみれば、寸法はきっちりと合うのです。しかし困ったことには、柄が折れてしまっていて、今さら穴に差し込んでみたところで、扉がひらくはずもないのでした。

でも、それにしてもおかしいのは、中にとじこめられた人が、助けを呼びもしないで、ただゲラゲラ笑っていることでした。

「もしや」

私はある事に気づいて、思わず青くなりました。もう何を考える余裕もありません。ただこの玉をぶちこわす一方です。そうして、ともかくも中の人間を助け出すほかはないのです。

私はいきなり工場に駈けつけて、大ハンマーを拾うと、元の部屋に引き返し、玉を目がけて勢いこめてたたきつけました。と、驚いたことには、内部は厚いガラスでできていたと見え、ガチャンと、恐ろしい音と共に、おびただしい破片に、割れくずれてしまいました。

そして、その中から這いだしてきたのは、まぎれもない私の友だちの彼だったのです。もしやと思っていたのが、やっぱりそうだったのです。それにしても、人間の相好が、僅か一日のあいだに、あのようにも変わるものでしょうか。きのうまでは、衰えてこそいましたけれど、どちらかといえば、神経質に引き締まった顔で、ちょっと見ると怖いほどでしたのが、今はまるで死人の相好のように、顔面のすべての筋がたるんでしまい、引っかき廻したように乱れた髪の毛、血走っていながら、異様に空ろな眼、そして口をだらしなくひらいて、ゲラゲラと笑っている姿は、二た目と見られたものではないのです。それは、あのように彼の寵愛を受けていた、かの小間使いさえもが、恐れをなして、飛びのいたほどでありました。

いうまでもなく、彼は発狂していたのです。しかし、何が彼を発狂させたのでありましょう、玉の中にとじこめられたくらいで、気の狂う男とも見えません。それに第一、あの変てこな玉は、一体全体なんの道具なのか、どうして彼がその中へはいっていたのか。玉のことは、そこにいた誰もが知らぬというのですから、おそらく彼が工場に命じて秘密にこしらえさせたものでありましょうが、彼はまあ、この玉乗りのガラス玉を、一体どうするつもりだったのでしょうか。

部屋の中をうろうろしながら、笑いつづける彼、やっと気を取り直して、涙ながらに、その袖を捉える女、その異様な興奮の中へ、ヒョッコリ出勤してきたのは、ガラス工場の技師でした。私はその技師をとらえて彼の面喰らうのも構わずに、矢つぎ早やの質問をあびせました。そして、ヘドモドしながら彼の答えたところを要約しますと、つまりこういう次第だったのです。

技師は大分以前から、三分ほどの厚みを持った、直径四尺ほどの、中空のガラス玉を作ることを命じられ、秘密のうちに作業を急いで、それがゆうべ遅くやっとできあがったのでした。技師たちはもちろんその用途を知るべくもありませんが、玉の外側に水銀を塗って、その内側を一面の鏡にすること、内部には数か所に強い光の小電燈を装置し、玉の一か所に人の出入りできるほどの扉を設けること、というような不思議な命令に従って、その通りのものを作ったのです。できあがると、夜中にそれを実験室に運び、小電燈のコードには室内燈の線を連結して、それを主人に引き渡したまま帰宅したのだと申します。それ以上のことは、技師にはまるでわからないのでした。

私は技師を帰し、狂人は召使いたちに看護を頼んでおいて、その辺に散乱した不思議なガラス玉の破片を眺めながら、どうかして、この異様な出来事の謎を解こうと悶えました。長いあいだ、ガラス玉との睨めっこでした。が、やがて、ふと気づいたのは、彼は、彼の智力の及ぶ限りの鏡装置を試みつくし、楽しみつくして、最後に、このガラス玉を考案したのではあるまいか。そして、自からその中にはいって、そこに映るであろう不思議な影像を、眺めようと試みたのではあるまいかということでした。

が、彼が何故発狂しなければならなかったか。いや、それよりも、彼はガラス玉の内部で何を見たか。一体全体、何を見たのか。そこまで考えた私は、その刹那、脊髄の中心を、氷の棒で貫かれた感じで、その、世の常ならぬ恐怖のために、心の臓まで冷たくなるのを覚えました。彼はガラス玉の中にはいって、ギラギラした小電燈の光で、彼自身の影像をひと目見るなり、発狂したのか、それともまた、玉の中を逃げ出そうとして、誤まって扉の取手を折り、出るに出られず、狭い球体の中で死の苦しみをもがきながら、ついに発狂したのか、そのいずれかではなかったでしょうか。では、何物がそれほどまでに彼を恐怖せしめたのか。

それは、到底人間の想像を許さぬところです。球体の鏡の中心にはいった人が、かつて一人だってこの世にあったでしょうか。その球壁に、どのような影が映るものか、物理学者とて、これを算出することは不可能でありましょう。それは、ひょっとしたら、われわれには、夢想することも許されぬ、恐怖と戦慄の人外境ではなかったのでしょうか。世にも恐るべき悪魔の世界ではなかったのでしょうか。そこには彼の姿が彼としては映らないで、もっと別のもの、それがどんな形相を示したかは想像のほかですけれども、ともかく、人間を発狂させないではおかぬほどの、あるものが、彼の限界、彼の宇宙を覆いつくして映し出されたのではありますまいか。

ただ、われわれにかろうじてできることは、球体の一部であるところの、凹面鏡の恐怖を、球体にまで延長してみるほかにはありません。あなた方は定めし、凹面鏡の恐怖なれば、御存じでありましょう。あの自分自身を顕微鏡にかけて覗いて見るような、悪夢の世界、球体の鏡はその凹面鏡が果てしもなく連なって、われわれの全身を包むのと同じわけなのです。それだけでも、単なる凹面鏡の恐怖の幾層倍、幾十層倍に当たりますす。そのように想像したばかりで、われわれはもう身の毛もよだつではありませんか。それは凹面鏡によって囲まれた小宇宙なのです。われわれのこの世界ではありません。もっと別の、おそらく狂人の国に違いないのです。

私の不幸な友だちは、そうして、彼のレンズ狂、鏡気ちがいの最端をきわめようとして、きわめてはならぬところを極めようとして、神の怒りにふれたのか、悪魔の誘いに敗れたのか、遂に彼自身を亡ぼさねばならなかったのでありましょう。

彼はその後、狂ったままこの世を去ってしまいましたので、事の真相を確かむべきよすがとてもありませんが、でも、少なくとも私だけは、彼の鏡の玉の内部を冒《おか》したばっかりに、ついにその身を亡ぼしたのだという想像を、今に至るまでも捨て兼ねているのであります。

人でなしの恋

1

門野《かどの》、ご存知でいらっしゃいましょう。十年以前になくなった先《せん》の夫なのでございます。こんなに月日がたちますと、門野と口に出して言ってみましても、いっこう他人様のようで、あの出来事にしましても、なんだか、こう夢ではなかったかしら、なんて思われるほどでございます。

門野家へ私がお嫁入りをしましたのは、どうした御縁からでございましたかしら。申すまでもなく、お嫁入り前に、お互いに好き合っていたなんて、そんなみだらなのではなく、仲人《なこうど》が母を説きつけて、母がまた私に申し聞かせて、それを、おぼこ娘の私は、どう否やが申せましょう、おきまりでございますわ、畳にのの字を書きながら、ついうなずいてしまったのでございます。

でも、あの人が私の夫になるかたかと思いますと、狭い町のことで、それに先方も相当の家柄なものですから、顔ぐらいは見知っていましたけれど、噂によれば、なんとなく気むずかしいかたのようだがとか、あんな綺麗なかたのことだから、ええ、ご承知かもしれませんが、門野というのは、それはそれは、凄いような美男子で、いいえ、おのろけではございません、美しいといいますうちにも、病身なせいもあったのでございましょう、どこやら陰気で、青白く、透きとおるような、ですから、一そう水ぎわ立った殿御ぶりだったのでございますが、それが、ただ美しい以上に、何かこう凄いような感じだったのでございます。

そのように綺麗なかたのことですから、きっとほかに美しい娘さんもおありでしょうし、もしそうでないとしましても、私のようなこのお多福が、どうまあ一生可愛がってもらえよう、などと、いろいろ取り越し苦労もしますれば、従ってお友だちだとか、召使いなどの、そのかたの噂話にも聞き耳を立てるといった調子なのでございます。

そんなふうにして、だんだん洩れ聞いたところを寄せ集めてみますと、心配をしていた、一方のみだらな噂などはこれっぱかりもない代りには、もう一つの気むずかし屋の方は、どうして一と通りでないことがわかってきたのでございます。

いわば変人とでも申すのでございましょう。お友だちなども少なく、多くはうちの中に引っこみ勝ちで、それに一ばんいけないのは、女ぎらいという噂すらあったのでございます。それも、遊びのおつき合いをなさらぬための、そんな噂なら別条はないのですけれど、ほんとうの女ぎらいらしく、私との縁談にしましてからが、もともと親御さんたちのお考えで、仲人に立ったかたは、私の方よりは、かえって先方のご本人を説きふせるのに骨が折れたほどだと申すのでございます。

もっとも、そんなハッキリした噂を聞いたわけではなく、誰かがちょっと口をすべらせたのから、私が、お嫁入りの前の娘の敏感で、独り合点をしていたのかもしれません。いいえ、いざお嫁入りをして、あんな目にあいますまでは、ほんとうに私の独り合点にすぎないのだと、しいてもそんなふうに、こちらの都合のよいように、気休めを考えていたことでございます。これで、いくらか、うぬぼれもあったのでございますわね。

あの時分の娘々《むすめむすめ》した気持を思い出しますと、われながら可愛らしいようでございます。一方ではそんな不安を感じながら、でも、隣町の呉服屋へ衣裳を見立てに参ったり、それをうちじゅうの手で裁縫したり、道具類だとか、こまごました手廻りの品々を用意したり、その中へ先方からは立派な結納が届く、お友だちにはお祝いの言葉やら、羨望の言葉やら、誰かに会えばひやかされるのがなれっこになってしまって、それがまた恥かしいほど嬉しくて、うちじゅうにみちみちた華やかな空気が、十九の娘をもう有頂天にしてしまったのでございます。

一つは、どのような変人であろうが、気むずかし屋さんであろうが、いま申す水ぎわ立った殿御振りに、私はすっかり魅せられていたのでもございましょう。それに又、そんな性質のかたに限って、情が濃やかなのではないか、私なら私一人を守って、すべての愛情を私一人に注ぎつくして、可愛がってくださるのではないか、などと、私はまあなんてお人よしにできていたのでございましょう。そんなふうに思ってもみるのでございました。

はじめのあいだは、遠い先のことのように、指折り数えていた日取りが、夢の間に近づいて、近づくに従って、甘い空想がずっと現実的な恐れに代って、いざ当日、御婚礼の行列が門前に勢揃いをいたします。その行列がまた、自慢に申すのではありませんが、十幾吊りの私の町にしては飛びきり立派なものでしたが、その中にはさまって、車に乗る時の心持というものは、どなたも味わいなさることでしょうけれど、ほんとうにもう、気が遠くなるようでございましたっけ。まるで屠所《としょ》の羊でございますわね。精神的に恐ろしいばかりでなく、もう身内がずきずき痛むような、それはもう、なんと申してよろしいのやら……

2

何がどうなったのですか、ともかくも夢中でご婚礼をすませて、一日二日は、夜さえ眠ったのやら眠らなかったのやら、舅、姑がどのようなかたなのか、召使いたちが幾人いるのか、挨拶もし、挨拶されていながらも、まるで頭に残っていないという有様なのでございます。

するともう、里帰り、夫と車を並べて、夫のうしろ姿を眺めながら走っていても、それが夢なのか現《うつつ》なのか……まあ、私はこんなことばかりおしゃべりしていまして、ご免くださいまし、肝心のお話がどこかへ行ってしまいますわね。

そうして、ご婚礼のごたごたが一段落つきますと、案ずるよりは生むが易いと申しますか、門野は噂ほどの変人というでもなく、かえって世間並よりは物柔らかで、私などには、それは優しくしてくれるのでございます。

私はほっといたしますと、今までの苦痛に近い緊張が、すっかりほぐれてしまいまして、人生というものは、こんなにも幸福なものであったのかしら、なんて思うようになってまいったのでございます。

それに舅、姑お二人とも、お嫁入り前に母親が心づけてくれましたことなど、まるでむだに思われるほどよいおかたですし、ほかには、門野は一人子だものですから、小姑などもなく、かえって気抜けのするくらい、お嫁さんなんて気苦労のいらぬものだと思われたのでございました。

門野の男ぶりは、いいえ、そうじゃございませんのよ、これがやっぱり、お話のうちなのでございますわ。そうして一しょに暮らすようになってみますと、遠くから垣間見《かいま》ていたのと違って、私にとっては生れてはじめての、この世にたった一人のかたなのですもの、それは当たり前でございましょうけれど、日がたつにつれて、だんだん立ちまさって見え、その水ぎわ立った男ぶりが、類なきものに思われはじめたのでございます。いいえ、お顔が綺麗だとか、そんなことばかりではありません。恋なんてなんと不思議なものでございましょう。門野の世間並をはずれたところが、変人というほどではなくても、なんとやら憂鬱で、しょっちゅう一途に物を思いつづけているような、しんねりむっつりとした、それで、器量はと申せば、今いう透きとおるような美男子なのでございますよ、それがもう、いうにいわれぬ魅力となって、十九の小娘を、さんざんに責めさいなんだのでございます。

ほんとうに世界が一変したのでございます。二た親のもとで育てられていた十九年を、現実世界にたとえますなら、ご婚礼の後の、それが不幸にもたった半年ばかりのあいだではありましたけれど、そのあいだはまるで夢の世界か、おとぎ話の世界に住んでいる気持でございました。大げさに申しますれば、浦島太郎が乙姫さまのご寵愛を受けたという竜宮世界、あれでございますわ。

世間ではお嫁入りはつらいものとなっていますのに、私はまるで正反対ですわね。いいえ、そう申すよりは、そのつらいところまで行かぬうちに、あの恐ろしい破綻が参ったという方が当たっているのかもしれませんけれど。

その半年のあいだを、どのようにして暮らしましたことやら、ただもう楽しかったと申すほかに、こまごましたことなど忘れてもおりますし、それに、このお話には大して関係のないことですから、おのろけめいた思い出話は止しにいたしましょうけれど、門野が私を可愛がってくれましたことは、それはもう世間のどのような女房思いのご亭主でも、とてもまねもできないほどでございました。

むろん私は、それをただありがたいことに思って、いわば陶酔してしまって、なんの疑いをいだく余裕もなかったのでございますが、この門野が私を可愛がりすぎたということには、あとになって考えますと、実に恐ろしい意味があったのでございます。

といって、何も可愛がりすぎたのが破綻の元だと申すわけではありません。あの人は、真心をこめて、私を可愛がろうと努力していたにすぎないのでございます。それが決して、だましてやろうというような心持ではなかったのですから、あの人が努力すればするほど、私はそれを真に受けて、真からたよって行く、身も心も投げ出してすがりついて行く、というわけでございました。

ではなぜ、あの人がそんな努力をしましたか、もっとも、これらのことは、ずっとずっと後になって、やっと気づいたのでありますけれど、それには、実に恐ろしい理由があったのでございます。

3

「変だな」と気づいたのは、ご婚礼からちょうど半年ほどたった時分でございました。今から思えば、あの時、門野の力が、私を可愛がろうとする努力が、いたましくも尽きはててしまったものに違いありません。その隙に乗じて、もう一つの魅力が、グングンとあの人を、そちらの方へひっぱり出したのでございましょう。

男の愛というものが、どのようなものであるか、小娘の私が知ろうはずはありません。門野のような愛しかたこそ、すべての男の、いいえ、どの男にもまさった愛しかたに違いないと、長いあいだ信じきっていたのでございます。ところが、これほど信じきっていた私でも、やがて、少しずつ、少しずつ、門野の愛になんとやら偽りの分子が含まれていることを、感づきはじめないではいられませんでした。

夜ごとのねやのエクスタシイは形の上にすぎなくて、心では、何か遥かなものを追っている、妙に冷たい空虚を感じたのでございます。私を眺める愛撫のまなざしの奥には、もう一つの冷たい眼が、遠くの方を凝視しているのでございます。愛の言葉をささやいてくれます、あの人の声音すら、なんとやらうつろで、器械仕掛けの声のようにも思われるのでございます。

でも、まさか、その愛情が最初からすべて偽りであったなどとは、当時の私には思いも及ばぬことでした。これはきっと、あの人の愛が私から離れてどこかの人に移りはじめたしるしではあるまいか、そんなふうに、疑ってみるのが、やっとだったのでございます。

疑いというものの癖として、一度そうしたきざしが現われますと、ちょうど夕立雲がひろがる時のような、恐ろしい早さでもって、相手の一挙一動、どんな微細な点までも、それが私の心一ぱいに、深い深い疑惑の雲となって、群がり立つのでございます。あの時のお言葉の裏にはきっとこういう意味を含んでいたに違いない。いつやらのご不在は、あれはいったいどこへいらしったのであろう。こんなこともあった、あんなこともあった。疑い出しますと際限がなく、よく申す、足の下の地面が突然なくなって、そこへ大きなまっ暗な空洞がひらけて、果てしれぬ地獄へ吸い込まれて行く感じなのでございます。

ところが、それほどの疑惑にもかかわらず、私は、何一つ、疑い以上のハッキリしたものを摑むことはできないのでございました。門野が家をあけると申しましても、ごくわずかの間で、それがたいていは行き先が知れているのですし、日記帳だとか手紙類、写真までも、こっそり調べてみましても、あの人の心持を確かめ得るような跡は、少しも見つかりはしないのでございます。

ひょっとしたら、娘心のあさはかにも、根もないことを疑って、むだな苦労を求めているのではないかしら。幾度か、そんなふうに反省してみましても、一度根を張った疑惑は、どう解こうすべもなく、ともすれば、私の存在をさえ忘れ果てた形で、ぼんやりと一つ所を見つめて、物思いにふけっているあの人の姿を見るにつけ、やっぱり何かあるに違いない、きっときっと、それにきまっている。では、もしや、あれではないのかしら。

と言いますのは、門野はさっきから申しますように、非常に憂鬱なたちだものですから、自然引っ込み思案で、一間にとじこもって本を読んでいるような時間が多く、それも書斎では気が散っていけないと申し、裏に建っていました土蔵の二階へ上がって、幸いそこに先祖から伝わった古い書物がたくさん積んでありましたので、薄暗い所で、夜などは昔ながらの雪洞《ぼんぼり》をともして、一人ぼっちで書見をするのが、あの人のもっと若い時分からの、一つの楽しみになっていたのでございます。それが、私がまいってから半年ばかりというものは、忘れたように、土蔵のそばへ足ぶみもしなくなっていたのが、ついそのころになって、又しても、しげしげと土蔵へはいるようになってまいったのでございます。このことに何か意味がありはしないか。私はふとそこへ気がついたのでございました。

4

土蔵の二階で、書見をするというのは少し風変りとは申せ、別段とがむべきことでもなく、なんの怪しいわけもないと、一応はそう思うのですけれど、また考えなおせば、私としましては、できるだけ気をくばって、門野の一挙一動を監視もし、あの人の持ち物なども調べましたのに、なんの変ったところもなく、それで、一方ではあの抜けがらの愛情、うつろな眼、そして時には私の存在をすら忘れたかと見える物思いでございましょう。もう蔵の二階を疑いでもするほかには、なんのてだても残っていないのでございます。

それに妙なのは、あの人が蔵へ行きますのが、きまって夜ふけなことで、時には隣に寝ています私の寝息をうかがうようにして、こっそりと床の中をぬけ出して、お小用にでもいらっしったのかと思っていますと、そのまま長いあいだ帰っていらっしゃらない。縁側に出てみれば、土蔵の窓にぼんやりとあかりがついているのでございます。なんとなく凄いような、いうにいわれない感じに打たれることがしばしばなのでございます。

土蔵だけはお嫁入りの当時、一とまわり中を見せてもらいましたのと、時候の変り目に一、二度はいったばかりで、たとえ、そこへ門野がとじこもっていましても、まさか、蔵の中に私をうとうとしくする原因がひそんでいようとも考えられませんので、別段あとをつけてみたこともなく、従って蔵の二階だけが、これまで、私の監視をのがれていたのでございますが、それをすら、今は疑いの眼をもって見なければならなくなったのでございます。

お嫁入りをしましたのが春のなかば、夫に疑いをいだきはじめましたのがその秋のちょうど名月時分でございました。今でも不思議に覚えていますのは、門野が縁側に向こうむきにうずくまって、青白い月光に洗われながら、長いあいだじっと物思いにふけっていた、あのうしろ姿、それを見て、どういうわけか、妙に胸を打たれましたのが、あの疑惑のきっかけになったのでございます。

それから、やがてその疑いが深まって行き、ついには、あさましくも、門野のあとをつけて、土蔵の中へはいるまでになったのが、その秋の終りのことでございました。

なんというはかない縁でありましょう。あのようにも私を有頂天にさせた夫の深い愛情が(先にも申す通り、それは決してほんとうの愛情ではなかったのですけれど)たった半年のあいだにさめてしまって、私は今度は玉手箱をあけた浦島太郎のように、生れてはじめての陶酔境から、ハッと眼覚めると、そこには恐ろしい疑惑と嫉妬の無間地獄が、口をあけて待っていたのでございます。

でも最初は、土蔵の中が怪しいなどとハッキリ考えていたわけではなく、疑惑に責められるまま、たった一人の時の夫の姿を垣間見《かいま》て、できるならば迷いを晴らしたい、どうかそこに私を安心させるようなものがあってくれますようにと祈りながら、一方ではそのような泥棒じみた行ないが恐ろしく、といって一度思い立ったことを、今さら中止するのはどうにも心残りなままに、ある晩のこと、給一枚ではもう肌寒いくらいで、その頃まで庭に鳴きしきっていました秋の虫どもも、いつか声をひそめ、それにちょうど闇夜で、庭下駄で土蔵への道々、空を眺めますと、星はきれいでしたけれど、それが非常に遠く感じられ、不思議に物淋しい晩のことでありましたが、私はとうとう土蔵へ忍びこんで、そこの二階にいるはずの夫の隙見を企てたのでございます。

もう母屋《おもや》では、ご両親をはじめ召使いたちも、とっくに床についておりました。田舎町の広い屋敷のことでございますから、まだ十時ごろというのに、シーンと静まり返って、蔵まで参りますのに、まっ暗な茂みを通るのが、こわいようでございました。

その道が又、お天気でもじめじめしたような地面で、茂みの中には、大きなガマが住んでいて、グルルル……グルルル……と、いやな鳴き声さえ立てるのでございます。それをやっと辛抱して、蔵の中へたどりついても、そこも同じようにまっ暗で、樟脳のほのかな薫りにまじって、冷たい、かび臭い、蔵特有の一種の匂いが、ゾーッと身を包むのでございます。

もし心の中に嫉妬の火が燃えていなかったら、十九の小娘にどうまああのようなまねができましょう。ほんとうに恋ほど恐ろしいものはございませんわね。

闇の中を手探りで、二階への階段まで近づき、そっと上をのぞいてみますと、暗いのも道理、梯子段を登った所の落とし戸が、ピッタリ締まっているのでございます。私は息を殺して、一段一段と音のせぬように注意しながら、やっとのことで梯子の上まで登り、ソッと落とし戸を押し試みてみましたが、門野の用心深いことには、上から締まりをして、ひらかぬようになっているではございませんか。ただ、ご本を読むのなら、何も錠までおろさなくてもと、そんなちょっとしたことまでが、気がかりの種になるのでございます。

どうしようかしら。ここを叩いてあけていただこうかしら。いやいや、この夜ふけに、そんなことをしたなら、はしたない心のうちを見すかされ、なおさら疎《うと》んじられはしないかしら。でも、このような、蛇の生殺しのような状態が、いつまでもつづくのだったら、とても私には耐えられない。いっそ思い切ってここをあけていただいて、母屋から離れた蔵の中を幸いに、今夜こそ、日頃の疑いを夫の前にさらけ出して、あの人のほんとうの心持を聞いてみようかしら。

などと、とつおいつ思いまどって、落とし戸の下にたたずんでいましたとき、ちょうどそのとき、実に恐ろしいことが起こったのでございます。

5

その晩、どうして私は蔵の中へなど参ったのでございましょう。夜ふけに蔵の二階で、何事があろうはずもないことは、常識で考えてもわかりそうなものですのに、ほんとうにばかばかしいような、疑心暗鬼から、ついそこへ参ったというのは、理窟では説明のできない、何かの感応があったのでございましょうか。俗にいう虫の知らせでもあったのでございましょうか。この世には、時々常識では判断のつかないような、意外なことが起こるものでございます。

そのとき、私は蔵の二階から、ひそひそばなしの声を、それも男女二人の話し声を、洩れ聞いたのでございました。男の声はいうまでもなく門野のでしたが、相手の女は一体全体何者でございましょうか。

まさかと思っていました私の疑いが、あまり明らかな事実となって現われたのをみますと、世慣れぬ小娘の私は、ただもうハッとして、腹立たしいよりは恐ろしく、恐ろしさと、身も世もあらぬ悲しさに、ワッと泣き出したいのを、わずかに喰いしめて、瘧《おこり》のように身をおののかせながら、でも、そんなでいて、やっぱり上の話し声に聞き耳を立てないではいられなかったのでございます。

「このような逢う瀬をつづけていては、あたし、あなたの奥様にすみませんわね」

細々とした女の声は、それがあまりに低いために、ほとんど聞きとれぬほどでありましたが、聞こえぬところは想像でおぎなって、やっと意味を取ることができたのでございます。声の調子で察しますと、女は私よりは三つ四つ年かさで、しかし私のようにこんな太っちょうではなく、ほっそりとした、ちょうど泉鏡花さんの小説に出てくるような、夢のように美しい方に違いないのでございます。

「私もそれを思わぬではないが」

と、門野の声がいうのでございます。

「いつもいって聞かせる通り、私はもうできるだけのことをして、あの京子を愛しようと努めたのだけれど、悲しいことには、それがやっぱりだめなのだ。若い時から馴染を重ねたお前のことが、どう思い返しても、思い返しても、私にはあきらめかねるのだ。京子にはお詫びのしようもないほどすまぬけれど、すまないすまないと思いながら、やっぱり、私はこうして、夜毎にお前の顔を見ないではいられぬのだ。どうか私の切ない心のうちを察しておくれ」

門野の声ははっきりと、妙に切り口上に、せりふめいて、私の心に食い入るように響いてくるのでございます。

「嬉しゅうございます。あなたのような美しいかたに、あのご立派な奥様をさしおいて、それほどに思っていただくとは、私はまあ、なんという果報者でしょう。嬉しゅうございますわ」

そして、極度に鋭敏になった私の耳は、女が門野の膝にでももたれたらしいけはいを感じるのでございます。それから何かいまわしい衣ずれの音や、口づけの音までも。

まあ御想像なすってくださいませ。私のその時の心持がどのようでございましたか。

もし今の年でしたら、なんのかまうことがあるものですか、いきなり戸を叩き破ってでも、二人のそばへ駈けこんで、恨みつらみのありったけを並べもしたでしょうけれど、何を申すにも、まだ小娘の当時では、とてもそのような勇気が出るものではございません。込み上げてくる悲しさを、袂の端でじっと抑えて、おろおろと、その場を立ち去りもえせず、死ぬる思いをつづけたことでございます。

やがて、ハッと気がつきますと、ハタハタと、板の間を歩く音がして、誰かが落とし戸の方へ近づいてまいるのでございます。今ここで顔を合わせては、私にしましても、あんまり恥かしいことですから、私は急いで梯子段を降りると、蔵のそとへ出て、その辺の暗闇へそっと身をひそめ、一つにはそうして女めの顔をよく見覚えてやりましょうと、恨みに燃える眼をみはったのでございます。

ガタガタと落とし戸をひらく音がして、パッと明かりがさし、雪洞《ぼんぼり》を片手に、それでも足音を忍ばせておりてきましたのは、まがうかたなき私の夫、そのあとにつづくやつめと、いきまいて待てど暮らせど、もうあの人は、蔵の大戸をガラガラと閉めて、私の隠れている前を通りすぎ、庭下駄の音が遠ざかって行ったのに、女は降りてくるけはいもないのでございます。

蔵のことゆえ一方口で、窓はあっても、皆金網が張りつめてありますので、ほかに出口はないはず。それが、こんなに待っても、戸のひらくけはいも見えぬのは、あまりといえば不思議なことでございます。だいいち、門野が、そんな大切な女を一人あとに残して、立ち去るわけもありません。これはもしや、長いあいだの企らみで、蔵のどこかに、秘密な抜け穴でもこしらえてあるのではなかろうか。

そう思えば、まっ暗な穴の中を、恋に狂った女が、男に逢いたさ一心で、怖さを忘れ、ゴソゴソと這っている景色が、幻のように眼に浮かび、そのくら闇の中に一人でいるのが怖くなってまいりました。また夫が私のいないのを不審に思ってはと、それも気がかりなものですから、ともかくも、その晩は、それだけで、母屋の方へ引き返すことにいたしました。

6

それ以来、私は幾度闇夜の蔵へ忍んで行ったことでございましょう。そして、そこで、夫たちのさまざまの睦言を立ち聞きしては、どのように、身も世もあらぬ思いをしたことでございましょう。

そのたびごとに、どうかして相手の女を見てやりましょうと、いろいろに苦心をしたのですけれど、いつも最初の晩の通り、蔵から出てくるのは夫の門野だけで、女の姿なぞはチラリとも見えはしないのでございます。

ある時はマッチを用意して行きまして、夫が立ち去るのを見すまし、ソッと蔵の二階へ上がって、マッチの光でその辺を探しまわったこともありましたが、どこへ隠れる暇もないのに、女の姿はもう影もささぬのでございます。

　またある時は、夫の隙をうかがって、昼間、蔵の中へ忍び込み、隅から隅をのぞきまわって、もしや抜け道でもありはしないか、又ひょっとして、窓の金網でも破れてはいないかと、さまざまに調べてみたのですけれど、蔵の中には、鼠一匹逃げ出す隙間も見当たらぬのでございました。

　なんという不思議でございましょう。それを確かめますと、私はもう、悲しさ口惜しさよりも、いうにいわれぬ無気味さに、思わずゾッとしないではいられませんでした。そうしてその翌晩になれば、どこから忍んで参るのか、やっぱり、いつもの艶めかしいささやき声が、夫との睦言を繰り返し、又幽霊のように、いずことも知れず消え去ってしまうのでございます。

　もしや何かの生霊が、門野に魅入っているのではないでしょうか。生来憂鬱で、どことなく普通の人と違ったところのある、蛇を思わせるような門野には（それゆえに又、私はあれほども、あの人に魅せられていたのかもしれません）そうした生霊というような異形のものが、魅入りやすいのではありますまいか。などと考えますと、はては、門野自身が、何かこう魔性のものにさえ見え出して、なんとも形容のできない、変な気持になってまいるのでございます。

　いっそのこと、里へ帰って、一部始終を話そうか。それとも、門野の親御さまたちに、このことをお知らせしようか。私はあまりの怖さ無気味さに幾たびかそれを決心しかけしたのですけれど、でも、まるで雲をつかむような、怪談めいた事柄を、うかつに言い出しては、頭から笑われそうで、かえって恥をかくようなことがあってはならぬと、娘心にもやっとこらえて、一日二日は、その決心を延ばしていたのでございます。考えてみますと、その時分から、私はずいぶんきかん坊でもあったのでございますわね。

そして、ある晩のことでございました。私はふと妙なことに気づいたのでございます。それは、蔵の二階で門野たちのいつもの逢う瀬がすみまして、門野がいざ二階を降りるという時に、パタンと軽く、何かの蓋のしまる音がして、それからカチカチと錠前でもおろすらしいけはいがしたのでございます。よく考えてみれば、この物音は、ごくかすかではありましたが、いつの晩にも必らず聞いたように思われるのでございます。

蔵の二階でそのような音を立てるものは、そこに幾つも並んでいます長持のほかにはありません。さては相手の女は長持の中に隠れているのではないかしら。生きた人間ならば、食事もとらなければならず、第一、息苦しい長持の中に、そんな長いあいだ忍んでいられよう道理はないはずですけれど、なぜか、私には、それがもう間違いのない事実のように思われてくるのでございます。

そこへ気がつきますと、もう、じっとしてはいられません。どうかして、長持の鍵を盗み出して、長持の蓋をあけて、相手の女めを見てやらないでは気がすまぬ。なあに、いざとなったら、喰いついてでも、ひっ搔いてでも、あんな女に負けてなるものか。もうその女が長持の中に隠れているときまりでもしたように、私は歯ぎしりを嚙んで、夜の明けるのを待ったものでございます。

その翌日、門野の手文庫から鍵を盗み出すことは、案外やすやすと成功いたしました。その時分には私はもうまるで夢中ではありましたけれど、それでも、十九の小娘にしましては、身にあまる大仕事でございました。それまでとても、眠られぬ夜がつづき、さぞかし顔色も青ざめ、からだも痩せ細っていたことでありましょう。幸いご両親とは離れた部屋に起き伏ししていましたのと、夫の門野は、あの人自身のことで夢中になっていましたのとで、その半月ばかりのあいだを、怪しまれもせずすごすことができたのでございましょう。

さて、鍵を持って、昼間でも薄暗い、冷たい土の匂いのする、土蔵の中へ忍び込んだときの気持、それがまあ、どんなでございましたか。よくまああのようなまねができたものだと、今思えば、いっそ不思議な気もするのでございます。

ところが鍵を盗み出す前でしたか、それとも蔵の二階へ上がりながらでありましたか、千々《ちぢ》に乱れる心の中で、私はふと滑稽なことを考えたものでございます。どうでもよいことではありますけれど、ついでに申し上げておきましょうか。それは、先日からのあの話し声は、もしや門野が独りで、声色を使っていたのではないかという疑いでございました。まるで落とし話のような想像ではありますが、例えば小説を書きますためとか、お芝居を演じますためとかに、人に聞こえない蔵の二階で、そっとせりふのやり取りを稽古していらっしゃるのではあるまいか、そして、長持の中には女なぞではなくて、ひょっとしたら、芝居の衣裳でも隠してあるのではないかという、途方もない疑いでございました。

ホホホホホ、私はのぼせ上がっていたのでございますわね。意識が混乱して、ふとそのような、わが身に都合のよい妄想が浮かび上がるほど、それほど私の頭は乱れきっていたのでございました。なぜと申して、あの睦言の意味を考えましても、そのようなばかばかしい声色を使う人が、どこの世界にあるものでございますか。

7

門野家は町でも知られた旧家だものですから、蔵の二階には、先祖以来のさまざまの古めかしい品々が、まるで骨董屋の店先のように並んでいるのでございます。

三方の壁には今申す丹塗りの長持が、ズラリと並び、一方の隅には、昔風の縦に長い本箱が、五つ六つ、その上には、本箱にはいりきらぬ黄表紙、青表紙が、虫の食った背中を見せて、ほこりまみれに積み重ねてあります。棚の上には、古びた軸物の箱だとか、大きな紋のついた両掛け、葛籠《つづら》の類、古めかしい陶器類、それらにまじって、異様に眼を惹きますのは、鉄漿《おはぐろ》の道具だという巨大なお椀のような塗り物、塗り盥、それには皆、年数がたって赤くなっていますけれど、一々金紋が蒔絵になっているのでございます。

それから一ばん無気味なのは、階段を上がったすぐの所に、まるで生きた人間のように鎧櫃の上に腰かけている、二つの飾り具足、一つは黒糸縅《くろいとおどし》のいかめしいので、もう一つあれが緋縅《ひおどし》と申すのでしょうか、黒ずんで、ところどころ糸が切れてはいましたけれど、それが昔は、火のように燃えて、さぞかし立派なものだったのでしょう、兜もちゃんと頂いて、それに鼻から下を覆う、あの恐ろしい鉄の面までも揃っているのでございます。昼でも薄暗い蔵の中で、それをじっと見ていますと、今にも籠手《こて》、脛当《すねあ》てが動き出して、ちょうど頭の上に懸けてある、大身の槍を取るかとも思われ、いきなりキャッと叫んで、逃げ出したい気持さえいたすのでございます。

小さな窓から、金網を越して、淡い秋の光がさしてはいますけれど、その窓があまりに小さいため、蔵の中は、隅の方になると、夜のように暗く、そこに蒔絵だとか、金具だとかいうものだけが、魑魅魍魎《ちみもうりょう》の眼のように、怪しく、鈍く、光っているのでございます。その中で、あの生霊の妄想を思い出しでもしようものなら、女の身で、どうまあ辛抱ができましょう。その怖さ恐ろしさを、やっとこらえて、ともかくも、長持をひらくことができましたのは、やっぱり、恋という曲者の強い力でございましょうね。

まさかそんなことがと思いながら、でもなんとなく薄気味わるくて、一つ一つ長持の蓋をひらく時には、からだじゅうから冷たいものがにじみ出し、ハッと息も止まる思いでございました。ところが、その蓋を持ち上げて、まるで棺桶の中でも覗く気で、思いきって、グッと首を入れてみますと、予期していました通り、或いは予期に反して、どれもこれも古めかしい衣類だとか、夜具、美しい文庫類などがはいっているばかりで、なんの疑わしいものも出てはこないのでございます。でも、あのきまったように聞こえてきた、蓋のしまる音は、錠前のおりる音は、一体なにを意味するのでありましょう。おかしい、おかしいと思いながら、ふと眼にとまったのは、最後にひらいた長持の中に、幾つかの白木の箱がつみ重なっていて、その表に、床しいお家流で「お雛様」だとか「五人囃子」だとか「三人上戸」だとか、書きしるしてある雛人形の箱でございました。私は、どこにも恐ろしいものがいないことを確かめて、いくらか安心していたのでもありましょう、その際ながら、女らしい好奇心から、ふとそれらの箱をあけて見る気になったものでございます。

一つ一つそとに取り出して、これがお雛様、これが左近の桜、右近の橘と、見て行くに従って、そこに、樟脳の匂いと一緒に、なんとも古めかしく、物懐かしい気持がただよって、昔もののきめこまやかな人形の肌が、いつとなく、私を夢の国へ誘って行くのでございました。

私はそうして、しばらくのあいだは、雛人形で夢中になっていましたが、やがてふと気がつきますと、長持の一方のがわに、ほかのと違って、三尺以上もあるような長方形の白木の箱が、さも貴重品といった感じで、置かれてあるのでございます。その表には、同じくお家流で「拝領」としるされてあります。なんであろうと、そっと取り出して、それをひらいて中の物を一と眼見ますと、ハッと何かの気に打たれて、私は思わず顔をそむけたのでございます。

そして、その瞬間に、霊感というのはああした場合を申すのでございましょうね、数日来の疑いが、もう、すっかり解けてしまったのでございます。

8

それほど私を驚かせたものが、ただ一個の人形にすぎなかったと申せば、あなたはきっと「なあんだ」とお笑いなさるかもしれません。ですが、それは、あなたが、まだほんとうの人形というものを、昔の人形師の名人が精根を尽くして、こしらえ上げた芸術品を、御存知ないからでございます。

あなたはもし、博物館の片隅なぞで、ふと古めかしい人形に出あって、そのあまりの生々《なまなま》しさに、なんとも知れぬ戦慄をば感じなすったことはないでしょうか。それがもし女児人形や稚児人形であった時には、それの持つ、この世のほかの夢のような魅力に、びっくりなすったことはないでしょうか。あなたはおみやげ人形といわれるものの、不思議な凄味を御存知でいらっしゃいましょうか。或いはまた、往昔、衆道の盛んでございました時分、好き者《しや》たちが、なじみの色若衆の似顔人形を刻ませて、日夜愛撫したという、あの奇態な事実を御存知でいらっしゃいましょうか。

いいえ、そのような遠いことを申さずとも、例えば、文楽の浄瑠璃人形にまつわる不思議な伝説、近代の名人安本亀八の生人形なぞをご承知でございましたなら、私がその時、ただ一個の人形を見て、あのように驚いた心持を、充分お察しくださることができると存じます。

　私が長持の中で見つけました人形は、後になって門野のお父さまに、そっとお尋ねして知ったのでございますが、殿様から拝領の品とかで、安政の頃の名人人形師立木《たちき》と申す人の作と申すことでございます。

　俗に京人形と呼ばれておりますけれど、実は浮世人形とやらいうものなそうで、身のたけ三尺あまり、十歳ばかりの小児の大きさで、手足も完全にでき、頭には昔風の島田を結い、昔染めの大柄友染が着せてあるのでございます。

　これも後に伺ったのですけれど、それが立木という人形師の作風なのだそうで、そんな昔のできにもかかわらず、その娘人形は、不思議と近代的な顔をしているのでございます。

　まっ赤に充血して何かを求めているような、厚味のある唇、唇の両脇で二段になった豊頬、物言いたげにパッチリひらいた二重瞼、その上に鷹揚に頬笑んでいる濃い眉、そして何よりも不思議なのは、羽二重で紅絹を包んだように、ほんのりと色づいている、微妙な耳の魅力でございました。

　その花やかな、情慾的な顔が、時代のために幾ぶん色があせて、唇のほかは妙に青ざめ、手垢がついたものか、滑らかな肌がヌメヌメと汗ばんで、それゆえに、一そう悩ましく、艶めかしく見えるのでございます。

薄暗く、樟脳臭い土蔵の中で、その人形を見ました時には、ふっくらと恰好よくふくらんだ乳のあたりが、呼吸をして、今にも唇がほころびそうで、そのあまりの生々しさに、私はハッと身震いしたほどでございました。

まあ、なんということでございましょう、私の夫は、命のない、冷たい人形を恋していたのでございます。この人形の不思議な魅力を見ましては、もう、そのほかに謎の解きようはありません。人嫌いな夫の性質、蔵の中の睦言、長持の蓋のしまる音、姿を見せぬ相手の女、いろいろの点を考え合わせて、その女と申すのは、実はこの人形であったと解釈するほかはないのでございます。

これは後になって、二、三の方から伺ったことを、寄せ集めて、想像しているのでございますが、門野は生れながらに夢見勝ちな、不思議な性癖を持っていて、人間の女を恋する前に、ふとしたことから、長持の中の人形を発見して、それの持つ強い魅力に魂を奪われてしまったのでございましょう。

あの人は、ずっと最初から、蔵の中で本なぞ読んではいなかったのでございます。あるかたから伺いますと、人間が人形とか仏像とかに恋したためしは、昔から決して少なくはないと申します。不幸にも私の夫がそうした男で、さらに不幸なことには、その夫の家に偶然稀代の名作人形が保存されていたのでございます。

人でなしの恋、この世のほかの恋でございます。そのような恋をするものは、一方では、生きた人間では味わうことのできない、悪夢のような、或いは又おとぎ話のような、不思議な歓楽に魂をしびらせながら、しかし又一方では、絶え間なき罪の呵責に責められて、どうかしてその地獄を逃れたいと、あせりもがくのでございます。門野が私を娶ったのも、無我夢中に私を愛しようと努めたのも、皆そのはかない苦悶の跡にすぎぬのではないでしょうか。

そう思えば、あの睦言の「京子にすまぬ云々」という言葉の意味も解けてくるのでございます。夫が人形のために女の声色を使っていたことも、疑う余地はありません。ああ、私は、なんという月日のもとに生れた女でございましょう。

9

さて私の懺悔話と申しますのは、実はこれからあとの、恐ろしい出来事についてでございます。長々とつまらないおしゃべりをしました上に、「まだつづきがあるのか」と、さぞ、うんざりなさいましょうが、いいえ、御心配には及びません。その要点と申しますのは、ほんのわずかな時間で、すっかりお話しできることなのでございますから。びっくりなすってはいけません。その恐ろしい出来事と申しますのは、実はこの私が人殺しの罪を犯したお話でございます。

そのような大罪人が、どうして処罰をも受けないで安穏に暮らしているかと申しますと、その人殺しは私自身直接に手を下したわけではなく、いわば、間接の罪なのですから、たとえあのとき、私がすべてを自白していましても、罪を受けるほどのことはなかったのでございます。

とはいえ、法律上の罪はなくとも、私は明らかにあの人を死に導いた下手人でございます。それを、娘心のあさはかにも、一時の恐れにとりのぼせて、つい白状しないですごしましたことは、返す返すも申しわけなく、それ以来ずっと今日まで、私は一夜としてやすらかに眠ったことはありません。今こうして懺悔話をいたしますのも、亡き夫への、せめてもの罪亡ぼしでございます。

しかし、その当時の私は、恋に眼がくらんでいたのでございましょう。私の恋敵《こいがたき》が、相手もあろうに生きた人間ではなくて、いかに名作とはいえ、冷たい一個の人形だとわかりますと、そんな無生の泥人形に見替えられたかと、もう口惜しくて、口惜しいよりは畜生道の夫の心があさましく、もしこのような人形がなかったなら、こんなことにもなるまいと、はては立木という人形師さえうらめしく思われるのでございました。

ええ、ままよこの人形めの、なまめかしいしゃっ面《つら》を、叩きのめして、手足を引きちぎってしまったなら、門野とて、まさか相手のない恋もできはすまい。そう思うと、もう一刻も猶予がならず、その晩、念のために、もう一度夫と人形との逢う瀬を確かめた上、翌早朝、蔵の二階へ駈け上がって、とうとう人形をめちゃめちゃに引っちぎり、眼も鼻も口もわからぬように叩きつぶしてしまったのでございます。こうしておいて、夫のそぶりを注意すれば、まさかそんなはずはないのですけれど、私の想像が間違っていたかどうかわかるわけなのでございます。

そうして、ちょうど人間の轢死人のように、人形の首、胴、手足とばらばらになって、きのうに変る醜いむくろをさらしているのを見ますと、私はやっと胸をさすることができたのでございます。

10

その夜、何も知らぬ門野は、又しても私の寝息をうかがいながら、雪洞《ぼんぼり》をつけて、縁外の闇へと消えました。申すまでもなく人形との逢う瀬を急ぐのでございます。私は眠ったふりをしながら、そっとそのうしろ姿を見送って、一応は小気味のよいような、しかし又なんとなく悲しいような、不思議な感情を味わったことでございます。

人形の死骸を発見したとき、あの人はどのような態度を示すでしょう。異常な恋の恥かしさに、そっと人形のむくろを取り片づけて、そ知らぬふりをしているか、それとも、下手人を探し出して、おこりつけるか、怒《いか》りのあまり叩かれようと、どなられようと、もしそうであったなら、私はどんなに嬉しかろう。門野がおこるからには、あの人は人形と恋なぞしていなかったしるしなのですもの。私はもう気もそぞろに、じっと耳をすましまして、土蔵の中のけはいをうかがったのでございます。

そうして、どれほど待ったことでしょう。待っても待っても、夫は帰ってこないのでございます。壊れた人形を見た上は、蔵の中になんの用事もないはずのあの人が、もういつもほどの時間もたったのに、なぜ帰ってこないのでしょう。もしかしたら、相手はやっぱり人形ではなくて、生きた人間だったのでしょうか。それを思うと気が気でなく、私はもう辛抱がしきれなくて、床から起き上がりますと、もう一つの雪洞を用意して、闇のしげみを蔵の方へと走るのでございました。

蔵の梯子段を駈け上がりながら、見れば、例の落とし戸は、いつになくひらいたまま、それでも上には雪洞がともっているとみえ、赤茶けた光が、階段の下までも、ぼんやり照らしております。ある予感にハッと胸を躍らせて、一と飛びに階上へ飛び上がって、「旦那さま」と叫びながら、雪洞のあかりにすかしてみますと、ああ、私の不吉な予感は的中したのでございました。

そこには夫のと、人形のと、二つのむくろが折り重なって、板の間は血潮の海、二人のそばに家重代の名刀が、血を啜ってころがっていたのでございます。人間と土くれとの情死、それが滑稽に見えるどころか、なんともしれぬ厳粛なものが、サーッと私の胸を引きしめて、声も出ず涙も出ず、ただもう茫然と、そこに立ちつくすほかはないのでございました。

見れば、私に叩きひしがれて、なかば残った人形の唇から、さも人形自身が血を吐いたかのように、血潮の筋が一としずく、その首を抱いた夫の腕の上にタラリと垂れて、そして人形は、断末魔の無気味な笑いを笑っているのでございました。

芋虫

時子は、母屋にいとまを告げて、もう薄暗くなった、雑草のしげるにまかせ、荒れはてた広い庭を、彼女たち夫婦の住まいである離れ座敷の方へ歩きながら、いましがたも、母屋の主人の予備少将から言われた、いつものきまりきった褒《ほ》め言葉を、まことに変てこな気持で、彼女のいちばん嫌いな茄子《なす》の鴫焼《しぎやき》を、ぐにゃりと噛んだあとの味で、思い出していた。

「須永中尉（予備少将は、今でも、あの人間だかなんだかわからないような廃兵《はいへい》を、滑稽《こっけい》にも、昔のいかめしい肩書で呼ぶのである）の忠烈は、いうまでもなくわが陸軍の誇りじゃが、それはもう、世に知れ渡っておることだ。だが、お前さんの貞節、あの廃人を三年の年月、少しだって厭な顔を見せるではなく、自分の欲をすっかり捨ててしまって、親切に世話をしている。女房として当たり前のことだと言ってしまえば、それまでじゃが、できないことだ。わしは、まったく感心していますよ。今の世の美談だと思っていますよ。だが、まだまだ先の長い話じゃ。どうか気を変えないで面倒を見て上げてくださいよ」

鷲尾老少将は、顔を合わせるたびごとに、それをちょっとでも言わないでは気がすまぬというように、きまりきって、彼の昔の部下であった、そして今では彼の厄介者であるところの、須永廃中尉とその妻を褒めちぎるのであった。時子は、それを聞くのが、今言った茄子の鴫焼の味だものだから、なるべく主人の老少将に会わぬよう、留守をうかがっては、それでも終日物も言わぬ不具者と差向かいでばかりいることもできぬので、奥さんや娘さんの所へ、話し込みに行き行きするのであった。

もっとも、この褒め言葉も、最初のあいだは、彼女の犠牲的精神、彼女の稀なる貞節にふさわしく、いうにいわれぬ誇らしい快感をもって、時子の心臓をくすぐったのであるが、このごろでは、それを以前のように素直には受け容れかねた。というよりは、この褒め言葉が恐ろしくさえなっていた。それをいわれるたびに、彼女は「お前は貞節の美名に隠れて、世にも恐ろしい罪悪を犯しているのだ」と、真向から人差指を突きつけて、責められてでもいるように、ゾッと恐ろしくなるのであった。

考えてみると、われながらこうも人間の気持が変わるものかと思うほど、ひどい変わりかたであった。はじめのほどは、世間知らずで、内気者で、文字どおり貞節な妻でしかなかった彼女が、今では、外見はともあれ、心のうちには、身の毛もよだつ情欲の鬼が巣を食って、哀れな片輪者（片輪者という言葉では不充分なほどの無残な片輪者であった）の亭主を――かつては忠勇なる国家の干城であった人物を、何か彼女の情欲を満たすだけのために、飼ってあるけだものででもあるように、或いは一種の道具ででもあるように、思いなすほどに変わり果てているのだ。

このみだらがましい鬼めは、全体どこから来たものであろう。あの黄色い肉のかたまりの、不可思議な魅力がさせるわざか（事実彼女の夫の須永中尉は、ひとかたまりの黄色い肉塊でしかなかった。そして、それは畸形《きけい》なコマのように、彼女の情欲をそそるものでしかなかった）、それとも、三十歳の彼女の肉体に満ちあふれた、えたいの知れぬ力のさせるわざであったか。おそらくその両方であったのかもしれないのだが。

鷲尾老人から何かいわれるたびに、時子はこのごろめっきり脂ぎってきた彼女の肉体なり、他人にもおそらく感じられるであろう彼女の体臭なりを、はなはだうしろめたく思わないではいられなかった。

「私はまあ、どうしてこうも、まるでばかかなんぞのようにデブデブ肥え太るのだろう」

その癖、顔色なんかいやに青ざめているのだけれど。老少将は彼《か》の例の褒め言葉を並べながら、いつも、ややいぶかしげに彼女のデブデブと脂ぎったからだつきを眺めるのを常としたが、もしかすると、時子が老少将をいとう最大の原因は、この点にあったのかもしれないのである。

片田舎のことで、母屋と離れ座敷のあいだは、ほとんど半丁も隔たっていた。そのあいだは、道もないひどい草原で、ともすればガサガサと音を立てて青大将が這《は》い出してきたり、少し足を踏み違えると、草に覆われた古井戸が危なかったりした。広い屋敷のまわりには、形ばかりの不揃いな生垣がめぐらしてあって、そのそとは田や畑が打ちつづき、遠くの八幡神社の森を背景にして、彼女らの住まいである二階建ての離れ家が、そこに黒く、ぽつんと立っていた。

空には一つ二つ星がまたたきはじめていた。もう部屋の中は、まっ暗になっていることであろう。彼女がつけてやらねば、彼女の夫にはランプをつける力もないのだから、かの肉塊は、闇の中で、坐椅子にもたれて、或いは椅子からずっこけて、畳の上にころがりながら、眼ばかりパチパチ瞬いていることであろう。可哀そうに、それを考えると、いまわしさ、みじめさ、悲しさが、しかし、どこかに幾分センシュアルな感情をまじえて、ゾッと彼女の背筋を襲うのであった。

近づくにしたがって、二階の窓の障子が、何かを象徴しているふうで、ポッカリとまっ黒な口をあいているのが見え、そこから、トントントンと、例の畳を叩く鈍い音が聞こえてきた。「ああ、またやっている」と思うと、彼女は瞼《まぶた》が熱くなるほど、可哀そうな気がした。それは不自由な彼女の夫が、仰向きに寝ころがって、普通の人間が手を叩いて人を呼ぶ仕草《しぐさ》の代りに、頭でトントントンと畳を叩いて、彼の唯一の伴侶である時子を、せっかちに呼び立てていたのである。

「いま行きますよ。おなかがすいたのでしょう」

時子は、相手に聞こえぬことはわかっていても、いつもの癖で、そんなことを言いながら、あわてて台所口に駈け込み、すぐそこの梯子段《はしごだん》を上がって行った。

六畳ひと間の二階に、形ばかりの床の間がついていて、そこの隅に台ランプとマッチが置いてある。彼女はちょうど母親が乳呑み児に言う調子で、絶えず「待ち遠だったでしょうね。すまなかったわね」だとか「今よ、今よ、そんなにいっても、まっ暗でどうすることもできやしないわ。今ランプをつけますからね。もう少しよ。もう少しよ」だとか、いろんな独り言を言いながら（というのは、彼女の夫は少しも耳が聞こえなかったので）、ランプをともして、それを部屋の一方の机のそばへ運ぶのであった。

その机の前には、メリンス友禅の蒲団《ふとん》をくくりつけた、新案特許なんとか式坐椅子というものが置いてあったが、その上は空っぽで、そこからずっと離れた畳の上に、一種異様の物体がころがっていた。その物は、古びた大島銘仙の着物を着ているにはちがいないのだが、それは、着ているというよりも、包まれているといった方が、或いはそこに大島銘仙の大きな風呂敷包みがほうり出してあるといった方が当たっているような、まことに変てこな感じのものであった。そして、その風呂敷包みの隅から、にゅっと人間の首が突き出ていて、それが、米搗《つ》きばったみたいに、或いは奇妙な自動器械のように、トントン、トントンと畳を叩いているのだ。叩くにしたがって、大きな風呂敷包みが、反動で、少しずつ位置を変えているのだ。

「そんなに癇癪《かんしやく》起こすもんじゃないわ、なんですのよ？　これ？」

時子は、そう言って、手でご飯をたべるまねをして見せた。

「そうでもないの。じゃあ、これ？」

彼女はもうひとつの或る恰好《かっこう》をして見せた。しかし、口の利けない彼女の夫は、一々首を横に振って、またしても、やけにトントン、トントンと畳に頭をぶっつけている。

砲弾の破片のために、顔全体が見る影もなくそこなわれていた。左の耳たぶはまるでとれてしまって、小さな黒い穴が、わずかにその痕跡を残しているにすぎず、同じく左の口辺から頬の上を斜めに眼の下のところまで、縫い合わせたような大きなひっつりができている。右のこめかみから頭部にかけて、醜い傷痕が這い上がっている。喉《のど》のところがグイと抉《えぐ》ったように窪んで、鼻も口も元の形をとどめてはいない。そのまるでお化けみたいな顔面のうちで、わずかに完全なのは、周囲の醜さに引きかえて、こればかりは無心の子供のそれのように、涼しくつぶらな両眼であったが、それが今、パチパチといらだたしく瞬いているのであった。

「じゃあ、話があるのね。待ってらっしゃいね」

彼女は机の引出しから雑記帳と鉛筆を取り出し、鉛筆を片輪者のゆがんだ口にくわえさせ、そのそばへひらいた雑記帳を持って行った。彼女の夫は口を利くこともできなければ、筆を持つ手足もなかったからである。

「オレガイヤニナッタカ」

廃人は、ちょうど大道の因果者がするように、女房の差し出す雑記帳の上に、口で文字を書いた。長いあいだかかって、非常に判りにくい片仮名を並べた。

「ホホホホホ、またやいているのね。そうじゃない。そうじゃない」

彼女は笑いながら強く首を振って見せた。

だが廃人は、せっかちに頭を畳にぶっつけはじめたので、時子は彼の意を察して、も

う一度雑記帳を相手の口の所へ持って行った。すると、鉛筆がおぼつかなく動いて、

「ドコニイタ」

　としるされた。それを見るやいなや、時子は邪慳《じゃけん》に廃人の口から鉛筆を引ったくって、帳面の余白へ「鷲尾サンノトコロ」と書いて、相手の眼の先へ、押しつけるようにした。

「わかっているじゃないの。ほかに行くところがあるもんですか」

　廃人はさらに雑記帳を要求して、

「三ジカン」

　と書いた。

「三時間も独りぼっちで待っていたというの。わるかったわね」彼女はそこですまぬような表情になってお辞儀をして見せ、「もう行かない。もう行かない」と言いながら手を振って見せた。

　風呂敷包みのような須永廃中尉は、むろんまだ言い足りぬ様子であったが、口書きの芸当が面倒くさくなったとみえて、ぐったりと頭を動かさなくなった。そのかわりに、大きな両眼に、あらゆる意味をこめて、まじまじと時子の顔を見つめているのだ。

　時子は、こういう場合、夫の機嫌をなおす唯一の方法をわきまえていた。言葉が通じないのだから、細かい言いわけをすることはできなかったし、言葉のほかではもっとも雄弁に心中を語っているはずの、微妙な眼の色などは、いくらか頭の鈍くなった夫には通用しなかった。そこで、いつもこうした奇妙な痴話喧嘩の末には、お互にもどかしく

なってしまって、もっとも手っ取り早い和解の手段をとることになっていた。

　彼女はいきなり夫の上にかがみ込んで、ゆがんだ口の、ぬめぬめと光沢のある大きなひっつりの上に、接吻の雨をそそぐのであった。すると、廃人の眼にやっと安堵の色が現われ、ゆがんだ口辺に、泣いているかと思われる醜い笑いが浮かんだ。時子は、いつもの癖で、それを見ても、彼女の物狂わしい接吻をやめなかった。それは、ひとつには相手の醜さを忘れて、彼女自身を無理から甘い興奮に誘うためでもあったけれど、またひとつには、このまったく起ち居の自由を失った哀れな片輪者を、勝手気ままにいじめつけてやりたいという、不思議な気持も手伝っていた。

　だが、廃人の方では、彼女の過分の好意に面くらって、息もつけぬ苦しさに、身をもだえ、醜い顔を不思議にゆがめて、苦悶している。それを見ると、時子はいつもの通り、ある感情がウズウズと、身内に湧き起こってくるのを感じるのだった。

　彼女は、狂気のようになって、廃人にいどみかかって行き、大島銘仙の風呂敷包みを、引きちぎるように剝ぎとってしまった。すると、その中から、なんともえたいの知れぬ肉塊がころがり出してきた。

　このような姿になって、どうして命をとり止めることができたかと、当時医学界を騒がせ、新聞が未曾有の奇談として書き立てたとおり、須永廃中尉のからだは、まるで手足のもげた人形みたいに、これ以上毀《こわ》れようがないほど、無残に、無気味に傷つけられていた。両手両足は、ほとんど根もとから切断され、わずかにふくれ上がった肉塊となって、その痕跡を留めているにすぎないし、その胴体ばかりの化物のような全身にも、顔面をはじめとして大小無数の傷あとが光っているのだ。

まことに無残なことであったが、彼のからだはそんなになっても、不思議と栄養がよく、かたわなりに健康を保っていた（鷲尾老少将は、それを時子の親身の介抱の功に帰して、例の褒め言葉のうちにも、そのことを加えるのを忘れなかった）。ほかに楽しみとてはなく、食欲の烈しいせいか、腹部が艶々とはち切れそうにふくれ上がって、胴体ばかりの全身のうちでも殊にその部分が目立っていた。

それはまるで、大きな黄色の芋虫であった。或いは時子がいつも心の中で形容していたように、いとも奇怪な、畸形な肉ゴマであった。それは、ある場合には、手足の名残の四つの肉のかたまりを（それらの尖端には、ちょうど手提袋のように、四方から表皮が引き締められて、深い皺を作り、その中心にぽっつりと、無気味な小さい窪みができているのだが）その肉の突起物を、まるで芋虫の足のように、異様に震わせて、臀部を中心にして、頭と肩とで、ほんとうにコマと同じに、畳の上をクルクルと廻るのであったから。

今、時子のためにはだかにむかれた廃人は、それには別段抵抗するのではなく、何事かを予期しているもののように、じっと上眼遣いに、彼の頭のところにうずくまっている時子の、餌物《えもの》を狙うけだもののような、異様に細められた眼と、やや堅くなった、きめのこまかい二重顎を眺めていた。

時子は、片輪者の、その眼つきの意味を読むことができた。それは今のような場合には、彼女がもう一歩進めば、なくなってしまうものであったが、たとえば彼女が彼のそばで針仕事をしていると、片輪者が所在なさに、じっとひとつ空間を見つめているような時、この眼色はいっそう深みを加えて、あの苦悶を現わすのであった。

視覚と触覚のほかの五官をことごとく失ってしまった廃人は、生来読書欲など持ち合わせなかった猪武者であったが、それが衝撃のために頭が鈍くなってからは、いっそう文字と絶縁してしまって、今はただ、動物と同様に物質的な欲望のほかにはなんの慰さむるところもない身の上であった。だが、そのまるで暗黒地獄のようなドロドロの生活のうちにも、ふと、常人であったころ教え込まれた軍隊式な倫理観が、彼の鈍い頭をもかすめ通ることがあって、それと、片輪者であるがゆえにいっそう敏感になった情欲とが、彼の心中でたたかい、彼の眼に不思議な苦悶の影をやどすものに違いない。時子はそんなふうに解釈していた。

時子は、無力な者の眼に浮かぶ、おどおどした苦悶の表情を見ることは、そんなに嫌いではなかった。彼女は一方ではひどい泣き虫の癖に、妙に弱い者いじめの嗜好を持っていたのだ。それにこの哀れな片輪者の苦悶は、彼女の飽くことのない刺戟物でさえあった。今も彼女は相手の心持をいたわるどころではなく、反対に、のしかかるように、異常に敏感になっている不具者の情欲に迫まって行くのであった。

えたいのしれぬ悪夢にうなされて、ひどい叫び声を立てたかと思うと、時子はびっしょり寝汗をかいて眼をさました。

枕元のランプのホヤに妙な形の油煙がたまって、細めた芯がジジジジと鳴いていた。部屋の中が、天井も壁も変に橙色に霞んで見え、隣に寝ている夫の顔が、ひっつりのところが燈影に反射して、やっぱり橙色にテラテラと光っている。今の唸り声が聞こえたはずもないのだけれど、彼の両眼はパッチリとひらいて、じっと天井を見つめていた。机の上の枕時計を見ると、一時を少し過ぎていた。

おそらくそれが悪夢の原因をなしたのであろうけれど、時子は眼がさめるとすぐ、からだに或る不快をおぼえたが、やや寝ぼけた形で、その不快をはっきり感じる前に、なんだか変だとは思いながら、ふと、別の事を、さいぜんの異様な遊戯の有様を幻のように眼に浮かべていた。そこには、キリキリと廻る、生きたコマのような肉塊があった。そして、肥え太って、脂ぎった三十女のぶざまなからだがあった。それがまるで地獄絵みたいに、もつれ合っているのだ。なんというまわしさ、醜さであろう。だが、そのいまわしさ、醜さが、どんなほかの対象よりも、麻薬のように彼女の情欲をそそり、彼女の神経をしびれさせる力をもっていようとは、三十年の半生を通じて、彼女のかつて想像だもしなかったところである。

「アーア、アーア」

時子はじっと彼女の胸を抱きしめながら、詠嘆ともうめきともつかぬ声を立てて、毀《こわ》れかかった人形のような、夫の寝姿を眺めるのであった。

この時、彼女ははじめて、眼ざめてからの肉体的な不快の原因を悟った。そして「いつもとは少し早過ぎるようだ」と思いながら、床を出て、梯子段を降りて行った。

再び床にはいって、夫の顔を眺めると、彼は依然として、彼女の方をふり向きもしないで、天井を見入っているのだ。

「また考えているのだわ」

眼のほかには、なんの意志を発表する器官をも持たない一人の人間が、じっとひとつ所を見据えている様子は、こんな真夜中などには、ふと彼女に無気味な感じを与えた。どうせ鈍くなった頭だとは思いながらも、このような極端な不具者の頭の中には、彼女たちとは違った、もっと別の世界がひらけているのかもしれない。彼は、今その別世界を、ああしてさまよっているのかもしれない、などと考えると、ぞっとした。

彼女は眼がさえて眠れなかった。頭の芯に、ドドドドドと音を立てて、焰が渦まいているような感じがしていた。そして、無闇と、いろいろな妄想が浮かんでは消えた。その中には、彼女の生活をこのように一変させてしまったところの、三年以前の出来事が織り混ぜられていた。

夫が負傷して内地に送り帰されるという報知を受け取った時には、先ず戦死でなくてよかったと思った。その頃はまだつき合っていた同僚の奥様たちから、あなたはお仕合わせだとうらやまれさえした。間もなく新聞に夫の華々しい戦功が書き立てられた。同時に、彼の負傷の程度が可なり甚だしいものであることを知ったけれど、むろんこれほどのこととは想像もしていなかった。

彼女は衛戍《えいじゅ》病院へ夫に会いに行った時のことを、おそらく一生涯忘れないであろう。まっ白なシーツの中から、無残に傷ついた夫の顔が、ボンヤリと彼女の方を眺めていた。医員に、むずかしい術語のまじった言葉で、負傷のために耳が聞こえなくなり、発声機能に妙な故障を生じて、口さえきけなくなっていると聞かされた時、すでに彼女は眼をまっ赤にして、しきりに鼻をかんでいた。そのあとに、どんな恐ろしいものが待ち構えているかも知らないで。

いかめしい医員であったが、さすがに気の毒そうな顔をして「驚いてはいけませんよ」と言いながら、そっと白いシーツをまくって見せてくれた。そこには、悪夢の中のお化けみたいに、手のあるべき所に手が、足のあるべき所に足が、まったく見えないで、包帯のために丸くなった胴体ばかりが無気味に横たわっていた。それはまるで生命のない石膏細工の胸像をベッドに横たえた感じであった。

彼女はクラクラッと目まいのようなものを感じて、ベッドの脚のところへうずくまってしまった。

ほんとうに悲しくなって、人目もかまわず、声を上げて泣き出したのは、医員や看護婦に別室へ連れてこられてからであった。彼女はそこの薄よごれたテーブルの上に、長いあいだ泣き伏していた。

「ほんとうに奇蹟ですよ。両手両足を失った負傷者は須永中尉ばかりではありませんが、みな生命を取りとめることはできなかったのです。実に奇蹟です。これはまったく軍医正殿と北村博士の驚くべき技術の結果なのですよ、おそらくどの国の衛戍病院にも、こんな実例はありますまいよ」

医員は、泣き伏した時子の耳元で、慰さめるように、そんなことを言っていた。「奇蹟」という喜んでいいのか悲しんでいいのかわからない言葉が、幾度も幾度も繰り返された。

新聞紙が須永鬼中尉の赫々《かっかく》たる武勲はもちろん、この外科医術上の奇蹟的事実について書き立てたことは言うまでもなかった。

夢のまに半年ばかり過ぎ去ってしまった。上官や同僚の軍人たちがつき添って、須永の生きたむくろが家に運ばれると、ほとんど同時ぐらいに、彼の四肢の代償として、功五級の金鵄《きんし》勲章が授けられた。時子が不具者の介抱に涙を流している時、世の中は凱旋祝いで大騒ぎをやっていた。彼女のところへも、親戚や知人や町内の人々から、名誉、名誉という言葉が、雨のように降り込んできた。

間もなく、わずかの年金では暮らしのおぼつかなかった彼女たちは、戦地での上長官であった鷲尾少将の好意にあまえて、その邸内の離れ座敷を無賃で貸してもらって住むことになった。田舎にひっこんだせいもあったけれど、その頃から、彼女たちの生活はガラリと淋しいものになってしまった。凱旋騒ぎの熱がさめて、世間も淋しくなっていた。もう誰も以前のようには彼女たちを見舞わなくなった。月日がたつにつれて、戦《せん》捷《しょう》の興奮もしずまり、それにつれて、戦争の功労者たちへの感謝の情もうすらいで行った。須永中尉のことなど、もう誰も口にするものはなかった。

　夫の親戚たちも、不具者を気味わるがってか、物質的な援助を恐れてか、ほとんど、彼女の家に足踏みしなくなった。彼女のがわにも、両親はなく、兄妹たちは皆薄情者であった。哀れな不具者とその貞節な妻は、世間から切り離されたように、田舎の一軒家でポッツリと生存していた。そこの二階の六畳は、二人にとって唯一の世界であった。しかも、その一人は耳も聞こえず、口もきけず、起ち居もまったく不自由な土人形のような人間であったのだ。

　廃人は、別世界の人類が突然この世にほうり出されたように、まるで違ってしまった生活様式に面くらっているらしく、健康を回復してからでも、しばらくのあいだは、ボンヤリしたまま身動きもせず仰臥していた。そして時をかまわず、ウトウトと睡っていた。

　時子の思いつきで、鉛筆の口書きによる会話を取りかわすようになった時、先ず第一に、廃人がそこに書いた言葉は「シンブン」「クンショウ」の二つであった。「シンブン」というのは、彼の武勲を大きく書き立てた戦争当時の新聞記事の切抜きのことで、「クンショウ」というのは言うまでもなく例の金鵄勲章のことであった。彼が意識を取り戻した時、鷲尾少将が第一番に彼の眼の先につきつけたものは、その二た品であったが、廃人はそれをよく覚えていたのだ。

　廃人はたびたび同じ言葉を書いて、その二た品を要求し、時子がそれを彼の前で持っていてやると、いつまでもいつまでも、眺めつくしていた。彼が新聞記事を繰り返し読む時などは、時子は手のしびれてくるのを我慢しながら、なんだかばかばかしいような気持で、夫のさも満足そうな眼つきを眺めていた。

　だが、彼女が「名誉」を軽蔑しはじめたよりはずいぶん遅れてではあったけれど、廃人もまた「名誉」に飽き飽きしてしまったように見えた。彼はもう以前みたいに、かの二た品を要求しなくなった。そして、あとに残ったものは、不具者なるが故に病的に烈しい、肉体上の欲望ばかりであった。彼は回復期の胃腸病患者みたいに、ガツガツと食物を要求し、時を選ばず彼女の肉体を要求した。時子がそれに応じない時には、彼は偉大なる肉ゴマとなって気ちがいのように畳の上を這いまわった。

　時子は最初のあいだ、それがなんだか空恐ろしく、いとわしかったが、やがて、月日がたつにしたがって、彼女もまた、徐々に肉欲の餓鬼となりはてて行った。野中の一軒家にとじこめられ、行末になんの望みも失った、ほとんど無智と言ってもよかった二人の男女にとっては、それが生活のすべてであった。動物園の檻《おり》の中で一生を暮らす二匹のけだもののように。

　そんなふうであったから、時子が彼女の夫を、思うがままに自由自在にもてあそぶことのできる、一個の大きな玩具と見なすに至ったのは、まことに当然であった。また、不具者の恥知らずな行為に感化された彼女が、常人に比べてさえ丈夫丈夫していた彼女が、今では不具者を困らせるほども、飽くなきものとなり果てたのも、至極当たり前のことであった。

彼女は時々気ちがいになるのではないかと思った。自分のどこに、こんないまわしい感情がひそんでいたのかと、あきれ果てて身ぶるいすることがあった。

物もいえないし、こちらの言葉も聞こえない、自分では自由に動くことさえできない、この奇《く》しく哀れな一個の道具が、決して木や土でできたものではなく、喜怒哀楽を持った生きものであるという点が、限りなき魅力となった。その上、たったひとつの表情器官であるつぶらな両眼が、彼女の飽くなき要求に対して、或る時はさも悲しげに、或る時はさも腹立たしげに物をいう。しかも、いくら悲しくとも、涙を流すほかには、なんのすべもなく、いくら腹立たしくとも、彼女を威嚇する腕力もなく、ついには彼女の圧倒的な誘惑に耐えかねて、彼もまた異常な病的興奮におちいってしまうのだが、このまったく無力な生きものを、相手の意にさからって責めさいなむことが、彼女にとっては、もうこの上もない愉悦とさえなっていたのである。

時子のふさいだまぶたの中には、それらの三年間の出来事が、激情的な場面だけが、切れぎれに、次から次と二重にも三重にもなって、現われては消えて行くのだった。この切れぎれの記憶が、非常な鮮やかさで、まぶたの内がわに映画のように現われたり消えたりするのは、彼女のからだに異状があるごとに、必ず起こる現象であった。そして、この現象が起こる時には、きっと、彼女の野性がいっそうあらあらしくなり、気の毒な不具者を責めさいなむことがいっそう烈しくなるのを常とした。彼女自身それを意識さえしているのだけれど、身内に湧き上がる兇暴な力は、彼女の意志をもってしては、どうすることもできないのであった。

ふと気がつくと、部屋の中が、ちょうど彼女の幻と同じに、もやに包まれたように暗くなって行く感じがした。幻のそとに、もうひとつ幻があって、そのそとの方の幻が、今消えて行こうとしているような気持であった。それが神経のたかぶった彼女を怖がらせ、ハッと胸の鼓動が烈しくなった。だが、よく考えてみると、なんでもないことだった。彼女は蒲団から乗り出して、枕もとのランプの芯をひねった。さっき細めておいた芯が尽きて、ともし火が消えかかっていたのである。

部屋の中がパッと明かるくなった。だが、それがやっぱり橙色にかすんでいるのが、少しばかり変な感じであった。時子はその光線で、思い出したように夫の寝顔を覗いて見た。彼は依然として、少しも形を変えないで、天井の同じ所を見つめている。

「まあ、いつまで考えごとをしているのだろう」

彼女はいくらか、無気味でもあったが、それよりも、見る影もない片輪者のくせに、ひとりで仔細らしく物思いに耽っている様子が、ひどく憎々しく思われた。そして、またしても、むず痒《かゆ》く、例の残虐性が彼女の身内に湧き起こってくるのだった。

彼女は、非常に突然、夫の蒲団の上に飛びかかって行った。そしていきなり、相手の肩を抱いて、烈しくゆすぶりはじめた。

あまりにそれが唐突であったものだから、廃人はからだ全体で、ピクンと驚いた。そして、その次には、強い叱責《しっせき》のまなざしで、彼女を睨みつけるのであった。

「怒ったの？　なんだい、その眼」

時子はそんなことをどなりながら、夫にいどみかかって行った。わざと相手の眼を見ないようにして、いつもの遊戯を求めて行った。

「怒ったってだめよ。あんたは、私の思うままなんだもの」

だが、彼女がどんな手段をつくしても、その時に限って、廃人はいつものように彼の方から妥協してくる様子はなかった。さっきから、じっと天井を見つめて考えていたことがそれであったのか、または単に女房のえて勝手な振舞いが癇にさわったのか、いつまでもいつまでも、大きな眼を飛び出すばかりにいからして、刺すように時子の顔を見据えていた。

「なんだい、こんな眼」

彼女は叫びながら、両手を、相手の眼に当てがった。そして、「なんだい」「なんだい」と気ちがいみたいに叫びつづけた。病的な興奮が、彼女を無感覚にした。両手の指にどれほどの力が加わったかさえ、ほとんど意識していなかった。

ハッと夢からさめたように、気がつくと、彼女の下で、廃人が躍り狂っていた。胴体だけとはいえ、非常な力で、死にもの狂いに躍るものだから、重い彼女がはね飛ばされたほどであった。不思議なことには、廃人の両眼からまっ赤な血が吹き出して、ひっつりの顔全体が、ゆでだこみたいに上気していた。

時子はその時、すべてをハッキリ意識した。彼女は無残にも、彼女の夫のたったひとつ残っていた、外界への窓を、夢中に傷つけてしまったのである。

だが、それは決して夢中の過失とは言いきれなかった。彼女自身それを知っていた。いちばんハッキリしているのは、彼女は夫の物言う両眼を、彼らが安易なけだものになりきるのに、はなはだしく邪魔っけだと感じていたことだ。時たまそこに浮かび上がってくる正義の観念ともいうべきものを、憎々しく感じていたことだ。のみならず、その眼のうちには、憎々しく邪魔っけであるばかりでなく、もっと別なもの、もっと無気味で恐ろしい何物かさえ感じられたのである。

しかし、それは嘘だ。彼女の心の奥の奥には、もっと違った、もっと恐ろしい考えが存在していなかったであろうか。彼女は、彼女の夫をほんとうの生きた屍《しかばね》にしてしまいたかったのではないか。完全な肉ゴマに化してしまいたかったのではないか。胴体だけの触覚のほかには、五官をまったく失った一個の生きものにしてしまいたかったのではないか。そして、彼女の飽くなき残虐性を、真底から満足させたかったのではないか。不具者の全身のうちで、眼だけがわずかに人間のおもかげをとどめていた。それが残っていては、何かしら完全でないような気がしたのだ。ほんとうの彼女の肉ゴマではないような気がしたのだ。

このような考えが、一秒間に、時子の頭の中を通り過ぎた。「ギャッ」というような叫び声を立てたかと思うと、躍り狂っている肉塊をそのままにして、ころがるように階段を駈けおり、はだしのまま暗やみのそとへ走り出した。彼女は悪夢の中で恐ろしいものに追っ駈けられてでもいる感じで、夢中に走りつづけた。裏門を出て、村道を右手へ、でも、行く先が三丁ほど隔たった医者の家であることは意識していた。

頼みに頼んでやっと医者をひっぱって来た時にも、肉塊はさっきと同じ烈しさで躍り狂っていた。村の医者は、噂には聞いたけれど、まだ実物を見たことがなかったので、片輪者の無気味さに胆をつぶしてしまって、時子が物のはずみでこんな椿事《ちんじ》を惹き起こした旨を、くどくど弁解するのも、よくは耳にはいらぬ様子であった。彼は痛み止めの注射と、傷の手当てをしてしまうと、大急ぎで帰って行った。

負傷者がやっと藻掻《もが》きやんだ頃、しらじらと、夜があけた。

時子は負傷者の胸をさすってやりながら、ボロボロと涙をこぼし、「すみません」「すみません」と言いつづけていた。肉塊は負傷のために発熱したらしく、顔が赤くはれ上がって、胸は烈しく鼓動していた。

時子は終日病人のそばを離れなかった。食事さえしなかった。そして、病人の頭と胸に当てた濡れタオルを、ひっきりなしに絞り換えたり、気ちがいめいた長たらしい詫び言をつぶやいてみたり、病人の胸に指先で「ユルシテ」と幾度も幾度も書いてみたり、悲しさと罪の意識に、時間のたつのを忘れてしまっていた。

夕方になって、病人はいくらか熱もひき、息づかいも楽になった。時子は、病人の意識がもう常態に復したに違いないと思ったので、あらためて、彼の胸の皮膚の上に、一字一字ハッキリと「ユルシテ」と書いて、反応を見た。だが、肉塊は、なんの返事もしなかった。眼を失ったとはいえ、首を振るとか、笑顔を作るとか、何かの方法で彼女の文字に答えられぬはずはなかったのに、肉塊は身動きもせず、表情も変えないのだ。息づかいの様子では眠っているとも考えられなかった。皮膚に書いた文字を理解する力さえ失ったのか、それとも、憤怒のあまり、沈黙をつづけているのか、まるでわからない。それは今や、一個のフワフワした、暖かい物質でしかなかったのだ。

時子はそのなんとも形容のできぬ静止の肉塊を見つめているうちに、生れてからかつて経験したことのない、真底からの恐ろしさに、ワナワナと震え出さないではいられなかった。

そこに横たわっているものは一個の生きものに違いなかった。彼は肺臓も胃袋も持っているのだ。それだのに、彼は物を見ることができない。音を聞くことができない。一ことも口がきけない。何かを摑むべき手もなく、立ち上がるべき足もない。彼にとってはこの世界は永遠の静止であり、不断の沈黙であり、果てしなき暗やみである。かつてなにびとがかかる恐怖の世界を想像し得たであろう。そこに住む者の心持は何に比べることができるであろう。彼は定めし「助けてくれえ」と声を限りに呼ばわりたいであろう。どんな薄明かりでもかまわぬ、物の姿を見たいであろう。どんなかすかな音でもかまわぬ、物の響きを聞きたいであろう。何物かにすがり、何物かをひしと摑みたいであろう。だが、彼にはそのどれもが、まったく不可能なのである。

時子は、いきなりワッと声を立てて泣き出した。そして、取り返しのつかぬ罪業と、救われぬ悲愁に、子供のようにすすり上げながら、ただ人が見たくて、世の常の姿を備えた人間が見たくて、哀れな夫を置き去りに、母屋の鷲尾家へ駈けつけたのであった。

烈しい嗚咽《おえつ》のために聞き取りにくい、長々しい彼女の懺悔《ざんげ》を、だまって聞き終った鷲尾老少将は、あまりのことにしばらくは言葉も出なかったが、

「ともかく、須永中尉をお見舞いしよう」

やがて彼は憮然《ぶぜん》として言った。

もう夜にはいっていたので、老人のために提燈《ちょうちん》が用意された。二人は、暗やみの草原を、おのおのの物思いに沈みながら、だまり返って離れ座敷へたどった。

「誰もいないよ。どうしたのじゃ」

先になってそこの二階に上がって行った老人が、びっくりして言った。

「いいえ、その床の中でございますの」

時子は、老人を追い越して、さっきまで夫の横たわっていた蒲団のところへ行ってみた。だが、実に変てこなことが起こったのだ。そこはもぬけの殻になっていた。

「まあ……」

と言ったきり、彼女は茫然と立ちつくしていた。

「あの不自由なからだで、まさかこの家を出ることはできまい。家の中を探してみなくては」

やっとしてから、老少将が促がすように言った。二人は階上階下を隈なく探しまわった。だが、不具者の影はどこにも見えなかったばかりか、かえってそのかわりに、ある恐ろしいものが発見されたのだ。

「まあ、これ、なんでございましょう？」

時子は、さっきまで不具者の寝ていた枕もとの柱を見つめていた。

そこには鉛筆で、よほど考えないでは読めぬような、子供のいたずら書きみたいなものが、おぼつかなげにしるされていたのだ。

「ユルス」

時子はそれを「許す」と読み得た時、ハッとすべての事情がわかってしまったように思った。不具者は、動かぬからだを引きずって、机の上の鉛筆を口で探して、彼にしてはそれがどれほどの苦心であったか、わずか片仮名三字の書置きを残すことができたのである。

「自殺をしたのかもしれませんわ」

彼女はオドオドと老人の顔を眺めて、色を失った唇を震わせながら言った。

鷲尾家に急が報ぜられ、召使いたちが手に手に提燈を持って、母屋と離れ座敷のあいだの雑草の庭に集まった。

そして、手分けをして庭内のあちこちと、闇夜の捜索がはじめられた。

時子は、鷲尾老人のあとについて、彼の振りかざす提燈の淡い光をたよりに、ひどい胸騒ぎを感じながら歩いていた。あの柱には「許す」と書いてあった。あれは彼女が先に不具者の胸に「ユルシテ」と書いた言葉の返事に違いない。彼は「私は死ぬ。けれど、お前の行為に立腹してではないのだよ。安心おし」と言っているのだ。

この寛大さがいっそう彼女の胸を痛くした。彼女は、あの手足のない不具者が、まともに降りることはできないで、全身で梯子段を一段一段ころがり落ちなければならなかったことを思うと、悲しさと怖ろしさに、総毛立つようであった。

しばらく歩いているうちに、彼女はふと或ることに思い当たった。そして、ソッと老人にささやいた。

「この少し先に、古井戸がございましたわね」

「ウン」

老将軍はただ肯《うなず》いたばかりで、その方へ進んで行った。

提燈の光は、空漠たる闇の中の、方一間ほどを薄ぼんやりと明かるくするにすぎなかった。

「古井戸はこの辺にあったが」

鷲尾老人は独り言を言いながら、提燈を振りかざし、できるだけ遠くの方を見きわめようとした。

その時、時子はふと何かの予感に襲われて、立ち止まった。耳をすますと、どこやらで、蛇が草を分けて走っているような、かすかな音がしていた。

彼女も老人も、ほとんど同時にそれを見た。そして、彼女はもちろん、老将軍さえもが、あまりの恐ろしさに、釘づけにされたように、そこに立ちすくんでしまった。

提燈の火がやっと届くか届かぬかの、薄くらがりに、生い茂る雑草のあいだを、まっ黒な一物が、のろのろとうごめいていた。その物は、無気味な爬虫類《はちゅうるい》の恰好で、かま首をもたげて、じっと前方をうかがい、押しだまって、胴体を波のようにうねらせ、胴体の四隅についた瘤みたいな突起物で、もがくように地面を掻きながら、極度にあせっているのだけれど、気持ばかりでからだがいうことを聞かぬといった感じで、ジリリジリリと前進していた。

やがて、もたげていた鎌首が、突然ガクンと下がって、眼界から消えた。今までよりは、やや烈しい葉擦れの音がしたかと思うと、からだ全体が、さかとんぼを打って、ズルズルと地面の中へ、引き入れられるように、見えなくなってしまった。そして、遥かの地の底から、ドボンと、鈍い水音が聞こえてきた。

そこに、草に隠れて、古井戸の口がひらいていたのである。

二人はそれを見届けても、急にはそこへ駈け寄る元気もなく、放心したように、いつまでも立ちつくしていた。

まことに変なことだけれど、そのあわただしい刹那に、時子は、闇夜に一匹の芋虫が、何かの木の枯枝を這っていて、枝の先端のところへくると、不自由なわが身の重みで、ポトリと、下のまっくろな空間へ、底知れず落ちて行く光景を、ふと幻に描いていた。

白昼夢

あれは、白昼の悪夢であったか、それとも現実の出来事であったか。

晩春の生暖かい風が、オドロオドロと、ほてった頰に感ぜられる、むし暑い日の午後であった。

用事があって通ったのか、散歩のみちすがらであったのか、それさえぼんやりとして思いだせぬけれど、私は、ある場末の、見るかぎりどこまでも、どこまでも、まっすぐにつづいている、広い、ほこりっぽい大通りを歩いていた。

洗いざらした単衣物《ひとえもの》のように白茶けた商家が、だまって軒を並べていた。三尺のショーウインドーに、ほこりでだんだら染めにした小学生の運動シャツが下がっていたり、碁盤のように仕切った薄っぺらな木箱の中に、赤や黄や白や茶色などの、砂のような種物《たねもの》を入れたのが、店一杯に並んでいたり、狭い薄暗い家じゅうが、天井からどこから、自転車のフレームやタイヤで充満していたり、そして、それらの殺風景な家々のあいだにはさまって、細い格子戸の奥にすすけた御神燈の下がった二階家が、そんなに両方から押しつけちゃ厭だわという恰好をして、ボロンボロンと猥褻《わいせつ》な三味線の音を洩らしていたりした。

「アップク、チキリキ、アッパッパア……アッパッパア……」

お下げを埃でお化粧した女の子たちが、道のまん中に輪を作って歌っていた。アッパッパアアア……という涙ぐましい旋律が、霞んだ春の空へのんびりと蒸発して行った。男の子らは縄飛びをして遊んでいた。長い縄のつるが、ねばり強く地をたたいては、空に上がった。田舎縞の前をはだけた一人の子が、ピョイピョイと飛んでいた。その光景は、高速度撮影の映画のように、いかにも悠長に見えた。

時々、重い荷馬車がゴロゴロと、道路や家々を震動させて私を追い越した。

ふと私は、行く手に当たって何かが起こっているのを知った。十四、五人のおとなやそれらの人々の顔には、みな一種の笑いが浮かんでいた。笑劇を見ている人の笑いが浮かんでいた。ある者は大口をあいてゲラゲラ笑っていた。

子供が、道ばたに不規則な半円を描いて立ち止まっていた。

好奇心が、私をそこへ近づかせた。

近づくにしたがって、大勢の笑顔と際立った対照を示している一つのまじめくさった顔を発見した。その青ざめた顔は、口をとがらせて、何事か熱心に弁じ立てていた。香具師《やし》の口上にしてはあまりに熱心すぎた。宗教家の辻説法にしては見物の態度が不謹慎だった。いったい、これは何事がはじまっているのだ。

私は知らず知らず半円の群集にまじって、聴聞者の一人となっていた。

演説者は、青っぽいくすんだ色のセルに、黄色の角帯をキチンと締めた、風采のよい、見たところ相当教養もありそうな四十男であった。かつらのように綺麗に光らせた頭髪の下に、中高のらっきょう形の青ざめた顔、細い眼、立派な口ひげで隈どったまっ赤な唇、その唇が不作法につばきを飛ばしてパクパク動いているのだ。汗をかいた高い鼻、そして、着物の裾からは、砂ほこりにまみれたはだしの足が覗いていた。

「……おれはどんなにおれの女房を愛していたか」

演説は今や高潮に達しているらしく見えた。男は無量の感慨をこめてこう言ったまま、しばらく見物たちの顔から顔を見まわしていたが、やがて、自問に答えるようにつづけた。

「殺すほど愛していたのだ!」

「……悲しいかな、あの女は浮気者だった」

ドッと見物のあいだに笑い声が起こったので、その次の「いつほかの男とくッつくかもしれなかった」という言葉はあぶなく聞き洩らすところだった。

「いや、もうとっくにくッついていたかもしれないのだ」

そこで又、前にもました高笑いが起こった。

「おれは心配で心配で」彼はそういって歌舞伎役者のように首を振って、「商売も手につかなんだ。おれは毎晩寝床の中で女房に頼んだ。手をあわせて頼んだ」笑い声、「どうか誓ってくれ。おれよりほかの男には心を移さないと誓ってくれ……しかし、あの女はどうしても私の頼みを聞いてはくれない。まるで商売人のような巧みな嬌態で、手練《てれん》手管《てくだ》で、その場その場をごまかすばかりです。だが、それが、その手練手管が、どんなに私を惹きつけたか……」

　誰かが「ようよう、ご馳走さまっ」と叫んだ。そして、笑い声。

「みなさん」男はそんな半畳などを無視してつづけた。

「あなた方が、もし私の境遇にあったら、いったいどうしますか。これが殺さないでいられましょうか！

……あの女は耳隠しがよく似合いました。自分で上手に結《ゆ》うのです……鏡台の前に坐っていました。結い上げたところです。綺麗にお化粧した顔が私の方をふり向いて、赤い唇でニッコリ笑いました」

　男はここで一つ肩をゆすり上げて見えを切った。濃い眉が両方から迫って凄い表情に変った。赤い唇が気味わるくヒン曲った。

「……おれは今だと思った。この好もしい姿を永久におれのものにしてしまうのは今だと思った。

　用意していた千枚通しを、あの女の匂やかな襟足へ力まかせにたたき込んだ。笑顔の消えぬうちに、大きい糸切歯が唇から覗いたまんま……死んでしまった」

　にぎやかな広告の楽隊が通り過ぎた。大ラッパが頓狂な音を出した。「ここはお国を何百里、離れて遠き満州の」子供らが節に合わせて歌いながら、ゾロゾロとついて行った。

「諸君、あれはおれのことを触れまわっているのだ。真柄太郎は人殺しだ、人殺しだ、そういって触れまわっているのだ」

　また笑い声が起こった。楽隊の太鼓の音だけが、男の演説の伴奏ででもあるように、いつまでも、いつまでも聞こえていた。

「……おれは女房の死骸を五つに切り離した。いいかね、胴が一つ、手が二本、足が二本、これでつまり五つだ……惜しかったけれど仕方がない……よく肥ったまっ白な足だ……あなた方はあの水の音を聞かなかったですか」男は俄かに声を低めて言った。首を前につき出し眼をキョロキョロさせながら、さも一大事を打ち明けるのだといわぬばかりに、「三七二十一日のあいだ、私の家の水道はザーザーとあけっぱなしにしてあったのですよ。五つに切った女房の死体をね、四斗樽の中へ入れて、冷していたのですよ。これがね、みなさん」

　ここで彼の声は聞こえないくらいに低められた。

「秘訣なんだよ。秘訣なんだよ。死骸を腐らせない……屍蠟《しろう》というものになるんだ」

「屍蠟……」。ある医書の「屍蠟」の項が、私の眼の前にその著者の黴《かび》くさい絵姿と共に浮かんできた。一体全体、この男は何を言おうとしているのだ。なんともしれぬ恐怖が、私の心臓を風船玉のように軽くした。

「……女房の脂ぎった白い胴体や手足が、可愛い蠟細工になってしまった」

「ハハハハハ、おきまりをいってらあ。お前それを、きのうから何度おさらいするんだい」

誰かが不作法に呶鳴った。

「オイ、諸君」男の調子がいきなり大声に変った。「おれがこれほどいうのがわからんのか。君たちはおれの女房は家出をしたと信じきっているだろう。ところがな、オイ、よく聞け、あの女はこのおれが殺したんだぞ。どうだ、びっくりしたか。ワハハハハハ」

……断ち切ったように笑い声がやんだかと思うと、瞬間もとのきまじめな顔が戻ってきた。男はまた、ささやき声ではじめた。

「それでもう、女はほんとうに私のものになりきってしまったのです。ちっとも心配はいらないのです。キッスのしたい時にキッスができます。抱きしめたい時には抱きしめることもできます。私はもう、これで本望ですよ。……だがね、用心しないとあぶない。私は人殺しなんだからね。いつおまわりに見つかるかもしれない。そこで、おれはうまいことを考えてあったのだよ。隠し場所をね……おまわりだろうが刑事だろうが、こいつにはお気がつくまい。ほら、君、見てごらん。その死骸はちゃんとおれの店先に飾ってあるのだよ」

男の眼が私を見た。私はハッとして後を振り向いた。今の今まで気のつかなかったすぐ鼻の先に、白いズックの日覆い……「ドラッグ」……「請合薬」……見覚えのある丸ゴシックの書体、そして、その奥のガラス張りの中の人体模型、その男は、何々ドラッグという商号を持った、薬屋の主人であった。

「ね、いるでしょう。もっとよく私の可愛い女を見てやってください」

何がそうさせたのか。私はいつの間にか日覆いの中へはいっていた。

私の眼の前のガラス箱の中に女の顔があった。彼女は糸切歯をむき出してニッコリ笑っていた。いまわしい蠟細工の腫物の奥に、真実の人間の皮膚が黒ずんで見えた。作り物でない証拠には、一面にうぶ毛がはえていた。

スーッと心臓が喉のところへ飛び上がった。私は倒れそうになるからだを、危うくささえて日覆いからのがれ出した。そして、男に見つからないように注意しながら、群集のそばを離れた。

……ふり返って見ると、群集のうしろに一人の警官が立っていた。彼もまた、他の人たちと同じようにニコニコ笑いながら、男の演説を聞いていた。

「何を笑っているのです。君は職務の手前それでいいのですか。あの男のいっていることがわかりませんか。嘘だと思うなら、その日覆いの中へはいってごらんなさい。東京の町のまん中で、人間の死骸がさらしものになっているじゃありませんか」

無神経な警官の肩をたたいて、こう告げてやろうかと思った。けれど、私にはそれを実行するだけの気力がなかった。私は眩暈《めまい》を感じながらヒョロヒョロと歩き出した。

行く手には、どこまでもどこまでも果てしのない、白い大道がつづいていた。陽炎《かげろう》が、立ち並ぶ電柱を海草のようにゆすっていた。

踊る一寸法師

「オイ、緑《ろく》さん、何をぼんやりしているんだな。ここへ来て、お前も一杯お相伴にあずかんねえ」

肉襦袢の上に、紫繻子《しゅす》に金糸でふち取りをした猿股をはいた男が、鏡を抜いた酒樽の前に立ちはだかって、妙にやさしい声で言った。

その調子が、なんとなく意味ありげだったので、酒に気をとられていた一座の男女が、一斉に緑さんの方を見た。

舞台の隅の、丸太の柱によりかかって遠くの方から同僚たちの酒宴の様子を眺めていた一寸法師の緑さんは、そういわれると、いつもの通り、さもさも好人物らしく、大きく口を曲げて、ニヤニヤと笑った。

「おら、酒はだめなんだよ」

それを聞くと、少し酔いの廻った軽業師たちは、面白そうに声を出して笑った。男たちの塩辛声と、肥った女どものかんだかい声とが、広いテント張りの中に反響した。

「お前の下戸はいわなくたってわかってるよ。だが、きょうは特別じゃねえか。大当たりのお祝いだ。なんぼ片輪者だって、そう、つき合いをわるくするもんじゃねえ」

紫繻子の猿股が、もう一度やさしく繰り返した。色の黒い唇の厚い、四十かっこうの頑丈な男だ。

「おらあ、酒はだめなんだよ」

やっぱりニヤニヤ笑いながら、一寸法師が答えた。十一、二歳の子供の胴体に、三十男の顔をくっつけたような怪物だ。頭の鉢が福助のようにひらいて、らっきょう型の顔には、クモが足をひろげたような深いしわと、ギョロリとした大きな眼と、丸い鼻と、笑う時には耳までさけるのではないかと思われる大きな口と、そして、鼻の下の薄黒い不精ひげとが、不調和についていた。青白い顔に唇だけは妙にまっ赤だった。

「緑さん、わたしのお酌なら、受けてくれるわね」

美人玉乗りのお花が、酒のために赤くほてった顔に、微笑を浮かべて、さも自信ありげに口を入れた。

村じゅうの評判になったこのお花の名前は、わたしも覚えていた。

一寸法師は、お花に正面から見つめられて、ちょっとたじろいだ。彼の顔には一刹那不思議な表情が現われた。あれが怪物の羞恥であろうか。しかし、しばらくもじもじしたあとで、彼はやっぱり同じことを繰り返した。

「おらあ、酒はだめなんだよ」

顔は相変わらず笑っていたが、それは喉にひっかかったような、低い声だった。

「そういわないで、まあ一杯やんなよ」

紫繻子の猿股は、ノコノコ歩いて行って、一寸法師の手を取った。

「さあ、こうしたら、もう逃がしっこないぞ」

彼はそういって、グングンその手を引っぱった。

巧みな道化役者にも似合わない、豆蔵の緑さんは、十八娘のように無気味な嬌羞《きょうしゅう》を示して、そこの柱につかまったまま動こうともしない。

「よせったら、よせったら」

それを無理に、紫繻子が引っ張るので、そのたびに、つかまっている柱がしなって、テント張りの小屋全体が、大風のようにゆれ、アセチレン瓦斯ランプが、ぶらんこのように動いた。

わたしはなんとなく気味がわるかった。執拗に丸太の柱につかまっている一寸法師とそれをまた、いこじに引きはなそうとしている紫繻子、その光景に一種無気味な前兆が感じられた。

「花ちゃん、豆蔵のことなぞどうだっていいから、さあ、一つお歌いよ。ねえ。お囃《はや》しさん」

気がつくと、わたしのすぐそばで、八字ひげをはやして、そのくせ妙ににやけた口をきく、手品使いの男が、しきりとお花にすすめていた。新米らしいお囃しのおばさんは、これもやっぱり酔っぱらっていて、猥褻《わいせつ》に笑いながら、調子を合わせた。

「お花さん、歌うといいわ。騒ぎましょうよ」

「よし、おれが騒ぎ道具を持ってこよう」

若い軽業師が、彼も肉襦袢一枚で、いきなり立ち上がって、まだ争っている一寸法師と、紫繻子のそばを通り越して、丸太を組み合わせて作った二階の楽屋へ走って行った。

その楽器のくるのを待たないで、八字ひげの手品使いは、酒樽のふちをたたきながら、胴間声をはり上げて、三曲万歳を歌い出した。玉乗り娘の二、三が、ふざけた声で、それに合わせた。そういう場合、いつも槍玉に上がるのは一寸法師の緑さんだった。下品な調子で彼を読み込んだ万歳節が次から次へと歌われた。

てんでんに話し合ったり、ふざけ合っていた連中が、だんだんその歌の調子に引き入れられて、ついに全員の合唱となった。気がつかぬ間に、さっきの若い軽業師が持ってきたのであろう、三味線、太鼓、鉦《かね》、拍子木などの伴奏がはいっていた。耳を聾せんばかりの、不思議な一大交響楽が、テントをゆるがして、歌詞の句切り句切りには、恐ろしい怒号と拍手が起こった。男も女も、酔いが廻るにつれて狂的にはしゃぎまわった。

その中で、一寸法師と紫繻子は、まだ争いつづけていた。緑さんはもう丸太を離れて、エヘエヘ笑いながら、小猿のように逃げまわっていた。そうなると彼はなかなか敏捷だった。大男の紫繻子は、低能の一寸法師にばかにされて、少々癇癪を起こしていた。

「この豆蔵め、今に、吠え面かくな」

彼はそんな威嚇の言葉をどなりながら追っかけた。

「ごめんよ、ごめんよ」

三十面《づら》の一寸法師は、小学生のように、真剣に逃げまわっていた。彼は紫繻子にとっつかまって、酒樽の中へ首を押しつけられるのが、どんなにか恐ろしかったのであろう。

その光景は、不思議にもわたしにカルメンの殺し場を思い出させた。闘牛場から聞こえてくる、狂暴な音楽と喊声《かんせい》につれて、追いつ追われつしているホセとカルメン、どうしたわけか、たぶん服装のせいであったろう、わたしはそれを連想した。一寸法師はまっ赤な道化役者の衣裳をつけていた。それを肉襦袢の紫繻子が追っかけるのだ。三味線と鉦と拍子木が、そして、やけくそな三曲万歳が、それを囃し立てるのだ。

「さあ、とっつかまえたぞ、こん畜生」

ついに紫繻子が喊声を上げた。可哀そうな緑さんは、彼の頑丈な両手の中で、青くなってふるえていた。

「どいた、どいた」

彼はもがく一寸法師を頭の上にさし上げて、こちらへやってきた。皆は歌うのをやめて、その方を見た。二人の荒々しい鼻息が聞こえた。

アッと思う間に、まっ逆さまにつり下げられた一寸法師の頭が、ザブッと酒樽の中につかった。緑さんの短い両手が、空にもがいた。バチャバチャと酒のしぶきが飛び散った。

紅白だんだら染めの肉襦袢や、肉色の肉襦袢や、或いは半裸体の男女が、互いに手を組み膝を合わせて、ゲラゲラ笑いながら見物していた。誰もこの残酷な遊戯をとめようとはしなかった。

存分酒を飲まされた一寸法師は、やがて、そこへ横ざまにほうり出された。彼は丸くなって、百日咳のように咳き入った。口から、鼻から、耳から、黄色い液体が、ほとばしった。彼のこの苦悶を囃すように、又しても三曲万歳の合唱がはじまった。聞くにたえぬ悪口が繰り返された。

一としきり咳き入ったあとは、ぐったりと死体のように横たわっている一寸法師の上を、肉襦袢のお花が踊りまわった。肉づきのいい、彼女の足が、しばしば彼の上をまたいだ。

拍手と喊声と拍子木の音とが、耳を聾するばかりにつづけられた。もはやそこには、一人として正気な者はいなかった。誰も彼も気ちがいのようにどなった。お花は、早調子の万歳節に合わせて、狂暴なジプシー踊りを踊りつづけた。

一寸法師の緑さんは、やっと眼をひらくことができた。無気味な顔が、猩々《しょうじょう》のようにまっ赤になっていた。彼は肩で息をしながら、ヒョロヒョロと立ち上がろうとした。と、ちょうどそのとき、踊りつかれた玉乗り女の大きなお尻が、彼の目の前にただよってきた。故意か偶然か、彼女は一寸法師の顔の上へ尻餅をついてしまった。

仰向きにおしつぶされた緑さんは、苦しそうなうめき声を立てて、お花のお尻の下でもがいた。酔っぱらったお花は、緑さんの顔の上で馬乗りのまねをした。三味線の調子に合わせて、「ハイ、ハイ」とかけ声をしながら、平手でピシャピシャと緑さんの頬をたたいた。一同の口からばか笑いが破裂した。けたたましい拍手が起こった。だが、そのとき、緑さんは大きな肉塊の下じきになって、息もできず、半死半生の苦しみをなめていたのだ。

しばらくしてやっと赦《ゆる》された一寸法師は、やっぱりニヤニヤと、愚かな笑いを浮かべて、半身を起こした。そして、冗談のような調子で、

「ひでえなあ」

とつぶやいたばかりだった。

「オー、鞠《まり》投げをやろうじゃねえか」

突然、鉄棒の巧みな青年が立ち上がって叫んだ。皆が「鞠投げ」の意味を熟知している様子だった。

「よかろう」

一人の軽業師が答えた。

「よせよ、よせよ、あんまり可哀そうだよ」

八字ひげの手品使いが、見かねたように口を入れた。彼だけは、綿ネルの背広を着て、赤いネクタイを結んでいた。

「さあ、鞠投げだ、鞠投げだ」

手品使いの言葉なんか耳にもかけず、かの青年は一寸法師の方へ近づいて行った。

「おい、緑さんはじめるぜ」

そういうが早いか、青年は不具者を引っぱり起こして、その眉間を平手でグンとつい

た。一寸法師は、つかれた勢いで、さも鞠のようにクルクル廻りながら、うしろへよろけて行った。すると、そこにもう一人の青年がいて、これを受けとめ、不具者の肩をつかんで自分の方へ向けると、又グンと額をついた。可哀そうに緑さんは、再びグルグル廻りながら前の青年のところへ戻ってきた。それから、この不思議な、残忍なキャッチボールが、いつまでもくり返された。

いつの間にか、合唱は出雲拳の節に変わっていた。拍子木と三味線が、やけに鳴らされた。フラフラになった不具者は、執念深い微笑をもって、彼の不思議な役目をつづけていた。

「もうそんなくだらないまねはよせ。これからみんなで芸づくしをやろうじゃないか」

不具者の虐待に飽きた誰かが叫んだ。

無気味な怒号と狂喜のような拍手がそれに答えた。

「持ち芸じゃだめだぞ。みんな、隠し芸を出すのだ。いいか」

紫繻子の猿股が、命令的にどなった。

「まず、皮切りは緑さんからだ」

誰かが意地わるくそれに和した。ドッと拍手が起こった。疲れきって、そこに倒れていた緑さんは、この乱暴な提議をも、底知れぬ笑顔で受けた。彼の無気味な顔は泣くべき時にも笑っていた。

「それならいいことがあるわ」

美人玉乗りのお花がフラフラと立ち上がって叫んだ。

「豆ちゃん。お前、ひげさんの大魔術をやるといいわ。一寸だめし五分だめし、美人の獄門てえのを、ね、いいだろ。おやりよ」

「エヘヘヘヘヘ」

不具者は、お花の顔を見つめて笑った。無理に飲まされた酒で、彼の眼は妙にドロンとしていた。

「ね、豆ちゃんは、あたいに惚れてるんだね。だから、あたいの言いつけなら、なんだって聞くだろ。あたいがあの箱の中へはいってあげるわ。それでもいやかい」

「ヨウヨウ、一寸法師の色男！」

又しても、われるような拍手と、笑声。

豆蔵とお花、美人獄門の大魔術、この不思議な取り合わせが、酔っぱらいどもを喜ばせた。多勢が乱れた足どりで、大魔術の道具立てをはじめた。舞台の正面と左右に黒い幕がおろされた。床には黒い敷物がしかれた。そして、その前に、棺桶のような木箱と、一箇のテーブルが持ち出された。

「さあ、はじまり、はじまり」

三味線と鉦と拍子木が、おきまりの前奏曲をはじめた。その囃しに送り出されて、お花と、彼女に引き立てられた不具者とが、正面に現われた。お花はピッタリ身についた肉色シャツ一枚だった。緑さんはダブダブの赤い道化服をつけていた。そして、彼の方は、相も変わらず、大きな口でニヤリニヤリと笑っていた。

「口上を言うんだよ、口上を」

　誰かがどなった。

「困るな、困っちまうな」

　一寸法師は、ブツブツそんなことをつぶやきながら、それでも、なんだかしゃべりはじめた。

「エー、ここもとご覧に供しまするは、神変不思議の大魔術、美人の獄門とござりまして、これなる少女をかたえの箱の中へ入れ、十四本の日本刀をもちまして、一寸だめし五分だめし、四方八方より田楽刺しにいたすのでござります。エーと、が、それのみにてはお慰みが薄いようでござります。かように斬りさいなみましたる少女の首を、ザックリ切断いたし、これなるテーブルの上に、晒し首とござあい。ハッ」

「あざやか、あざやか」「そっくりだ」賞讃とも揶揄《やゆ》ともつかぬ叫び声が、やけくそな拍手にまじって聞こえた。

　白痴のように見える一寸法師だけれど、さすがに商売がら、舞台の口上はうまいものだ。いつも八字ひげの手品使いがやるのと、口調から文句から、寸分違わない。

　やがて、美人玉乗りのお花は、あでやかに一揖《いちゆう》して、しなやかなからだを、その棺桶ようの箱の中へ隠した。一寸法師はそれに蓋をして、大きな錠前をおろした。

　一と束の日本刀が、そこへ投げ出されてあった。緑さんは、一本、一本、それを拾い、一本ずつ床につき立てて、にせものでないことを示した上、箱の前後左右にあけられた小さな孔へ、つき通していった。一刀ごとに、箱の中から物凄い悲鳴が……毎日見物たちを戦慄させているあの悲鳴が……聞こえてきた。

「キャー、助けてえ、助けてえ、助けてえ、アレー、こん畜生、こん畜生、こいつはほんとうにわたしを殺す気だよ。アレー、助けてえ、助けてえ、助けてえ……」

「ワハハハ」「あざやか、あざやか」「そっくりだ」見物たちは大喜びで、てんでにどなったり、手をたたいたりした。

一本、二本、三本、刀の数はだんだん増して行った。

「今こそ思い知ったか、このすべため」一寸法師は芝居がかりではじめた。「よくもよくもこのおれをばかにしたな。片輪ものの一念がわかったか、わかったか、わかったか」

「アレー、アレー、助けてえ、助けてえ、助けてえ――」

そして、田楽刺しにされた箱が、生あるもののように、ガタガタと震動した。

見物たちは、この真に迫った演出に夢中になった。百雷のような拍手がつづいた。

そして、ついに十四本目の一刀がつきさされた。お花の悲鳴は、さも瀕死の怪我人のようなうめき声に変わって行った。もはや文句をなさぬヒーヒーという音であった。やがて、それも絶え入るように消えてしまうと、今まで動いていた箱がピッタリと静止した。

一寸法師はゼイゼイと肩で呼吸をしながら、その箱を見つめていた。彼の額は、水につかったように汗でぬれていた。彼はいつまでも、いつまでも、そうしたまま動かなかった。

見物たちも妙にだまりこんでいた。死んだような沈黙を破るものは、酒のために烈しくなった皆の息づかいばかりだった。

しばらくすると、緑さんは、そろりそろりと、用意のダンビラを拾い上げた。それは青竜刀のようにギザギザのついた、幅の広い刀だった。彼はそれを、も一度床につき立てて、切れ味を示したのち、さて、錠前をはずして、箱の蓋をあけた。そして、その中へ件の青竜刀を突っ込むと、さもほんとうに人間の首を切るような、ゴリゴリという音をさせた。

それから、切ってしまった見得で、ダンビラを投げ出すと、何物かを袖で隠して、かたえのテーブルのところまで行き、ドサッという音を立てて、それを卓上に置いた。

彼が袖をのけると、お花の青ざめた生首が現われた。切り口のところから、まっ赤ななまなましい血潮が流れ出していた。それが紅のとき汁などとは、誰にも考えられなかった。

氷のように冷たいものがわたしの背中を伝わって、スーッと頭のてっぺんまで駈け上がった。わたしは、そのテーブルの下には二枚の鏡が直角にはりつめてあって、その背後に、床下の抜け道をくぐってきたお花の胴体があることを知っていた。こんなものは珍らしい手品ではなかった。それにもかかわらず、わたしのこの恐ろしい予感はどうしたことであろう、それは、いつもの柔和な手品使いと違って、あの不具者の、無気味な容貌のためであろうか。

まっ黒な背景の中に、緋の衣のような、まっ赤な道化服を着た一寸法師が、大の字にはだかっていた。その足もとには血糊のついたダンビラがころがっていた。彼は見物たちの方を向いて、声のない顔一杯の笑いを笑っていた。だが、あのかすかな物音はいったいなんであろう。それはもしや、まっ白にむき出した、不具者の歯と歯がカチ合う音ではないだろうか。

見物たちは、依然として鳴りをひそめていた。そして、お互いが、まるで恐《こわ》いものでも見るように、お互いの顔をぬすみ見ていた。やがて、例の紫繻子がスックと立ち上がった。そして、テーブル目がけて、ツカツカと二、三歩進んだ。さすがにじっとしていられなかったのだ。

「ホホホホホ」

突然晴々しい女の笑い声が起こった。

「豆ちゃん味をやるわね。ホホホホホ」

それは言うまでもなくお花の声であった。彼女の青ざめた首が、テーブルの上で笑ったのだった。その首を、一寸法師はいきなり又、袖で隠した。そして、ツカツカと黒幕のうしろへはいっていった。跡には、からくり仕掛けのテーブルだけが残っていた。

見物人たちは、あまりに見事な不具者の演戯に、しばらくはため息をつくばかりだった。当の手品使いさえもが、眼をみはって、声を呑んでいた。が、やがて、ワーッというときの声が、小屋をゆすった。

「胴上げだ、胴上げだ」

誰かが、そう叫ぶと、彼らは一団になって、黒幕のうしろへ突進した。泥酔者たちは、その拍子に足をとられて、バタバタと、折りかさなって倒れた。そのうちの或る者は、起き上がって、又ヒョロヒョロと走った。空《から》になった酒樽のまわりには、すでに寝入ってしまった者どもが、魚河岸のマグロのように取り残されていた。

「オーイ、緑さあん」

黒幕のうしろから、誰かの叫び声が聞こえてきた。

「緑さん、隠れなくってもいいよ。出てこいよ」

また誰かが叫んだ。

「お花姉さあん」

女の声が呼んだ。

返事は聞こえなかった。

わたしは言いがたい恐怖におののいた。さっきのは、あれは本物のお花の笑い声だったのか。もしや、奥底の知れぬ片輪ものが、床の仕掛けをふさいで、真実彼女を刺し殺し、獄門に晒《さら》したのではないか。そして、あの声は、あれは死人の声ではなかったのか。

愚かなる軽業師どもは、かの腹話術と称する魔術を知らないのであろうか。口をつぐんだまま、腹中で発音して死物に物を言わせる、あの腹話術という不思議な術を。それを、あの怪物が習い覚えていなかったと、どうして断定できるであろう。

ふと気がつくと、テントの中に、薄い煙が充ち満ちていた。軽業師たちの煙草の煙にしては、少し変だった。ハッとしたわたしは、いきなり見物席の隅のほうへ飛んで行った。

案の定《じょう》、テントの裾を、赤黒い火焔が、メラメラと舐めていた。火はすでにテントの四囲を取りまいている様子だった。

わたしは、やっとのことで燃える帆布をくぐって、そとの広っぱへ出た。広々とした草原には、白い月光が隈《くま》なく降りそそいでいた。わたしは足にまかせて近くの人家へと走った。

振り返ると、テントはもはや三分の一まで、燃え上がっていた。むろん、丸太の足場や、見物席の板にも火が移っていた。

「ワハハハハハ」

何がおかしいのか、その火焔の中で、酔いしれた軽業師たちが狂気のように笑う声が、はるかに聞こえてきた。

何者であろう、テントの近くの丘の上で、子供のような人影が、月を背にして踊っていた。彼はスイカに似た丸いものを、提燈のようにぶら下げて、踊り狂っていた。

わたしは、あまりの恐ろしさに、そこに立ちすくんで、不思議な黒影を見つめた。男は、さげていた丸いものを、両手で彼の口のところへ持って行った。そして、地だんだを踏みながら、そのスイカのようなものに喰いついた。彼はそれを、離しては喰いつき、離しては喰いつき、さも楽しげに踊りつづけた。

水のような月光が、変化踊りの影法師を、まっ黒に浮き上がらせた。男の手にある丸い物から、そして彼自身の唇から、濃厚な、黒い液体が、ポトリポトリと垂れているのさえ、はっきりと見分けられた。

パノラマ島奇談

1

同じM県に住んでいる人でも、多くは気づかないでいるかも知れません。I湾が太平洋へ出ようとする、S郡の南端に、ほかの島々から飛び離れて、ちょうど緑色の饅頭をふせたような、直径二里たらずの小島が浮かんでいるのです。今では無人島にもひとしく、附近の漁師どもがときどき気まぐれに上陸して見るくらいで、ほとんどかえりみる者もありません。ことに、それはある岬の突端の荒海に孤立していて、よほどの凪ででもなければ、小さな漁船などでは、第一近づくのも危険だし、また危険をおかして近づくほどの場所でもないのです。

所の人は俗に沖の島と呼んでいますが、いつの頃からか、島全体が、M県随一の富豪であるT市の菰田《こもだ》家の所有になっていて、以前は同家に属する漁師たちのうち、物好きな連中が小屋を建てて住まったり、網干し場、物置きなどに使っていたこともあるのですが、数年以前、それがすっかり取り払われ、にわかにその島の上に不思議な作業がはじまったのです。何十人という人夫土工、あるいは庭師などのむれが、別仕立てのモーター船に乗って、日ごとに島の上に集まってきました。

どこから持ってくるのか、さまざまの形をした巨岩や、樹木や、鉄骨や、木材や、数知れぬセメント樽などが、島へ島へと運ばれました。そして、人里離れた荒海の上に、目的の知れぬ土木事業とも、庭作りともつかぬ工作がはじまったのです。

沖の島の対岸の村々には、政府の鉄道はもちろん、私設の軽便鉄道や、当時は乗合自動車さえ通っていず、ことに島に面した海岸は、百戸に充たぬ、貧弱な漁村がチラホラ点在しているばかりで、そのあいだあいだには、人も通わぬ断崖がそそり立っていて、いわば文明から切り離された、まるで辺鄙なところだものですから、そのような風変りな大作業がはじまっても、そのうわさは村から村へと伝わるだけで、遠くに行くにしたがって、いつしかおとぎ話のようなものになってしまい、たとえ附近の都会などにそれが聞こえても、たかだか地方新聞の三面を賑わすほどのことで済んでしまいましたが、もしこれが都近くに起こった出来事だったら、どうして、大変なセンセイションをまき起こしたにちがいありません。それほど、その作業は変てこなものだったのです。

さすがに附近の漁師たちは怪しまないではいられませんでした。何の必要があって、どのような目的があって、あの人も通わぬ離れ小島に、費用を惜まず、土を掘り樹木を植え、塀を築き家を建てるのであろう。まさか菰田家の人たちが、物好きにあの不便な小島へ住もうというわけではなかろうし、そうかといって、あんなところへ遊園地をこしらえるというのも変なものだ。もしかしたら、菰田家の当主は気でも狂ったのではあるまいか、などと噂しあったことでした。

というのには、またわけのあることで、当時の菰田家のあるじというのは、癲癇《てんかん》の持病を持っていて、それが嵩じて、少し前に一度死を伝えられ、附近の評判になったほども立派な葬式さえ営んだのですが、それが不思議にも生き返って、しかし生き返ってからというものは、ガラリ性質が変って、ときどき非常識な気ちがいじみた行動があるとの噂が、その辺の漁師たちにまで伝わっていて、さてこそ今度の工作もやっぱりそのせいではないかと、疑いをいだくことになったのです。

それはともかく、人々の疑惑のうちに、といって都に響くほどの大評判にもならず、このえたいの知れぬ事業は、菰田家の当主の直接の指図のもとに、着々進捗して行きました。三月四月《みつきよつき》とたつにしたがって、島全体を取り囲んで、ちょうど万里の長城のような異様な土塀ができ、内部には池あり、河あり、丘あり、谷あり、そしてその中央に巨大な鉄筋コンクリートの不思議な建物まで出来上がりました。

その光景がどのように奇怪千万な、そしてまた世にも壮麗なものであったかは、ずっと後になってお話しする機会があろうと思いますから、ここには省きますが、それがもし完全に出来上がってしまったなら、どんなにすばらしいものだったでありましょう。心ある人が見たならば、現にあるなかば荒廃した沖の島の景色から、充分それが推察できるにちがいありません。ところが、不幸にも、この大事業は、やっと完成するかしないに、思わぬ出来事のために頓挫《とんざ》をきたしたのです。

それがどういう理由であったかは、ほんの一部の人にしかハッキリはわかっておりません。なぜか、ことが秘密のうちに運ばれたのです。その事業の目的も性質も、それが頓挫をきたした理由も、一切曖昧《あいまい》のうちに葬られてしまったのです。ただ外部にわかっていることは、事業の頓挫と相前後して、菰田家の当主とその夫人とがこの世を去り、不幸にも彼らのあいだに子だねがなかったため、親族のものがその跡目を相続しているということだけでした。その彼らの死因についても、いろいろの噂がないではありませんでしたが、たんに噂にとどまって、いずれもつかみどころのない、したがって、それがその筋の注意を惹くというほどのものではなかったのです。

島はその後も、やっぱり菰田家の所有地にちがいないのですが、事業は荒廃したまま、訪ねる人もなく放擲《ほうてき》され、人工の森や林や花園は、ほとんど元の姿を失って、雑草のはびこるにまかせ、鉄筋コンクリートの奇怪な大円柱たちも、風雨にさらされて、いつしか原形をとどめなくなってしまいました。そこに運ばれた樹木石材などは、非常な費用をかけたものではありましたが、さて、それを都に運んで売却するには、かえって運賃倒れになるというような点から、荒廃はしながらも、一木一石、元の場所をかえたわけではありません。したがって、今でも、もし諸君が旅行の不便を忍んで、M県の南端をおとずれ、荒海を乗りきって沖の島に上陸なさるならば、そこに、世にも不思議な人工風景の跡を見出すことができるにちがいありません。

それは一見、非常に宏大な庭園にすぎないのですが、ある人はそこから、何物か、途方もないある種の計画、もしくは芸術というようなものを感じないではいられぬでありましょう。それと同時に、その人は又、その辺一帯にみなぎる怨念というか、鬼気というか、一種の戦慄におそわれないではいられぬでありましょう。

そこには実に、ほとんど信ずべからざる一場の物語があるのです。その一部は菰田家に接近する人々には公然の秘密となっているところの、そして、その肝要な部分は、たった二人の人物にしか知られていないところの、世にも不思議な物語があるのです。もし諸君が、私の記述を信じてくださるならば、そして、この荒唐無稽とも見える物語を最後まで聞いてくださるならば、では、これからその秘密譚というのをはじめることにいたしましょうか。

2

お話は、M県とはずっと離れた、この東京からはじまるのです。

東京の山の手のある学生街に、お定まりの殺風景な、友愛館という下宿屋があって、そこのもっとも殺風景な一室に、人見《ひとみ》広介《ひろすけ》という書生ともごろつきともつかぬ、そのくせ年輩は三十をよほどすぎていそうな、不思議な男が住んでおりました。彼は沖の島の大土工がはじまる十余年前に、ある私立大学を卒業し、それからずっと、別に職を求めるでもなく、といってこれという確かな収入の道があるでもなく、いわば下宿屋泣かせ、友だち泣かせの生活をつづけて、最後にこの友愛館に流れつき、かの大土工がはじまる一年前くらいまで、そこで暮らしていたのです。

彼は自分では哲学科出身と称しているのですが、といって哲学の講義を聞いたわけではなく、ある時は文学に凝って夢中になり、その方の書物をあさっているかと思うと、ある時はとんでもない方角違いの建築科の教室などに出掛けて行って、熱心に聴講してみたり、そうかと思うと、社会学、経済学などに頭をつっこんでみたり、今度は油絵の道具を買いこんで、絵描きの真似ごとをしてみたり、ばかに気が多いくせに妙に飽き性で、これといってほんとうに修得した科目もなく、無事に学校を卒業できたのが不思議なくらいなのです。で、もし彼が何か学んだところがあるとすれば、それは決して学問の正道ではなくて、いわば邪道の、奇妙に一方に偏したものであったにちがいありません。それゆえにこそ、学校を出て十年以上もたっても、まだ就職もできないで、まごまごしているわけなのです。

もっとも、人見広介自身が、何かの職について世間なみの生活をいとなもうなんて神妙な考えは持っていなかったのです。実をいうと、彼はこの世を経験しない先から、この世に飽きはてていたのです。

一つは生来の病弱からでもありましょう。それとも、青年期以来の神経衰弱のせいであったのかもしれません。何をする気にもなれないのです。人生のことがすべて、ただ頭の中で想像しただけで充分なのです。何もかも「たいしたことはない」のです。そこで彼は年中汚ない下宿に寝ころんだまま、それで、どんな実際家もかつて経験したことのない、彼自身の夢を見つづけてきました。つまり一口にいえば、彼は極端な夢想家にほかならぬのでありました。

では、彼はそうして、あらゆる世上のことを放擲して、一体何を夢見ていたかと言いますと、それは、彼自身の理想郷、無可有郷《むかゆうきよう》のこまごました設計についてでありました。

彼は学校にいる時分からプラトン以来の数十種の理想国物語、無可有郷物語を、世にも熱心に耽読《たんどく》しました。そして、それらの書物の著者たちが、実現すべくもない彼らの夢想を、文字に托して世に問うことによって、せめてもの心やりとしていた、その気持を想像しては、一種の共鳴を感じ、それをもって、彼自身もわずかに慰められることができたのでした。それらの著書の中でも、政治上、経済上などの理想郷については、彼はほとんど無関心でありました。彼の心をとらえたのは、地上の楽園としての、美の国、夢の国としての理想郷でありました。それゆえ、カベの「イカリヤ物語」よりもモリスの「無可有郷だより」が、モリスよりはさらにエドガア・ポーの「アルンハイムの地所」の方が、一層彼を惹きつけるのでした。

彼の唯一の夢想は、音楽家が楽器によって、画家がカンバスと絵の具によって、詩人が文字によって、さまざまの芸術を創造すると同じように、この大自然の、山川草木を材料として、一つの石、一つの木、一つの花、或いは又、そこに飛びかうところの鳥、けもの、虫けらの類に至るまで、皆生命を持っている、一時間ごとに、一秒ごとに、生育しつつある、それらの生き物を材料として、途方もなく大きな一つの芸術を創作することでありました。神によって作られたこの大自然を、それには満足しないで、彼自身の個性をもって、自由自在に変改し、美化し、そこに彼独特の芸術的大理想を表現することでありました。つまり、言葉をかえていえば、彼自身神となってこの自然を作りかえることでありました。

彼の考えによれば、芸術というものは、見方によっては自然に対する人間の反抗、あるがままに満足せず、それに人間各個の個性を付与したいという欲求の表われにほかならぬのでありました。それゆえに、たとえば、音楽家は、あるがままの風の声、波の音、鳥獣の鳴き声などにあきたらずして、彼ら自身の音を創造しようと努力し、画家の仕事はモデルを単にあるがままに描きだすのではなくて、それを彼自身の個性によって変改し美化することにあり、詩人はいうまでもなく、たんなる事実の報道者、記録者ではないのであります。

しかし、これらのいわゆる芸術家たちは、なぜなれば楽器とか絵の具とか文字とかいう間接的な非効果的な七面倒な手段により、それだけで満足しているのでありましょう。どうして彼らはこの大自然そのものに着眼しないのですか。そして、直接大自然そのものを楽器とし、絵の具とし、文字として駆使しないのでありましょう。それがまるで不可能な事柄でない証拠には、造園術と建築術とが、現に或る程度まで自然そのものを駆使し、変改し、美化しつつあるではありませんか。それをもういっそう芸術的に、もういっそう大がかりに、実行することができないのでありましょうか。人見広介はかく疑うのでありました。

したがって彼は、先に挙げたような数々のユートピヤ物語よりは、それらの架空的な文字の遊戯よりは、もっと実際的な、そのうちのあるものは或る程度まで彼と同じ理想を実現したかに見える、古来の帝王たちの（主として暴君たちの）華々しい業績に、幾層倍も惹きつけられるのでありました。たとえばエジプトのピラミッド、スフィンクス、ギリシャ・ローマの城廓的な或いは宗教的な大都市、シナでは万里の長城、阿房宮《あぼうきゅう》、日本では飛鳥朝《あすかちょう》以来の仏教的大建築物、金閣寺、銀閣寺、単にそれらの建築物ではなくて、それを創造した英雄たちのユートピヤ的な心事を想像する時、人見広介の胸はおどるのでありました。

「もしわれに巨万の富を与えるならば」

これはあるユートピヤ作者の使用した著書の表題でありますが、人見広介もまた、常に同じ嘆声を洩らすのでありました。

「もしおれが使いきれぬほどの大金を手に入れることができたらばなあ。先ず広大な地所を買い入れて、それはどこにすればいいだろう、数百数千の人を役して、日頃おれの考えている地上の楽園、美の国を作り出して見せるのだがなあ」

それにはああして、こうしてと、空想しだすと際限がなく、いつも頭の中で、完全に彼の理想郷をこしらえてしまわないでは気がすまぬのでした。

しかし気がつけば、夢中でこしらえていたものは、ただ白昼の夢、空中の楼閣《ろうかく》にすぎなくて、現実の彼は、見るも哀れな、その日のパンにも困っている、一介の貧乏書生でしかないのです。そして、彼の腕前では、たとえ一生を棒に振って、力かぎり根かぎり、働き通してみたところで、たった数万円の金さえ蓄積することはできそうもないのでありました。

しょせん彼は「夢見る男」でありました。一生涯、そうして夢の中では有頂天《うちょうてん》の美に酔いながら、現実の世界では、なんというみじめな対照でありましょう、汚ない下宿の四畳半にころがって、味気ないその日その日を送って行かねばならないのです。

そうした男は、多く芸術にはしって、そこにせめてもの安息所を見いだすものですが、何の因果か彼にはたとえ芸術的傾向があったとしても、もっとも現実的な、今いう彼の夢想のほかには、おそらくどの芸術も、彼の興味をひく力はなく、又その才能にめぐまれてもいなかったのでした。

彼の夢がもし実現できるものとしたならば、それは実に世に比類なき大事業、大芸術にちがいないのです。それゆえに、ひとたびこの夢想境をさまよった彼にとっては、世の中のいかなる事業も、いかなる娯楽も、さてはいかなる芸術さえもが、まるで価値のない、取るに足らぬものに見えたのは、まことに無理もないことでした。

しかし、そうしてすべての事柄に興味を失った彼とても、食うためには、やっぱり多少の仕事をしないわけには行きません。それには、彼は学校を出て以来、安翻訳の下請けだとか、童話だとか、まれにはおとなの小説だとかを書いて、それを方々の雑誌社に持ちこんでは、からくもその日のたつきを立てているのでした。

最初のうちは、それでも芸術というものに多少の興味もあり、ちょうど古来のユートピヤ作者たちがしたように、お話の形で彼の夢想を発表することに、少なからぬ慰めを見出すことができましたので、いくらか熱心にそうした仕事をつづけていたのですが、ところが彼の書くものは、翻訳は別として、創作の方は妙に雑誌社の気受けがわるいのでした。それというのが、彼のは彼自身の例の無可有郷を、いろいろな形式で、微に入り細をうがち描写するにすぎない、いわば一人よがりの退屈きわまるしろものだったものですから、それは無理もないことといわねばなりません。

そんなわけで、せっかく気を入れて書き上げた創作などが、雑誌編集者に握りつぶされたことも一、二度ではなく、そこへもってきて、彼の性質が、ただ文字の遊戯などで満足するには、あまりに貪婪《どんらん》であったものですから、小説の方では一向うだつが上がらないのです。といって、それをやめてしまっては、早速その日の暮らしにも困るので、いやいやながら、いつまでも下積み三文文士の生活をつづけて行くほかはないのでした。

彼は一枚五十銭の原稿を書きながら、そして、その暇々には、彼の夢想郷の見取図だとか、そこへ建てる建築物の設計図だとかを、何枚となく書いては破り、書いては破りしながら、彼らの夢想を思うままに実現することのできた、古来の帝王たちの事蹟を、限りなき羨望《せんぼう》をもって、心に思い描くのでした。

3

さてお話というのは、人見広介がそのような状態で、生きがいのないその日その日を送っているところへ、ある日のこと、それは先にいった例の離れ島の大土工がはじまる一年ばかり前に当たるのですが、実にすばらしい幸運が舞いこんできたことからはじまるのです。

それはひと口に幸運などという言葉ではいい尽せないほど、奇怪至極な、むしろ恐るべき、それでいて、おとぎ話にも似た蠱惑《こわく》を伴なうところの、ある事柄でありました。彼はその吉報（?）に接して、やがてあることを思い当たると、おそらくなにびともかつて経験したことのない不思議な歓喜を味わい、そしてその次の刹那には、彼自身の考えのあまりの恐ろしさに、歯の根も合わぬほどの戦慄を覚えたのであります。

その報知をもたらした者は、大学時代彼の同級生であった一人の新聞記者でありましたが、ある日その男が久し振りで広介の下宿をおとずれ、何かの話のついでに、彼としてはなんの気もつかず、ふとその事柄をいいだしたのでした。

「時に、君はまだ知るまいが、つい二、三日前に君の兄貴が死んだのだよ」

「なんだって!」

その時、人見広介は相手の異様な言葉に、ついこんなふうに反問しないではいられませんでした。

「ホラ、君はもう忘れたのかい。例の有名な君の片割れだよ。双生児の片割れだよ。菰田源三郎さ」

「ああ、菰田か。あの大金持の菰田がかい。そいつは驚いたな。全体なんの病気で死んだのだい」

「通信員から原稿を送ってきたのだよ。それによると、先生持病の癲癇でやられたらしい。発作が起こったまま、回復しなかったのだね。まだ四十の声も聞かないで、可哀そうなことをしたよ」

そのあとにつけ加え、新聞記者はこんなことをいいました。

「それにしても、僕は、今さら感心したね。なんてよく似ているのだろう。君とあの男がさ。原稿といっしょに菰田の最近の写真を入れてきたのだが、それを見ると、あれから十何年たつけれど、君達はむしろ学生時代以上に似てきたね。あの写真の口髭のところへ指をあてて、そこへ、君のその目がねをかけさせれば、まるでそっくりなんだからね」

この会話によって、読者諸君もすでに想像された通り、貧乏書生の人見広介とM県随一の富豪菰田源三郎とは、大学時代の同級生で、しかも、不思議なことには、ほかの学生たちから双生児というあだ名をつけられていたほども、顔形から背恰好、声音にいたるまで、まるで瓜二つだったのです。

同級生たちは彼らの年齢の相違から、菰田源三郎を双生児の兄と呼び、人見広介を弟と呼んで、何かにつけて二人をからかおうとしました。

からかわれながら、彼らは、お互いに、そのあだ名が決して偽りではないことを、みずから認めないわけにはいかなかったのです。こうしたことは、ままある習いとはいいながら、彼らのように、双生児でもないのに、双生児と間違うほども似ているというのは、ちょっと珍らしいことでした。ことにそれが後になって、世にも驚くべき怪事件を生むに至った事実を思えば、因縁の恐ろしさに身震いを禁じ得ないのです。

彼らが双方とも、あまり教室へ顔を見せないほうだったのと、人見広介が軽度の近眼で、始終目がねをもちいていたので、二人顔を合わせる機会が少なく、顔を合わせたところで一方は目がねがあるため、遠方からでも充分区別することができたものですから、さしたる珍談も起こらないですみましたが、それでも、長い学生生活中には、笑い話の種になるような事柄が一、二度ならずありました。それほど彼らはよく似ていたのです。

そのいわゆる双生児の片割れが死んだというのですから、人見広介にとっては、ほかの同窓の訃報《ふほう》に接したよりは、いくらか驚きが強かったわけですが、でも、彼は当時から、まるで自分の影のような菰田に対して、彼らがあまり似すぎているために、かえって嫌悪の情をいだいていたくらいで、むろん悲しみを感ずるというほどではありませんでした。とはいえ、この出来事には何とも知れず人見広介をうつものがあったのです。

それは悲しみというよりは驚き、驚きというよりは、何かこう、妙に無気味なえたいの知れぬ予感のようなものでありました。

しかしそれが何であるか、相手の新聞記者がそれからまた、長いあいだ世間話をつづけて、さて帰ってしまうまで、彼は一向気づかないでいたのですが、一人になって、妙に頭に残っている菰田の死について、いろいろと考えているうちに、やがて途方もない空想が、夕立雲のひろがるときのような、速さ、無気味さで、彼の頭の中にムラムラとわき起こってきたのです。

彼はまっさおになって、歯を喰いしばって、はてはガタガタ震えながら、いつまでも、じっと一つところに坐ったまま、そのだんだんハッキリと正体を現わしてくる考えをみつめておりました。ある時は、あまりの怖さに、次々とわき上がる妙計を、押え止めようと努力したのですが、どうして止まるどころか、押えれば押えるほど、かえって万華鏡の鮮かさをもって、その悪計の一つ一つの場面までが幻想されてくるのでした。

4

彼がそのような、いわば未曾有のわるだくみを考えつくにいたった一つの重大な動機は、M県の菰田の地方では、一般に火葬というものがなく、ことに菰田家のような上流階級では、なおさらそれを忌んで、かならず土葬をいとなむにきまっているという点にありました。そのことは在学時代菰田自身の口からも聞いてよく知っていたのです。それともう一つは、菰田の死因が癲癇の発作からであったことでした。それが又、彼のある記憶を呼び起こさないではいなかったのです。

人見広介は、幸か不幸か、以前ハルトマン、ブーシェ、ケンプナーなどという人々の、死に関する書物を耽読したことがあって、ことに仮死の埋葬については可なりの知識を持っていたものですから、癲癇による死というものが、いかに不確かで、生き埋めの危険をともなうものだかを、よく心得ていたのです。多くの読者諸君は、多分ポーの「早すぎた埋葬」という短篇をお読みになったことがおありでしょう。そして、仮死の埋葬の恐ろしさを充分御承知でありましょう。

「生きながら葬られるということは、かつて人類の運命に落ちきたったこれらの極端の不幸（バーソロミュウの大虐殺その他の歴史上の戦慄すべき事件）のうちで、疑いもなくもっとも恐ろしきものである。そして、それがしばしば、甚だしばしば、この世に起こっていることは、少し物のわかる人には否定できないところである。死と生とをわかつ境界は、たかが漠とした影である。どこで生が終り、どこで死がはじまるのだか、誰がきめることができよう。ある疾病にあっては、生命の外部的機関がことごとく休止してしまうことがある。しかもこの場合、こうした休止状態はただ中止にすぎぬのである。不可解な機制の一時的停止にすぎぬのである。だから、しばらくたてば（それは数時間のこともあれば、数日のことも、或いは数十日のこともあるのだ）、目に見えぬ不思議な力が働いて、小歯車、大歯車が魔法のように再び動き出す」

そして、癲癇がそのような病気の一つであることは、いろいろの書物に示された実例によって、疑うべくもないのです。たとえば、かつてアメリカの「生き埋め防止協会」の宣伝書に発表された仮死の起こりやすい数種の病気の中にも、明かに癲癇の項目が含まれていたのを、なぜか彼はよく覚えていました。

彼は数知れぬ仮死の埋葬の実例を読んだとき、どんなに変てこな感じにうたれたことでしょう。その名状すべからざる一種の感じに対しては、恐怖とか戦慄とかいう言葉は、あまりにありふれた平凡至極なものに思われたほどでありました。たとえば、妊婦が早すぎた埋葬にあって、墓場の中で生き返り、生き返ったばかりか、その暗闇の中で分娩して、泣きわめく嬰児を抱いて悶え死んだ話などは（おそらく彼女は、出ぬ乳を、血まみれの嬰児の口に含ませていたことでもありましょう）まるで焼きつけたような印象となって、いつまでも彼の記憶に残っていました。

しかし、癲癇がやはりそうした危険をともなう病気であることを、彼はどうしてそんなにハッキリと覚えていたか、人見広介自身では、少しも気づかなかったのですが、人間の心の恐ろしさには、彼はそれらの書物を読んだときに、彼と生き写しの、双生児の片割れとまでいわれていた菰田が、大金持の菰田が、やはり癲癇病みであることを、無意識のうちに連想していなかったとはいえないのです。先にもいう通り、生れつきの夢想家である人見広介が、クネクネと考え廻すたちの彼が、たとえハッキリ意識しなかったとはいえ、そこへ気のつかぬはずはないのです。

もしそうだとすれば、数年以前、彼の心の奥底にひそかに播《ま》かれた種が、いま、菰田の死にあって、はじめてハッキリした形を現わしたとも考えられぬことはありません。が、それはともかく、彼の世にもまれなる悪計は、そうして、彼がからだ中からジリジリとにじみ出す冷汗を感じながら、その夜ひと夜、横にもならず坐りつづけているうちに、はじめはまるでおとぎ話か夢のような考えであったのが、少しずつ、現実の色を帯びはじめ、ついには、手を下しさえすれば必らず成就する、ごくあたりまえの事柄にさえ思われてくるのでありました。

「ばかばかしい。いくらおれとあいつが似ているからといって、そんな途方もない……実際途方もないことだ。人間はじまって以来、こんなばかばかしい考えを起こしたものが、一人だってあるだろうか。よく探偵小説などで、双生児の一方が他の一方に化けて、一人二役を勤める話は読むけれど、それさえも実際の世の中にはまずありそうもないことだ。まして今おれの考えている悪企みなど、まさに気ちがいの妄想じゃないか。つまらないことは考えず、お前はお前の分相応に、一生涯実現できっこないユートピヤを夢にでも見ているのがいいのだ」

いくたびか、そんなふうに考えては、あまりに恐ろしい妄想を振い落とそうと試みはしたのですが、しかし、そのあとから、すぐにまた、

「だが、考えてみれば、これほど造作のない、その上少しの危険もともなわぬ計画というものは、めったにあるものではない。たとえいかほど骨が折れようと、危険をおかそうと、万一成功したならば、あれほどお前が熱望していた、ながの年月ただそれのみを夢見つづけていた、お前の夢想郷の資金を、まんまと手に入れることができるのではないか、その時の楽しさ、うれしさはまあどのようであろう。どうせ飽きはてたこの世の中だ。どうせ、うだつの上がらない一生だ。よしんば、そのために命をおとしたところ

でなんの惜しいことがあるものか。ところが実際は、命をおとすどころか、人一人殺すではなし、世の中を毒するような悪事を働くわけではなし、ただ、このおれというものの存在を、手際よく抹殺して、菰田源三郎の身替りを勤めさえすれば済むのだ。

そしてなにをするかといえば、古来なにびとも試みたことのない、自然の改造、風景の創作、つまり途方もなく大きな一つの芸術品を造り出すのではないか、楽園を、地上の天国を創造するのではないか。俺としてどこにやましい点があるのだ。それにまた、菰田の遺族にしたところが、そうして一度死んだと思った主人が生き返ってくれたなら、喜びこそすれ、なんの恨みに思うものか、お前はそれをさも大悪事のように思いこんでいるが、見るがいい、こうして一つ一つの結果を吟味して行けば、悪事どころかむしろ善事なのではないか」

そう筋道を立ててみると、なるほど、条理整然としていて、実行上に少しの破綻もなければ、かつはまた良心にとがめる点もほとんどないといっていいのでした。

この計画を実行するについて、なにより都合がよかったのは、菰田源三郎の家族といっては、両親はとっくになくなってしまい、たった一人、彼の若い細君がいるきりで、あとは数人の雇人ばかりなことでありました。

もっとも、彼には一人の妹があって、東京のある貴族へ嫁入りしているのですし、国の方にも、そうした大家のことであってみれば、さだめしたくさんの親族がいることでしょうが、それらの人が亡き源三郎と瓜二つの人見広介という男のあることを知っているはずもなく、どうかして噂ぐらいは聞いていたところで、まさかこれほど似ていようとは想像しないでありましょうし、その上、その男が源三郎の替え玉となって現われるなどとは、夢にも考える道理がありません。

それに、彼は生れつき、不思議とお芝居のうまい男でもあったのです。たった一人恐ろしいのは、細かいところまで源三郎の癖を知っているにちがいない、当人の細君ですが、これとても、用心さえしていれば、とりわけ夫婦の語らいというようなことをなるべく避けていたならば、おそらく気づくことはないでしょう。それに、一度死んだものが生き返ってきたのですから、多少容貌なり性質なりが変っていたところで、異常な出来事のために、そんなふうになったものと思えば、さほど不思議がることもないのです。

こうして彼の考えはだんだん微細な点にはいって行くのでしたが、それらのこまごました事情をあれこれと考え合わせるにしたがって、彼のこの大計画は、一歩一歩、現実性、可能性を増してくるように見えました。残るところは、これこそ彼の計画にとっての最大難関にちがいないのですが、いかにして彼自身の身柄を抹殺するか、また、いかにして菰田の蘇生を本当らしく仕組むか、それにつけては、本ものの菰田の死体をいかに処分するか、という点でありました。

このような大悪事を（彼自身いかに弁護しようとも）たくらむほどの彼ですから、生れつきいわゆる奸智にたけていたのでもありましょう。そうしてクネクネと執念深く一つことを考えつづけているうちに、それらのもっとも困難な点も、なんなく解決することができました。

そして、これでよしと思ってから、彼はさらにもう一度微細な点にわたって、すでに考えたことを、また改めて考えなおし、いよいよ一点の隙もないときまると、さて最後にそれを実行するか否かの、大決心を定めねばならぬ場合がきたのでした。

5

からだじゅうの血が頭に集まった感じで、もうそうなるとかえって、いま考えている計画がどれほど恐ろしいことだかも忘れてしまって、ほとんど一昼夜というもの、考えに考え、練りに練ったあげく、結局彼はそれを決行することにきめたのでした。

後になって思い出すと、当時の心持は、夢遊病みたいなもので、さて実行にとりかかっても、妙に空虚な感じで、それほどの大事が、なんだか暢気《のんき》な物見遊山にでも出かけるような、しかし心のどこかの隅には、今こうしているのは実は夢であって、夢のあちら側にもう一つのほんとうの世界が待っているのだという意識が、どこかにつづいていたのでした。

さきにもいった通り、彼の計画は二つの重要な部分に分かれていました。

その第一は彼自身を、すなわち人見広介という人間を、この世からなくしてしまうことですが、それに着手するに先だって、一度菰田の屋敷のあるT市に急行して、はたして菰田が土葬にされたかどうか、その墓地へうまく忍びこむことができるかどうか、菰田の若い夫人はどのような人物であるか、召使いどもの気質はどんなふうか、それらの点を一応しらべておく必要がありました。その結果、もしこの計画に破綻をきたすような危険がみえたならば、そこで、はじめて実行を断念してもおそくはないのです。まだまだ取り返しの余地はあるのでした。

しかし、彼がこのままの姿でT市に現われることは、もちろんさしひかえなければなりません、その姿が人見広介とわかっても、或いはまた、たとえ菰田源三郎と見誤まられても、いずれにしろ彼の計画にとっては致命傷でありました。そこで、彼は彼独特の変装をして、この第一回のT市への旅を旅立つことにしたのでした。

彼の変装方法というのは、実に無造作なもので、これまでの目がねを捨てて、ごく大型の、しかしあまり目立たぬ形の色目がねをかけ、一方の目を中心に、眉から頬にかけて大きくたたんだガーゼをあて、口にはふくみ綿をして、これも目立たぬ口髭をつけ、頭を五分刈りにする、と、ただこれだけのことでしたが、しかし、その効果は実に驚くべきもので、出発の途中、電車の中で友達に会ってさえ、少しも感づかれなかったほどでありました。

人間の顔の中でもっとも目立つものは、もっとも各自の個性を発揮しているものは、その両眼にちがいありません。それが証拠には、手のひらで鼻から上を隠したのと、鼻から下を隠したのとでは、まるで効果がちがうのです。前の場合には、もしかすると人ちがいをしかねませんけれど、後の場合には、すぐその人とわかってしまうのです。そこで彼はまず両眼を隠すために色目がねを用いました。ところが、色目がねというものは、ほとんど完全に目の表情を隠してくれるかわりには、それをかけている人に、なんとなくうさん臭い感じを与えるものです。この感じを消すために、彼はガーゼを一方の目に当て、眼病患者をよそおいました。こうすれば、同時にまた、眉や頰の一部を隠すこともできて、一挙両得でもあるのです。それに頭髪の恰好を極度にかえ、服装を工夫すれば、もう七分通りは変装の目的を達することができたのですが、彼はさらに念には念を入れて、ふくみ綿によって頰から顎の線をかえ、つけ髭によって口の特徴を隠すことにしました。その上歩きっぷりでもかえることができたなら、九分九厘人見広介はなくなってしまうのです。

彼は変装については、日頃から一つの意見を持っていて、鬘や顔料を使用するなどは手数がかかるばかりではなく、かえって人目をひく欠点があり、とても実用には適しないけれど、こうした簡単な方法を用いるならば、日本人だってまんざら変装できないものでもないと、信じていたのでした。

彼はその翌日、下宿屋の帳場へは、思う仔細があって、一時宿を引き払って旅に出る。行く先とては定まらぬ、いわば放浪の旅だけれど、最初は伊豆半島の南の方へ向かうつもりだと告げ、小さな行李一つをたずさえて出発しました。そして、途中で、必要の品物を買い、人通りのない道ばたで、今いった変装を終ると、まっすぐに東京駅へかけつけ、行李は一時預けにして、T市の二つ三つ先の駅までの切符を買うと、彼は三等車の人ごみの中へともぐりこむのでありました。

T市に到着した彼は、それから足かけ二日、ただしくいえば満一昼夜のあいだ、彼独特の方法によって実に機敏に歩き廻り、聞き廻って、結局目的をはたすことができました。その詳細は、あまりくだくだしくなりますから、ここにははぶくことに致しますが、ともかく、調査の結果は、彼の計画が決して不可能事でないことを明かにしたのでありました。

そうして、彼が再び東京駅に立ち帰ったのは、例の新聞記者の話を聞いた日から三日目、菰田源三郎の葬儀が行われた日から六日目の夜、八時に近い時分でした。

彼の考えではおそくとも源三郎の死後十日以内には、彼を蘇生させるつもりなのですから、あますところ四日間、実に大多忙といわねばなりません。彼はまず一時預けの小行李を受け取ってから、駅の便所にはいって例の変装をとりはずし、元の人見広介に戻ると、その足で霊岸島の汽船発着所へと急ぎました。伊豆通いの船の出帆は午後九時、それに乗って、ともかくも伊豆半島の南に向かうのが彼の予定なのです。

待合所へかけつけると、船ではもうガランガランと乗船合図のベルが鳴り響いていました。切符は二等、行先は下田港、行李をかついで暗い桟橋を駈け、頑丈な板の歩みを渡って、ハッチをはいるかはいらぬに、ボーッと出帆の汽笛でした。

6

彼の目的にとって好都合だったことには、十畳敷きほどの船尾の二等室には、たった二人の先客があったばかりで、しかもそれが二人とも田舎者らしく、セルの着物にセルの羽織といういでたち、顔も頑丈らしく日に焼けて、そのかわりには頭の働きは一向鈍感そうな中年の男たちでありました。

人見広介は黙って船室にはいると、先客たちからずっと離れたすみっこの方に席をとって、さて、ひと寝入りという恰好で、備えつけの毛布の上に横たわるのでした。しかしもちろん寝てしまうわけではなく、うしろ向きになったまま、じっと二人の男の様子をうかがっていたのです。

ゴロゴロゴットン、ゴロゴロゴットンと、神経をうずかせるような機関の響きが全身に伝わってきます。鉄の格子で囲ったにぶい電燈の光が、横になった彼の影を長々と毛布の上に投げています。うしろでは、男たちは知り合いとみえて、まだ坐ったままボソボソと話し合っている。その声が機関の音とごっちゃになって、妙にねむけを誘うようなけだるいリズムを作るのです。その上、海は静からしく、波の音も低く、動揺もほとんど感じられぬほどで、そうしてじっと横になっていますと二、三日来の興奮が徐々に静まっていって、その空虚へ、名状しがたい不安の念が、モヤモヤとわきあがってくるのでした。

「今ならおそくない。早く断念するがいい。取り返しがつかなくなる前に、早く断念するがいい。お前はきまじめに、お前のその気ちがいめいた妄想を実行しようとしているのか。ほんとうに冗談ではなかったのか。いったいそれでお前の精神状態は健康なのか。もしやどこかに故障があるのではないか」

時間とともに彼の不安は増して行きました。

しかし、彼はこの大魅力をどうして捨て去ることができましょう。不安がる心に対して、彼のもう一つの心が説伏をはじめるのです。どこに不安があるのだ。どこに手抜かりがあるのだ。これまで計画した仕事を、今さら断念できるものか。そして、彼の頭の中には彼の目論見《もくろみ》の一つ一つが、微細な点にわたって次々と現われてくるのです。しかも、そのどの一つにも、少しの手落ちだって、あろう道理はないのでした。

ふと気がつくと、二人の客の話し声がいつの間にかやんで、その代りに調子のちがった二た通りの鼾の音が、部屋の向こう側から響いていました。寝返りを打って、細目をひらいてみますと、男たちは健康らしく大の字になって、相好をくずして、よく寝入っているのです。

何者か、性急に彼の実行をせきたてるのが感じられました。機会が到来したという考えが、彼の雑念を立ちどころに一掃してしまいました。

彼は何かに命ぜられるように、少しの躊躇《ちゅうちょ》もなく枕頭の行李をひらいて、その底から一枚の着物の切れはしを取り出しました。それは妙な形に引き裂かれた、五、六寸ぐらいの古びた木綿絣でした。それをつかむと、行李は元の通りに蓋をして、彼はソッと甲板に忍び出るのでした。

もう十一時を過ぎていました。

宵のうちはときどき船室へも顔を見せたボーイや船員たちも、それぞれ彼らの寝室に退いたのか、その辺には人影もありません。

前方の一段高い上甲板には、さだめし舵手が徹宵の見張りを続けているのでしょうが、いま人見広介の立っているところからはそれも見えません。

ふなべりによれば、しぶきを立てる大波のうねり、船尾に帯をのべる夜光虫の燐光、目を上げれば、眉を圧して迫る三浦半島の巨大なる黒影、明滅する漁村の燈火、そして、空には、ほこりのような無数の星屑が、船の進行につれてにぶい回転をつづけています。聞こえるものは、鈍重な機関の響きと、ふなべりにくだける波の音ばかりです。

この分なれば、彼の計画はまず発覚する心配はありません。幸い時は春の終り、海は眠ったように静かです。航路の関係上、陸影は徐々に船の方へ近づいてきます。彼はもう、その陸と船とがもっとも接近する予定の場所を待つだけなのです(彼はたびたびこの航路を通ったことがあって、それがどの辺だかをよく心得ていました)。そして、たった数丁の海上を、人目にかからぬように泳ぎ渡りさえすればよいのでした。

彼はまず闇の中にふなべりを探し廻って、欄干の外部に釘の出ている個所を見つけると、その釘へさいぜんの絣の切れを風で飛ばぬようにしっかりと引掛けておいて、それから、帆布の蔭に隠れ、素肌にただ一枚着けていた、いまの切れと同じような柄の古びた袷を脱ぐと、袂の中の財布と変装用具とをおとさぬようにくるみ、そいつを兵児帯でかたく背中へ結びつけました。

「さあこれでよし、少しのあいだ冷たい思いをすればいいのだ」

彼は帆布の蔭をはいだして、もう一度その辺をながめ廻し、大丈夫誰も見ていないことがわかると、巨大なヤモリの恰好で、甲板上をふなべりへと這って行き、スルスルと欄干を乗り越えました。

音を立てないように何かにすがって飛びこむこと、スクリュウに巻きこまれない用心をすること、この二つの点は彼がもう何度となく考えておいたことでした。それには、船が水道を通るとき、方向転換のために速度をゆるめた際がもっとも好都合なのです。そして、そのときがまた、陸にもいちばん近いのです。で彼はふなべりの何かの綱にすがって、いつでも飛び込める用意をしながら、その方向転換の好機を今か今かと待ち構えました。

不思議なことには、この激情的な場合にもかかわらず、彼の心はいとも冷静に静まり返っていました。もっとも、進行中の船から海に飛びこんで、対岸に泳ぎつくことは、別段罪悪というのではありませんし、それに距離も短く、泳ぎのほうの自信もあり、たいした危険のないことはわかっていたのですけれど、といって、それがやっぱり彼の大陰謀の一つの予備行動であってみれば、彼の気質として不安を感じないでいられようはずがないのでした。

それにもかかわらず、かくも冷静に、落ちつきはらって行動することができたのは、なんとも不思議といわねばなりません。彼は後になって、計画に着手して以来一日ごとに大胆に、ふてぶてしくなっていった彼自身の心持をふり返り、そのはげしい変化に非常な驚きを味わったことですが、彼がそうしてふなべりにとりすがったときの心持が、おそらくその手はじめであったのかもしれません。

やがて、船は目的の箇所に近づき、ガラガラという、舵器の鎖の音がして、方向をかえはじめ、同時に速度も鈍くなってきました。

「今だ!」

綱を離すときには、それでも、さすがに心臓がドキンとおどりあがりました、彼は手を離すと同時に、全身の力をこめてふなべりをけり、身を平らかにして、なるべく遠いところへ、ちょうど水に乗った形で、音の立たぬようにすべりこむ方法をとりました。

ゴボンという水音、ハッと身にしむ冷たさ、上下左右から迫ってくる海水の力、もがいてももがいても水の表面に浮かび上がらぬもどかしさ、その中で、彼はしかし、めった無性に水をかき、水をけり、一寸でも、一尺でも、スクリュウから遠ざかることを忘れませんでした。

どうしてあのふなべりの渦巻きを泳ぎきることができたか、それから、たとえおだやかな海であったとはいえ、しびれるような冷水の中を、数丁のあいだも、どうして耐えしのぶことができたか、後になって考えてみても、彼にはそのわれながら不思議な力をどうにも理解できないのでした。

かくて、幸運にも計画の第一着手を、見事にやりおおせた彼は、疲れきったからだを、どことも知れぬ漁村の暗闇の海辺に投げ出して、そこで夜の明けるのを待ち、まだ乾ききらぬ着物を着、変装をほどこして、村人たちが起きでぬうちに、横須賀とおぼしき方向に向かって歩き出すのでした。

7

ゆうべまで人見広介であった男は、それから一日、乗り換え駅の大船の安宿で暮らして、その翌日の午後、ちょうど夜に入ってT市に着く汽車を選んで、やっぱり変装のまま、三等車の客となりました。

諸君はすでにお気づきでありましょうが、彼がこうして貴重な一日をなすこともなくすごしたのは、彼の自殺のお芝居が、うまく目的をはたしたかどうかを知ろうとして、それの載る新聞の出るのを待ち合わせるためでありました。そして、彼がいよいよT市へ乗り込む以上は、その新聞記事が、思う壺にはまって、彼の自殺を報道していたことは申すまでもないのです。

「小説家の自殺」というような見出しで（彼も死んだおかげで他人から小説家と呼んでもらうことができました）、小さくではありましたが、どの新聞にも彼の自殺の記事が載っていました。

比較的くわしく報道した新聞には、遺された行李の中に一冊の雑記帳があって、それに人見広介という署名があり、世をはかなむ辞世の文句が記されていたのと、おそらく飛びこむときにひっかかったのであろう、ふなべりの釘に彼の衣類とおぼしき絣の切れはしが残されていたのとで、死人の身柄なり自殺の動機なりが判明したよし記されてありました。つまり彼の計画は、まんまと首尾よく成功したのであります。

幸いなことには、彼には、この狂言自殺によって泣くほどの身寄りもありませんでした。むろん彼の郷里には家兄の家もあり（在学当時彼はその兄から学資を貰っていたのですが、近頃では兄の方から彼を見捨ててしまった形でした）、二、三の親族もあったのですから、それらの人が彼の不時の死を聞き知ったならば、多少は惜みもし、嘆いてもくれることでしょうけれど、その程度のさしさわりは、もとより覚悟の上でもあり、彼として別段心苦しいほどのことでもないのです。

それよりも彼は、この自分自身を抹殺してしまったあとの、なんとも形容のできない、不思議な感じで夢中になっていました。

彼はもはや、国家の戸籍面に席もなく、広い世界に誰一人身寄りもなければ友だちもなく、その上名前さえ持たぬところの、一個のストレンジャーなのでありました。そうなると、自分の左右前後に腰かけている乗客たちも、窓から見える沿道の景色も、一本の木も、一軒の家も、まるでこれまでとはちがった、別世界のものに感じられるのでした。それは一面、非常にすがすがしい、生れたばかりという気持でありましたが、また一面では、この世にたった一人という、しかもその一人ぽっちの男が、これから身にあまる大事業をなしとげねばならないという、名状しがたい淋しさで、はては涙ぐましくさえなってくるのを、どうすることもできませんでした。

汽車は、しかし、彼の感懐などには関係なく、駅から駅へと走りつづけ、やがて、夜に入って目的地のT市へと到着しました。

さきの人見広介は駅を出ると、その足で、ただちに菰田家の菩提寺へと急ぐのでした。幸い寺は市外の野中に建っていましたので、もう九時すぎというその時分には人通りもなく、寺の人たちにさえ気をつけていれば、仕事を悟られる心配はありません。それに、附近には昔ながらのあけっ放しな百姓家が点在していて、そこの納屋から鍬《くわ》を盗み出す便宜もあるのです。

あぜ道にそった、まばらな生垣をもぐり越すと、そこがもう問題の墓場でした。闇夜ではありましたが、その代りに星がさえているのと、前にきて見当をつけておいたので、菰田源三郎の新墓を見つけ出すのは何の造作もありませんでした。

彼はそこから石塔の中を本堂に近づいて、とざされた雨戸の隙から中をうかがってみましたが、ひっそりとして音もなく、辺鄙な場所の上に、朝の早い寺の人たちは、もう寝てしまった様子でした。

これなら大丈夫と見定めた上、彼は元のあぜ道にとって返し、附近の百姓家をあさり廻って、なんなく一本の鍬を手に入れ、源三郎の墓地に戻ってきた時分には、それがみな猫のように足音を盗み、闇の中で身を隠しての仕事だったものですから、非常に手間をとり、もう十一時近くになっていました。彼の計画にとってはちょうど頃合いの時間なのです。

さて彼は、ものすごい闇の墓地に、鍬をふるって、世にも恐るべき墓掘りの仕事をはじめるのでありました。

新墓のこととて、掘り返すのに造作はありませんが、その下に隠れているものを想像すると、数日来多少場数をふみ、貪慾に気の狂った彼とても、言いがたき恐れのために、戦慄を感じないではいられませんでした。が、何を思う暇もないのでした。十回も鍬をおろしたかと思うと、もう棺の蓋が現われてしまったのです。

今さら躊躇している場合ではありません。

彼は満身の勇を振るって、その、闇にほの白く見えている白木の板の上の土を取りのけ、板と板とのあいだに鍬の先をかって、一つうんと力を入れると、ギ……ギと骨の髄に響くような音をたてて、しかし、なんなく蓋はひらきました。

その拍子に、まわりの土がくずれてサラサラと棺の底へ落ちるのさえ、何か生あるものの仕業のように感じて、彼は命も縮む思いをしたことです。

蓋をひらくと同時に、名状し難い異臭が彼の鼻をつきました。死んでから七、八日もたっているのですから、源三郎の死体は、もう腐りはじめたのにちがいありません。彼は当の死体を見る前に、まずその異臭にたじろがないではいられませんでした。

墓場というようなものを、あまりこわがらない彼は、それまで存外平気で仕事を続けることができたのですが、さて棺の蓋をとって、もう一つの彼といってもいい、菰田の死骸と顔を合わせる段になると、はじめて何かこう、えたいのしれぬ影のようなものが、魂の底からじりじりとこみ上げて来る感じで、ワッといって、いきなり逃げ出したいほどの恐怖に襲われました。

それは決して、幽霊のこわさなどではなく、もっと異様な、どちらかといえば現実的な、それだけでは到底言い尽せないのですけれど、たとえば、暗闇の大広間で、たった一人、蠟燭の光で自分の顔を鏡にうつすときに似た、それの幾層倍も恐ろしい感じでありました。

沈黙の星空のもとに、薄ぼんやりとたくさんの人間が立っているような石塔、そのまんなかに、ぽっかりと口をあいたまっ黒な穴、薄気味のわるい地獄の絵巻物に似て、自からその画中の人になった気持です。そして、その穴の底の、ちょっと見たくらいでは識別できぬ暗さの中に横たわっている死人は、ほかでもない彼自身なのでありました。この死人の顔を識別できぬという点が、いっそう恐ろしさを増すのでした。

穴の底に、ポーッと白く経帷子《きょうかたびら》が見え、そこから生えている死人の首は、闇にとけこんでいて、しかし、それゆえに、どんなにこわくも想像できるのです。ひょっとしたら、偶然にも彼の計画が因をなして、菰田がまだほんとうに死んでいず、彼が墓をあばいたばっかりに、生き返りつつあるのかもしれません。そんなばかばかしいことまで妄想されるのです。

彼は身内からこみ上げてくる戦慄を、じっと圧えつけながら、もはやほとんどうつろの心で、穴の縁に腹ばいになると、その底の方へ、両手をのばして、思いきって、死人のからだを探ってみました。

最初さわったのは、髪を剃った頭部らしく、一面にザラザラと細かい毛が感じられました。皮膚を押してみると、妙にブヨブヨしていて、少し強くあたれば、ズルリと皮が破れそうなのです。その無気味さにハッと手を引いて、しばらく胸の鼓動を沈めてから、再び手を伸ばして、今度さわったのは死人の口らしく、固い歯並びが感ぜられ、その歯と歯のあいだに咬み合わせてあるのは、おそらく綿なのでしょう。やわらかくはあっても、腐りかかった皮膚のそれとはちがうのです。

彼は少し大胆になって、なおも口のあたりをさぐり廻していますと、妙なことには、菰田の口は生前のそれの十倍もの大きさにひらいていることがわかりました。左右には、まるで般若《はんにゃ》の面のように、奥歯がすっかり現われるほどにさけ、上下には、歯ぐきが感ぜられるほどもひらいています。決して暗闇ゆえの錯覚ではないのです。

それがまた、彼を心の髄から震え上がらせました。何も、死人が彼の手を噛むかもしれぬというような、そんな恐れではありません。死人の肺臓が運動を停止してからも、口だけで、呼吸をしようと、その辺の筋肉が極度に縮んで、唇を押しひらき、生きた人間ではとても不可能なほど大きな口にしてしまったという、その断末魔の世にものすごい情景が、彼の目先にチラついたからです。

さきの人見広介は、これだけの経験で、もはや精も根も尽き果てた感じでした。この上になお、そのズルズルに腐った死体を穴から取り出すだけではなくて、それを処分するために、さらに一層恐ろしい大仕事をやりとげなければならぬと思うと、彼は自分の計画が無謀きわまるものであったことを、今さらながら、つくづくと感じないではいられませんでした。

8

さきの人見広介が、たとえ巨万の富に目がくれたとはいえ、あの数々の激情を耐え忍ぶことができたのは、おそらく彼もまたすべての犯罪人と同じように、一種の精神病者であって、脳髄のどこかに故障があり、ある場合、ある事柄については、神経が麻痺してしまったものにちがいありません。

犯罪の恐怖がある水準をこえると、ちょうど耳に栓をしたときのように、ツーンとあらゆる物音が聞こえなくなって、いわば良心がつんぼになってしまって、その代りには、悪に関する理智が、とぎすました剃刀のように異常に鋭くなり、まるで人間業ではなく、精密な機械仕掛けでもあるかと思われるほど、どのような微細な点も見逃すことなく水のごとく冷静に、沈着に、思うままを行うことができるのでありました。

彼が今、菰田源三郎の腐りかかった死体にふれた刹那、その恐怖が極点に達すると、都合よくも、またこの不感状態が彼を襲ったのでした。彼はもうなんの躊躇するところもなく、機械人形のように無神経に、微塵《みじん》の手抜かりもない正確さで、次々と彼の計画を実行して行きました。

彼は、持ち上げても持ち上げても、五本の指のあいだから、ズルズルとくずれ落ちて行く菰田の死体を、一文菓子屋のお婆さんが、水の中からところてんを持ち上げるような気持で、なるべく死体を傷つけぬように注意しながら、やっと墓穴の外へ持ち出しました。でもその仕事を終ったときには、死体の薄皮が、まるでくらげ製の手袋のように、ピッタリと彼の両の掌に密着して、振り落としても、振り落としても、容易に離れようとはしないのです。

ふだんの広介であったら、それだけの恐怖で、もう万事を抛棄《ほうき》して逃げ出したにちがいありません。が、いまの彼は、さして驚く様子もなく、さて次の段取りにと取りかかるのでした。

彼は次には、この菰田の死体を抹殺してしまわねばならないのです。広介自身をこの世からかき消してしまうことは比較的容易でありましたが、この一個の人間の死体を、絶対に人目にかからぬように始末することは、非常な難事にちがいありません。水に沈めたところで、土に埋めたところで、どうしたことで浮き上がったり、掘り出されたりしないものでもなく、もし源三郎の一本の骨でも人目にかかったなら、すべての計画がオジャンになってしまうばかりか、彼は恐ろしい罪名を着なければならないのです。したがって、この点については、彼は最初の晩からもっとも頭を悩まして、あれかこれかと考え抜いたのでありました。

そして結局彼の思いついた妙計というのは、難題の鍵はいつももっとも手近なところにあるものです。菰田の隣の墓場へ、そこには多分菰田家の先祖の骨が眠っているのでしょうが、それを発掘して、そこへ菰田の死体を同居させることでした。

そうしておけば、菰田家には、おそらく永久に、祖先の墓をあばくような不孝者は生れないでしょうから、又たとえ墓地の移転というようなことが起こったところで、その時分には、広介は彼の夢を実現して、この上もない満足のうちに世を去っているでしょうし、そうでなくても、バラバラにくずれた骨が、一つの墓から二人分出てきたとて、誰も知らない幾時代も前に葬った仏のことです。それと広介の悪計と、どう連絡をつけることができましょう。と、彼は信じたのでした。

隣の墓を掘り返すことは、土が固まっていたので、少々骨が折れましたが、汗まみれになって、せっせと働くうちには、どうやら骨らしいものを掘りあてることができました。棺桶なぞはむろん跡形もなく腐って、ただバラバラの白骨が、小さく固まっているのが、星の光りでほの白く見えるばかりです。そんなになると、もう臭気とてもなく、生物の骨という感じをまるで失って、何か清浄な、白い鉱物みたいに思われるのでした。

あばかれた二つの墓と、一個の人間の腐肉を前にして、闇の中で、彼はしばらく静止をつづけました。精神を統一し、いやが上にも頭の働きを緻密にしようがためなのです。うっかりしてはいけない。どんな些《さ》細《さい》な疎《そ》漏《ろう》もあってはならない。彼は頭を火の玉のようにして、闇の中のおぼろなものをながめ廻しました。

しばらくすると、彼は少しの感動もなく、源三郎の死体から、白布の経帷子をはぎ取り、両手の指から三本の指輪をひきちぎりました。そして、経帷子で指輪を小さくくるみ、懐中にねじこむと、足許にころがっている、すっぱだかの肉塊を、さも面倒くさそうに、手と足を使って新しく掘った墓穴の中へおとしこんだのです。

それから、四つんばいになって、手のひらでまんべんなくその辺の地面をさわって歩き、どんな小さな証拠品も落ちていないことを確かめると、鍬をとって、墓穴をもともと通り埋め、墓石を立て、新しい土の上には、あらかじめ取りのけておいた草や苔を隙間なく並べるのでありました。

「これでよし、気の毒ながら菰田源三郎は、俺の身替りになって、永久にこの世から消え去ってしまったのだ。そして、ここにいる俺は、今こそほんとうの菰田源三郎になりきることができた。人見広介は、もはやどこを探してもいないのだ」

さきの人見広介は、昂然として星空を仰ぎました。彼には、その闇の丸天井と、銀粉の星屑がおもちゃのように可愛らしく、小さな声で彼の前途を祝福しているかに思いなされるのでありました。

一つの墓があばかれて、その中の死体がなくなった。人々は此の事実だけで、充分仰天するでありましょう。その上、そのすぐ隣のもう一つの墓があばかれたなどと、そのような手軽な、大胆なトリックを弄したものがあろうなどと、誰が、どうして想像するものですか。しかも、人々のその仰天の中へ、経帷子を着た菰田源三郎が現われようというわけです。すると、人々の注意はたちどころに墓場を離れて、彼自身の不思議な蘇生に集中されるでしょう。それからあとは、彼のお芝居の上手下手です。そしてそのお芝居については、彼に十二分の成算が立っているのでありました。

やがて、空は少しずつ青味を加え、星屑は徐々にその光を薄くし、鶏の声があちこちに聞こえはじめました。彼は、その薄明の中で、できるだけ手早く、菰田の墓を、さも死人が蘇生して、内部から棺を破ってはい出したていにしつらえ、足跡を残さぬように注意しながら、元の生垣の隙間から、外の畦道へと抜け出し、鍬の始末をして、元の変装姿のまま、町の方へと急ぐのでした。

9

それから一時間もすると、彼は、墓場から蘇生した男がよろよろと自宅への道をたどり、三分一も歩かぬうちに息切れがして、道ばたに行き倒れたていをよそおって、とある森の茂みのかげに、土まみれの経帷子の姿を横たえておりました。ちょうど一と晩食わず飲まず働き通したのですから、顔面にも適度の憔悴《しょうすい》が現われ、彼のお芝居をいっそうまことしやかに見せるのでした。

はじめの計画では、死体を始末すると、すぐに経帷子に着かえ、寺の庫裏にたどりついて、ホトホトと、そこの雨戸をたたく予定だったのですが、死体を見ると、この地方の習慣とみえ、あの古くさい剃髪《ていはつ》の儀式によって、頭も髭もきれいに剃られていたものですから、彼もまた同じように頭を丸めておく必要があったのです。で彼は町はずれの田舎めいた商家の中から金物屋を探し出して、一梃の剃刀を買い、森の中に隠れて、苦心をして、みずから髪を剃らなければなりませんでした。

それは例の巧みな変装を解かない前ですから、理髪店にはいったところで滅多に疑われるはずはなかったのですけれど、早朝のことで、朝のおそい理髪店は、まだ店をひらいていなかったのと、万一をおもんぱかる用心とから、剃刀を買うことにしたのでした。

そして、すっかり頭を剃り、経帷子と着かえ、死人の手から抜き取った指輪をはめ、ぬいだ衣類そのほかを、森の奥の窪地で焼き捨て、その灰の始末をつけてしまった時分には、もう太陽が高く昇って、森のそとの街道には、絶えずチラホラと人通りがして、今さら隠れがを出て寺に帰りもならず、止《や》むを得ず、見つけ出すのに骨の折れるような、しかし街道からはあまり隔たらぬ、茂みの蔭に、気を失ったつもりで、横たわっているほかはなかったのです。

　街道にそって小さな流れがあり、その流れに枝を浸すようにして、葉の細かい灌木が密生し、そこからずっと森になって、背の高い松や杉などが、まばらに生えているのです。彼は、往来から見えぬように用心しながら、その灌木の向こう側にからだをくっつけるようにして、息を殺して横になっていました。そして、灌木の隙間から、街道を通る百姓たちの足だけをながめながら、気が落ちつくにしたがって、彼は変てこな気持になってくるのでした。

「これですっかり計画通り運んだわけだ。あとは誰かがおれを見つけだしてくれさえすればよいのだ。だが、たったこればかりのことで、海を泳いで、墓を掘って、頭を丸めたくらいのことで、あの数千万円の大身代がはたしておれのものになるかしら、話があんまりうますぎはしないか。ひょっとしたら、おれはとんでもない道化役を勤めているのではないかな。世間のやつらは、何もかも知っていて、わざと面白半分に、そ知らぬ振りをしているのではないかな」

　かくして、常人の神経が少しずつ彼によみがえってきました。そしてその不安は、やがて、百姓の子供たちが彼の気ちがいじみた経帷子姿を発見してさわぎたてるに及んで、一層はげしいものになったのです。

「オイ、見てみい、何やら寝てるぜ」

　子供の遊び場所になっている、森の中へはいろうとして、四、五人連れの一人が、ふと彼の白い姿を発見すると、驚いて一歩さがって、ささやき声で、ほかの子供たちにいうのでした。

「なんじゃ、あれ。気ちがいか」

「死びとや、死びとや」

「そばへ行って見たろ」

「見たろ、見たろ」

田舎縞の縞目もわからぬほどによごれて、黒光りに光ったツンツルテンの着物を着た、十歳前後の腕白どもが、口々にささやきかわして、おずおずと、彼のほうへ近づいてきました。

青鼻《あおば》汁《な》をズルズルいわせた百姓づらの小せがれどもに、まるで、何か珍らしい見せ物でもあるようにのぞきこまれたとき、その世にも滑稽な景色を想像すると、彼は一層不安にも、腹立たしくもなるのでした。

「いよいよおれは道化役者だ。まさか最初の発見者が百姓の小せがれだろうとは思ってもみなかった。これで散々こいつらのおもちゃになって、珍妙な恥さらしを演じて、それでおしまいか」

彼はほとんど絶望を感じないではいられませんでした。

でも、まさか、立ち上がって、子供たちを叱りつけるわけにもいかず、相手がなにびとであろうとも、彼はやっぱり失神者を装っているほかはないのです。で、だんだん大胆になった子供たちが、しまいには彼のからだに触りさえするのを、じっと辛抱していなければなりませんでした。あまりのばかばかしさに、一切がっさいオジャンにして、いきなり立ち上がって、ゲラゲラと笑い出したい感じでした。

「オイ、おとうにいうてこ」

そのうちに、一人の子供が息をはずませてささやきました。すると、ほかの子供たちも、

「そうしよ、そうしよ」

とつぶやいて、バタバタとどこかへかけ出して行ってしまいました。彼らは銘々の親たちに不思議な行倒れ人のことを報告しに行ったのです。

間もなく、街道の方から、ガヤガヤと人声が聞こえて、数名の百姓がかけつけ、口々に勝手なことをわめきながら、彼を抱き上げて介抱しはじめました。噂を聞きつけて、だんだんに人が集まり、彼のまわりを黒山のように取り囲んで、騒ぎはいよいよ大きくなるのです。

「アッ、菰田の旦那やないか」

やがて、そのうちに、源三郎を見知っているものがあったとみえ、大声で叫ぶのが聞こえました。

「そうや、そうや」

二、三の声がそれに応じました。すると、多勢の中には、もう菰田家の墓地の変事を聞き知っているものもあって、「菰田の旦那が墓場から、よみがえった」というどよめ

きが、一大奇蹟として、田舎びとの口から口へと、伝わって行くのでありました。

菰田家といえば、T市の附近では、いやM県全体にわたって、郷土の自慢になっているほどの、県下随一の大資産家です。その当主が一度葬られて、十日もたってから、棺桶を破って生き返ってきたとあっては、彼らにとっては、驚倒的な一大事変にちがいありません。

T市の菰田家に急を知らせるもの、お寺に走るもの、医者にかけつけるもの、野らも何もうっちゃらかして、ほとんど村人総出の騒ぎなのです。

さきの人見広介は、やっと彼の仕事の反応を見ることができました。この分ならば、彼の計画はまんざら夢に終ることもないようです。そこで、彼はいよいよ得意のお芝居を演じるときがきたのでした。彼は衆人環視の中で、さもいま気がついたというふうに、まずパッチリと眼をひらいて見せました。そして、何が何だかわからぬという面持で、ぼんやりと人々の顔を見廻すのでした。

「ア、お気がついた。旦那、お気がつきましたか」

それを見ると、彼をだいていた男が、彼の耳のそばへ口を持ってきて、大声にどなりました。それと同時に、無数の顔の壁がドッと彼の上に倒れかかって、百姓たちの臭い息がムッと鼻をつくのです。そして、そこに光っているおびただしい眼の中には、どれもこれも朴訥《ぼくとつ》な誠意があふれて、少しも彼の正体を疑うものはないのでした。

が、広介は相手のいかんにかかわらず、あらかじめ考えておいたお芝居の順序を変えようとはせず、ただだまって、人々の顔を眺める仕草のほかには、何の動作も、一言の言葉も発しないのでした。そうしてすべての見きわめをつけるまでは、意識の朦朧《もうろう》を装って、口を利く危険をさけようとしたのです。

それから、彼が菰田家の奥座敷へ運びこまれるまでのいきさつは、くだくだしくなりますからはぶくことにしますが、町から菰田家の総支配人そのほかの召使い、医者などをのせた自動車がかけつけ、菩提寺からは和尚や寺男が、警察からは、署長をはじめ二、三の警官が、そのほか急を聞いた菰田家縁故の人々が、まるで火事見舞かなんぞのように、次から次へと、この町はずれの森を目がけて、集まってくる始末でした。附近一帯は、戦争のような騒ぎで、これを見ても、菰田家の名望、勢力の偉大なことが、充分に察せられるのでありました。

彼は、それらの人々に擁せられて、今は彼自身の家であるところの、菰田邸につれて行かれるあいだ、それから、そこの主人の居間の、彼がかつて見たこともないような立派な夜具の中に横たわってからも、最初の計画を固く守って、唖のように口をつぐんだまま、ついに一ことも物をいおうとはしませんでした。

10

彼のこの無言の行は、それから約一週間というもの、執拗につづけられました。

そのあいだに、彼は床の中から、耳をそばだて、眼を光らせて、菰田家の一切の仕きたり、人々の気風、邸内の空気を理解し、それに彼自身を同化させることを努めたのです。外見はなかば意識を失った半死半生の病人として、身動きもせず床の中に横たわりながら、彼の頭だけは、妙な例ですけれど、五十マイルの速力で疾駆する自動車の運転手のように、機敏に、迅速に、しかも正確に、火花を散らして回転していました。

医師の診断は、大体彼の予期していたようなものでありました。それは菰田家お出入の、T市でも有数な名医だということでしたが、彼は、この不可思議なる蘇生を、カタレプシという曖昧な術語によって、解決しようとしました。彼は死の断定がいかに困難なものであるかを、さまざまの実例をあげて説明し、彼の死亡診断が決して粗漏《そろう》でなかったことを弁明したのです。

彼は目がね越しに、広介の枕頭に並んだ親族たちを見廻して、癲癇とカタレプシの関係、それと仮死の関係などを、むずかしい術語を使って、くどくどと説明するのでした。親族たちはそれを聞いて、よくわからないなりに満足していたようです。本人が生き返ったのですから、たとえその説明が不充分であろうとも、別段文句をいう筋はないのでした。

医師は不安と好奇心の入りまじった表情で、丁寧に広介のからだをしらべました。そして何もかもわかったような顔をして、その実うまうまと広介の術中におちいっていたのです。

この場合、医師は彼自身の誤診ということで、心がいっぱいになり、それの弁明にのみ気をとられて、患者のからだに多少の変化を認めても、それを深く考えている余裕はないのでした。たとえ彼が広介を疑うことができたとしても、それが源三郎の替玉であろうなどと、そのような途方もない考えが、どうして浮かびましょう。一度死んだものが蘇生するほどの大変事が起こったのですから、その蘇生者のからだに、何かの変化が見えたところで、さして不思議がることはない。と、専門家にしたところで、そんなふうに考えるのは、決して無理ではないのです。

死因が発作的の癲癇（医者はそれをカタレプシと名づけたのですが）だものですから、内臓にはこれという故障もなく、衰弱といってもしれたもので、食事なども、ただ栄養に注意すればそれでよいのでした。したがって広介の仮病は、精神の朦朧を装い、口をつぐんでいるほかには、何の苦痛もなく、きわめて楽なものでありました。

それにもかかわらず、家人の看病は、実に至れり尽せりで、医師は毎日二度ずつ見舞いにきますし、二人の看護婦と、小間使いとは枕頭につき切りですし、角田という総支配人の老人や親族たちはひっきりなしに様子を見にやってきます。

それらの人が、みな声をひそめ、足音を盗んで、さも心配そうにふるまっているのが、広介にしては、ばかばかしく、滑稽に見えてしようがないのです。

彼は、これまでしかつめらしく考えていた世の中というものが、まるでたわいのない、子供のままごと遊びに類似したものであることを痛感しないではいられませんでした。自分だけが非常に偉く見えて、ほかの菰田家の人たちは、虫けらのようにくだらなく、小さなものに思われるのでした。

「なあんだ、こんなものか」

それはむしろ失望に近い感じでした。彼は、この経験によって、古来の英雄とか、大犯罪者などの、思い上がった心持を、想像することができたように思いました。

しかし、その中にも、たった一人、多少薄気味がわるく、苦手とでもいうのでしょうか、何となく彼を不安にする人物があったのです。

それは、ほかでもない、彼自身の細君、正しくいえば亡き菰田源三郎の未亡人でありました。名前は千代子といって、まだ二十二歳の、いわば小娘に過ぎないのですけれど、いろいろな理由から、彼はその女を恐れないではいられないのでした。

菰田の夫人が、まだ若くて美しい人だということは、以前にもT市へやってきて、一応は知っていたのですが、それが、毎日見ているに従って、俗に近まさりというあの型に属する女とみえ、だんだんその魅力が増してくるのです。

当然彼女がいちばん熱心な看病人でしたが、そのかゆいところへ手のとどく看護ぶりから、亡き源三郎と彼女とのあいだが、どのように濃やかな愛情をもって結びつけられていたかを充分推察することができるのです。それだけに、広介としては、一種異様の不安を感じないではいられません。

「この女に気をゆるしてはならない。おそらく、おれの事業にとって、最大の敵はこの女にちがいない」

彼は、ある刹那には歯を食いしばるようにして、自分を戒めなければならなかったのです。

広介は源三郎としての彼女との初対面の光景を、その後、長いあいだ忘れることができませんでした。

経帷子姿の彼をのせた自動車が、菰田家の門前につくと、千代子は誰かに止められてでもいたのでしょう、門から外へはよう出ずに、あまりの椿事に、むしろ顚倒してしまって、歯の根も合わずワクワクしながら、門内の長い敷石道を、やっぱり青くなった小間使いたちといっしょに、ウロウロと歩き廻っていたのですが、自動車の上の広介をひと目見ると、なぜか一瞬間ハッと驚愕の表情を示し（彼はそれを見て、どのように肝を冷やしたことでしょう）、それから、子供のような泣顔になって、自動車が玄関につくまでのあいだを、ぶざまな恰好で、車の扉によりかかって、引きずられるように走ったのです。

そして、彼のからだが、玄関にかつぎおろされるのを待ちかねて、その上にすがりつき、長いあいだ、親戚の人たちが見かねて、彼女を彼のからだから引離したまで、身動きもせず泣いていました。

そのあいだ彼はぼんやりした表情をよそおって、睫毛を一本一本かぞえることができるほども、目の前にせまった彼女の顔を、その睫毛が涙にふくらみ、熟しきらぬ桃のように青ざめた白い生毛《うぶげ》の光る頰の上を、涙の川が流れて、そして薄桃色の滑らかな唇が笑うように歪むのを、じっと見ていなければなりませんでした。

　そればかりではありません。彼女のあらわな二の腕が、彼の肩にかかり、脈打つ胸の丘陵が、彼の腕を暖め、個性的なほのかなる香気までも、彼の鼻をくすぐるのでした。その時の、世にも異様な心持を、彼はいつまでも忘れることができませんでした。

11

　広介の千代子に対する、名状することのできない、一種の恐怖は日をふるにつれて深まって行きました。

　彼が床につききりでいた一週間のうちにも、恐るべき危機は、いくどとなく彼を襲ったのです。たとえば、それはある真夜中のことでしたが、広介が、悩ましい悪夢にうなされて、ふと目をひらきますと、悪夢の主は、次の間に寝ていたのが、いつ彼の部屋へはいってきたのか、なまめかしき寝乱れ髪を彼の胸にのせて、つつましやかなすすり泣きを続けているのでありました。

「千代子、千代子、何もそんなに心配することはないのだよ。私はこの通り、身も心もすこやかな、今まで通りの源三郎なのだ。さあさあ、泣くのをよして、いつもの可愛い笑い顔を見せておくれ」

　彼は、ふとそんなことを口走りそうになるのを、やっとの思いで食いしめて、そしらぬ振りで狸寝入りをしていなければならないのです。このような不思議な立場は、さすがの広介も、かつて予期しないところでした。

　それはともかく、彼は予定の筋書きに従って、四、五日目ごろから、きわめて巧みなお芝居によって、少しずつ、口をききはじめ、激動のために一時麻痺していた神経が、徐々に目覚めてくる有様を、ごく自然に演じて行きました。

　その方法は、数日のあいだ床の中にいて、見たり聞いたりしたこと、又はそれから類推し得たところだけを、やっと思い出したていをよそおって、そのほかの、まだ探り得ない多くの点にはわざとふれないようにし、相手がそれを話し出すと、顔をしかめて、どうも思い出せないというふうをして見せるのです。

　彼はこのお芝居を自然らしくするために、あらかじめ数日のあいだ、苦しい思いをして口をつぐんでいたのですが、それが図に当って、たとえわかりきったことを胴忘れしていても、或いは話がとんちんかんになっても、人は少しも疑わず、かえって彼の不幸な精神状態を、憐れんでくれる始末です。

　彼はそうして、にせ阿呆をよそおいながら、失敗するたびに何かしら覚えこむ方法によって、またたくうちに、菰田家内外の、種々の関係に通暁《つうぎょう》することができました。

　そこで、これなればまず大丈夫という医師の折紙がついて、ちょうど彼が菰田家にはいってから半月目には、もう盛大な床上げのお祝いがひらかれることになったのです。

　その酒宴の席でも、彼は、そこに集まった親族、菰田家に属する各種事業の主脳者、総支配人をはじめおもだった雇人たちの、気をゆるした雑談の裏から、おびただしい知識を得ることができたのですが、さて、そのお祝いの翌日から、彼はいよいよ、彼の大理想の実現にむかって、その第一歩を踏み出す決心をしたのでした。

「私もまあ、どうやら元のからだになることができたようだ。ついては、少し思う仔細もあるので、この際、私の配下に属するいろいろな事業や、私の田地、私の漁場などを一巡してみたいと思う。そして、私のぼやけた記憶をハッキリさせ、その上で、菰田家の財政について、もう少し組織だった計画をたててみようと思うのだ。どうか、一つその手配をしてくれたまえ」

彼は早朝から、総支配人の角田を呼び出して、このような意向を伝えました。そして、即日、角田と二、三の小者を従えて、県下一円に散在する彼の領地へ旅立つのでした。

角田老人は、これまではどちらかといえば引込み思案であった主人の、この積極的なやり口に、目を丸くして驚きました。そして、一応は、からだにさわるといけないからといって、いさめたのですけれど、広介の一喝にあって、たちまち一とすくみになり、唯々として主命に服するほかはありませんでした。

彼の視察旅行は、大急ぎで巡り歩いたのですけれども、それでもたっぷり一と月をついやしました。

その一と月のあいだに、彼は彼の所有に属する涯知れぬ田野、人も通わぬ密林、広大な漁場、製材工場、鰹節工場、各種の罐詰工場、そのほか半ば菰田家の投資になるさまざまの事業を巡視して、今さらながら、彼自身の大身代に一驚を喫しないではいられませんでした。

彼はこの旅行によって、何を観察し、何を感じたか、そのくわしいことは、いちいちここにしるす暇を持ちませんが、ともかく、彼の所有財産は、かつて角田老人が見せてくれた帳簿面の評価通り、いやそれ以上にも充実したものであることを、充分確かめることができたのでした。

彼は行く先々で、下へもおかぬ歓待を受けながら、それらの不動産なり、営利事業なりを、どうすればもっとも有利に処分し、換金することができるか、その処分の順序はどれを先にし、どれを後にすれば、もっとも世間の注意をひかないですむかとか、どの工場の支配人は手強《てごわ》そうだとか、どの山林の管理人は少し低能らしいとか、だからあの工場よりはこの山林のほうを先に手離すことにしようとか、附近にそれを売りに出るのを待っているような山林経営者はないだろうかとか、そのような点について、彼はさまざまに心をくだくのでありました。

それと同時に、彼は旅の道連れの心安さを幸いに、角田老人と仲好しになることに全力を傾け、ついには財産処分の相談相手とまで、彼の心をやわらげることに成功したのでありました。

そうして旅をつづけているうちに、広介はいつとはなく、何の作為を加えずとも、生れつきの千万長者菰田源三郎になりきって行くのでした。

彼の事業の管理者たちは、一も二もなく彼の前に叩頭《こうとう》して、疑いのけぶりさえ見せませんし、地方地方の縁故のもの、旅館などでは、まるで殿様を迎える騒ぎで、彼の顔を見つめるような無躾なものは一人もありませんし、それに時々は亡き源三郎の顔馴染の芸者などから、

「お久し振りでございますわね」

などと、肩をたたかれたりしますと、彼はもうますます大胆になって、大胆になればなるほど、お芝居が板について、今では、正体を見現わされはしないかという心配などは、ほとんど忘れた形で、彼がかつて人見広介と名のる貧乏書生であったことは、そのほうがかえって嘘のような気さえするのでありました。

この驚くべき境遇の変化は、彼を無上にうれしがらせたことは申すまでもありませんが、その感じは、うれしいというよりは、いっそばかばかしく、ばかばかしいというよりは、なんとなく胸がからっぽになったような、雲に乗って飛んでいるような、一方では限りなき焦燥を感じながら、一方では落付きはらっているような、何とも形容のできない心持でありました。

こうして、彼の計画は着々として進むのでしたが、悪魔は、彼の予期し防備していたがわには現われないで、その裏の、さすがの彼もそこまでは考えていなかった方面に、おぼろな姿をだんだんはっきりさせながら、じりじりと、彼の心に喰い入ってくるのでありました。

12

あらゆる歓待のうちに、満悦の旅を続けながらも、広介は、ともすれば、恐れと懐かしさの入りまじった感情で、邸に残した千代子の姿を、心に思い描くのでした。あの泣きぬれた生毛の魅力が、悩ましくも彼の心をとらえ、ひそかに覚えた彼女の二の腕のほのかなる感触が、夜毎の夢となって彼の魂をおののかせるのでありました。

千代子は源三郎の女房であってみれば、彼女を愛するのは今や源三郎となった広介にとって当然のことでもあり、彼女の方でも、むろんそれを求めているのでしょうが、そのように易々と叶う願いであるだけに、広介にとっては、いっそう苦しく悩ましく、一夜の後にどのような恐ろしい破綻が起ころうとも、身も心も彼の終生の夢さえも、彼女の前に投げ出して、いっそそのまま死のうかと、そんな無分別な考えをいだくようになるのでした。

でも、彼の最初からの計画によれば、まさか千代子の魅力が、これほど悩ましく彼の心に喰い入ろうとは、想像もしていなかったのですから、万一の危険をおもんぱかって、千代子は名前だけの妻にして、なるべく彼の身辺から遠ざけておく予定だったのです。

それは、彼の顔や姿や声音などが、どのように源三郎に生写しであろうとも、それでもって、源三郎昵懇《じっこん》の人々を欺きおおせようとも、舞台の衣裳をぬぎ捨てて扮装を解いた閨房《けいぼう》において、赤裸々の彼の姿を亡き源三郎の妻の前に曝すのは、どう考え直してもあまりに無謀なことだったからです。

千代子はきっと源三郎のどんな小さな癖も、からだの隅々の特徴も、一つのこらず知りつくしていることでしょう。したがって、広介のからだのどこかの隅に、少しでも源三郎と違った部分があったなら、たちどころに彼の仮面ははがれ、それがもとになって、ついには彼の陰謀がすっかり暴露しないものでもないのです。

「お前は、それがどれほどすぐれた女であろうと、たった一人の千代子のために、お前の年来いだいていた大きな理想を捨ててしまうことができるのか。もしその理想を実現することができたなら、そこには、一婦人の魅力などとはくらべものにならぬほど、強くはげしい陶酔の世界がお前を待ち受けているのではないか。まあ考えてみるがいい。お前が日頃幻にえがいている理想郷の、たった一部分だけでも思い出してみるがいい。それにくらべては、一人と一人の人間界の恋などは、あまりに小さな取るにもたらぬ望みではないか。眼先の迷いに駆られて、折角の苦労を水の泡にしてはいけない。お前の欲望はもっともっと大きかったはずではないのか」

彼はそうして、現実と夢との境に立って、夢を捨てることはもちろんできないけれど、といって、現実の誘惑はあまりに力強く、二重三重のディレンマにおちいり、人知れぬ苦悶を味わわねばなりませんでした。が、結局は、半生の夢の魅力と、犯罪発覚の恐怖とが、千代子を断念させせないではおかなかったのです。そして、その悲しみをまぎらすために、千代子の物さびしげな憂い顔を、彼の脳裡からかき消すために、彼はひたすら、彼の事業に没頭するのでありました。

巡視から帰ると、彼はまずもっとも目立たぬ株券の類をひそかに処分せしめて、それをもって理想郷建設の準備に着手しました。

新らしく雇い入れた画家、彫刻家、建築技師、土木技師、造園家などが、毎日彼の邸につめかけ、彼の指図に従って、世にも不思議な設計の仕事がはじめられました。

それと同時に一方では、おびただしい樹木、花卉《かき》、石材、ガラス板、セメント、鉄材などの注文書が、或いは注文の使者が、遠くは南洋にまでも送られ、あまたの土工、大工、植木職などが続々として各地から召集されました。その中には、少数の電気職工だとか、潜水夫だとか、舟大工なども まじっていたのです。

不思議なことに、そのころから、彼の邸に小間使いとも女中ともつかぬ若い女どもが、日ごとに新らしく雇い入れられ、しばらくすると、彼女らの部屋にも困るほどに、その数を増して行くのでした。

理想郷建設の場所は、幾度とない模様がえの後、結局、郡の南端に孤立する沖の島と決定され、それと同時に、設計事務所は、沖の島の上に建てられた急造のバラックへと移転し、技術者をはじめ、職人、土工、それにえたいの知れぬ女たちも、みな島へ島へと移されました。やがて、注文の諸材料が次々に到着するにしたがって、島の上には、いよいよ異様なる大工事がはじまったのです。

菰田家の親族はじめ、各種事業の主脳者たちは、この暴挙を見て黙っているはずはありません。事業が進捗するにしたがって、広介の応接間には、設計の仕事にたずさわる技術者たちに立ちまじって、毎日のようにそれらの人々が詰めかけ、声を荒だて、広介の無謀をせめ、えたいの知れぬ土木事業の中止を求めるのでありました。が、それは広介がこの計画を思い立つ最初において、すでに予期していたところなのです。

彼はそのためには、菰田家の全財産の半ばを抛《なげう》つ覚悟をきめていたのでした。親族といっても皆菰田家よりは目下のものばかりで、財産なども格段の相違があるのですから、やむをえない場合には、惜しげもなく巨額の富をわけ与えることによって、わけもなく彼らの口をとじることができたのです。

そして、あらゆる意味で戦闘の一年間がすぎ去りました。

そのあいだに、広介がどのような辛苦をなめたか、幾度事業を投げ出そうとしては、からくも思いとどまったか、彼と妻の千代子の関係がいかに救い難き状態におちいったか、それらの点は物語りの速度をはやめる上から、すべて読者諸君の想像にまかせて、これを要するに、すべての危機を救ってくれたものは、菰田家に蓄積された無尽蔵の富の力であった、金力の前には、不可能の文字がなかったのだということを申し上げるにとどめておきましょう。

13

しかしながら、あらゆる難関を切り抜けて、すべての人々を緘黙《かんもく》せしめたところの、菰田家の巨万の富も、ただ一人、千代子の愛情の前には、なんの力も持ちませんでした。たとえ彼女の実家は、広介の常套手段によって懐柔せられたとしても、彼女自身の遣り場のない悲しみは、どう慰めようすべもないのでありました。

彼女は、蘇生以来の、夫の気質の不思議な変り方を、この謎のような事実を、解くすべもなくて、ただ告げる人もない悲しみを、じっとこらえているほかはありませんでした。夫の暴挙によって、菰田家の財政が危殆《きたい》に瀕していることも、むろん気がかりでありましたけれど、彼女としては、そんな物質上の事柄よりは、ただもう、彼女から離れてしまった夫の愛情を、どうすれば取り戻すことができるか、なぜなれば、あの出来事を境にして、それまではあれほどはげしかった夫の愛情が、突然、人の変ったようにさめきってしまったのであろう。と、それのみを、夜となく昼となく思い続けるのでありました。

「あの方が、私をごらんなさる目の中には、ぞっとするような光が感じられる。けれど、あれは決して私をお憎しみになっている目ではない。それどころか、私はあの目の中に、これまではついぞ見なかった、初恋のように純粋な愛情をさえ感じることができるのだ。だのに、それとはまったくあべこべな私に対するあのつれない仕向けは一体全体どうしたというのだろう。それはあんな恐ろしい出来事があったのだから、気質にしろ、体質にしろ、以前と違ってしまったとて、少しも怪しむところはないのだけれど、このごろのように、私の顔さえ見れば、まるで恐ろしい者が近づいてきでもしたように、逃げよう逃げようとなさるのは、まったく不思議に思わないではいられぬ。

そんなに私をおきらいなら、ひと思いに離別なすってくだされればよいものを、そうはなさらないで、荒い言葉さえおかけなさらず、どんなにお隠し遊ばしても目だけは、いつでも、私の方へ飛びついてくるように、不思議な執着をみせていらっしゃるのだもの。ああ、私はどうすればいいのだろう」

広介の立場もさることながら、彼女の立場もまた、実に異様なものといわねばなりませんでした。それに、広介の方には、事業という大きな慰藉があって、毎日多くの時間をその方に没頭していればよいのでしたが、千代子にはそんなものはなくて、かえって、実家から、夫の行跡について、なんのかのと妻としての彼女の無力を責めてくる。それだけでも充分うんざりさせられる上に、彼女を慰めてくれるものといっては、実家からともなってきた年よった婆やのほかには、夫の事業も夫自身さえも、まるで彼女とは没交渉で、その淋しさ、やるせなさは、なにに比べるものもないのでした。

広介には、いうまでもなく、この千代子の悲しみが、わかりすぎるほどわかっていました。多くは、沖の島の事務所に寝泊りをするのですが、時たま邸に帰っても、妙に隔てを作って、打ちとけて話し合うでもなく、夜なども、ことさら部屋を別にしてやすむような有様でした。すると、たいていの夜は、隣の部屋から千代子の絶えいるような忍び泣きの気配がして、でも、それを慰める言葉もなく、彼もまた、泣きだしたい気持になるのがおきまりなのです。

たとえ陰謀の暴露を恐れたからとはいえ、この世にも不自然な状態が、やがて一年近くも続いたのは、まことに不思議といわねばなりません。が、この一年が、彼らにとっての最大限でありました。やがて、ふとしたきっかけから、彼らのあいだに、不幸なる破綻の日がやってきたのです。

その日は、沖の島の工事がほとんど完成して、土木、造園のほうの仕事が一段落をつげたというので、主だった関係者が菰田邸に集まり、ちょっとした酒宴を催したのですが、広介は、いよいよ彼の望みを達する日が近づいたというので、有頂天にはしゃぎ廻り、若い技術者たちもそれに調子を合わせて騒いだものですから、おひらきになったのはもう十二時をすぎていました。

町の芸者や半玉なども数名座にはべったのですが、彼女らもそれぞれ引きとってしまい、客は菰田邸に泊るものもあれば、それから又どこかへ姿を隠すものもあり、座敷は引汐の跡のようで、杯盤の乱れた中に一人酔いつぶれていたのが広介、そして、それを介抱したのが彼の妻の千代子だったのです。

その翌朝、意外にも、七時ごろにもう起き出でた広介は、ある甘美な追憶と、しかし名状すべからざる悔恨とに、胸をとどろかせながら、幾度も躊躇したのち、足音を盗むようにして千代子の居間へはいったのでした。そして、そこに、青ざめて身動きもせず坐ったまま、唇をかんで、じっと空を見つめている、まるで人が違ったかと思われる千代子の姿を発見したのでした。

「千代、どうしたのだ」

彼は内心では、ほとんど絶望しながら、表面はさあらぬていで、こう言葉をかけました。しかし、なかば彼が予期していた通り、彼女は相変らず空を見つめたまま、返事をしようともせぬのです。

「千代……」

彼は再び、呼びかけようとして、ふと口をつぐみました。千代子の射るような視線にぶつかったからです。

彼は、その目を見ただけで、もう何もかもわかりました。はたして、彼のからだには亡き源三郎と違った、何かの特徴があったのです。それを千代子はゆうべ発見したのでした。

ある瞬間、彼女がハッと彼から身を引いて、からだをかたくしたまま、死んだように身動きをしなくなったのを、彼はおぼろげに記憶していました。

その時、彼女はあることを悟ったのです。そして、けさからも、彼女はあのように青ざめて、その恐ろしい疑惑をだんだんハッキリと意識していたのです。

彼は最初から、彼女をどんなに警戒していたでしょう。一年の長い月日、燃ゆる思いをじっと噛み殺して、辛抱しつづけていたのは、皆このような破綻を避けたいばっかりではなかったのですか。それが、たった一日の油断から、とうとう取り返しのつかぬ失策を仕出かしてしまうとは。もう駄目です。彼女の疑惑はこの先、徐々に深まろうとも決して解けることではないでしょうから。

それを彼女一人の胸に秘めていてくれるなら、さして恐ろしいこともないのですが、どうして彼女が、いわば真実の夫の敵、菰田家の横領者を、このままに見逃しておくものですか。やがては、このことがその筋の耳にはいるでしょう。そして、腕利きの探偵によって、それからそれへと調べの手を伸ばされたなら、いつかは真相が暴露するのはきまりきったことなのです。

「いくら酒に酔っていたからといって、お前はなんという取り返しのつかぬことをしてしまったのだ。この処置をどうつけようというのだ」

広介は悔んでも悔みたりない思いでした。

そうして、彼ら夫妻は、千代子の部屋に相対したまま、双方ともひとことも口をきかず、長いあいだ睨み合っていましたが、ついに千代子は恐れに耐えぬもののごとく、

「すみませんが、わたくし、ひどく気分がわるうございます。どうか、このまま一人ぼっちにしておいてくださいまし」

やっとこれだけのことをいうと、いきなりその場へ突っぷしてしまうのでした。

14

広介が、千代子殺害の決心をしたのは、そのことがあってから、ちょうど四日目でありました。

千代子は一時はあれほどまでも彼に敵意をいだきましたが、よくよく考え直せば、たとえどのような確証を見たからといって、それならば、あの方が源三郎でないとしたら、一体全体この世の中に、あんなにもよく似た人間があり得るのでしょうか。それは、広い日本を探し廻れば、まったく同じ顔形の人がいないとは限りませんけれど、そんな瓜二つの人が仮りにいたところで、その人がちょうど源三郎の墓場からよみがえってくるなんて、まるで手品か魔法のような、器用な真似ができるとも思われません。

「これは、ひょっとしたら、私の恥かしい思い違いではないかしら」

と考えると、あのようなはしたないそぶりを見せたことが、夫に対して申しわけないように思われてくるのです。

しかし、また一方では、蘇生以来、夫の気質の激変、沖の島のえたいの知れぬ大工事、彼女に対する不思議な隔意、そして、あののっぴきならぬ確かな証拠と並べ立てて考えますと、やっぱりどこやら疑わしく、これは、一人でくよくよしていないで、いっそのこと誰かにすっかり打ち明けて、相談してみたほうがよくはないかしら、などとも思われるのでありました。

広介は、あの夜以来、心配のあまり、病気と称して屋敷に引っこもったまま、島の工事場へも行かず、それとなく千代子の一挙一動を監視して、彼女の心の動きをば、大体見てとることができました。

そして、この調子なればと、一と安心はしたものの、しかし、そののちというものは、彼の身の廻りのこと一切を小間使いにまかせて、彼女は一度も彼のそばによろうとせず、ろくろく口もきかない有様を見ますと、やっぱり油断がならず、どうかした調子で、あの秘密が外部に漏れたなら、いやいや、たとえ外部には漏れずとも、そういうあいだにも、邸内の召使いなどに知れわたっているかもしれたものではない、と思うと、いよいよ気が気でなく、四日のあいだ躊躇に躊躇を重ねた上、彼はついに、彼女を殺害することに心をきめたのでありました。

さて、その日の午後、彼は千代子を彼の部屋へ呼びよせて、さてなにげないふうを装いながら、こんなふうに切り出すのでした。

「からだのぐあいもいいようだから、私はこれからまた島へ出かけようと思うが、今度はすっかり工事が出来上がってしまうまで帰れまいと思う。で、そのあいだ、お前にもあちらへ行ってもらって、島の上でしばらくいっしょに暮らしたいのだが、どうだ、少し気晴らしに出掛けてみては。それに、私の不思議な仕事も、もう大体は完成しているのだから、一度お前に見せたくもあるのだ」

するとて千代子は、やっぱり疑い深い様子を改めないで、なんのかのと口実を構えて、彼のすすめを拒もうとばかりするのです。

彼はそれを、或いはすかし、或いはおどし、いろいろに骨折って、三十分ばかりのあいだも、口を酸っぱくして口説いた上、とうとう、なかば威圧的に、彼女を頷かせてしまいました。それというのも、彼女は広介を疑い恐れながら、もう一つの心では、それがたとえ源三郎でなかろうと、やっぱり彼に愛着を感じていたからにちがいありません。

さて、行くとなっても、それから又、婆やを同伴するとかしないとか、ひと問答あった末、結局それも同伴しないで、彼と千代子と二人きりで、その日の午後の列車に乗ることに話をきめてしまったのです。もっとも、誰も同伴しないでも、島へ行けば、そこに沢山の女どももいることですから、何不自由があるわけではないのでした。

海岸を一時間も汽車にゆられると、もうそこが終点のT駅で、そこから用意のモーター船にのり、荒波をけってまた一時間も行くと、やがて目的の沖の島です。

千代子は、久しぶりの夫との二人旅を、なんともしれぬ恐怖をもって、しかしまた一方では、不思議な楽しさを感じながら、どうかこのあいだの晩のことは私の思い違いであってくれますようにと祈るのでした。

うれしいことには、汽車の中でも、船の上でも、いつになく夫は妙にやさしく、言葉数が多く、何くれと彼女の世話をやいたり、窓の外を指さしては、すぎ去る風景を賞したり、それが彼女にはかつての蜜月の旅を思い起こさせたほども、異様に甘く懐かしく感じられるのでした。したがってあの恐ろしい疑いも、いつしか忘れるともなく忘れた形で、彼女はたとえあすはどうなろうと、ただ、この楽しみを一時でも長引かせたいと願うばかりでありました。

船が沖の島に近づくと、島の岸から二十間も手前に、非常に大きなブイのようなものが浮いていて、船はそれに横づけにされるのです。ブイの表面は、二間四方ぐらいの鉄張りで、その中央に船のハッチのような、小さな穴があいています。二人は船からあゆみ板を渡って、そのブイの上に降り立ちました。

「ここからもう一度、よく島の上を見てごらん。あの高く岩山のように聳《そび》えているのは、みんなコンクリートでこしらえた壁なのだよ。そとから見ると、島の一部としか思われぬけれど、あの内部には、それはすばらしいものが隠されているのだ。それから、岩山の上に頭を見せている、高い足場があるだろう。あれだけがまだ出来上がらないで、いま工事中なのだが、あすこには、恐ろしく大きな、ハンギング・ガーデンという、つまり天上の花ぞのができるわけなのだ。それでは、これから私の夢の国を見物することにしよう。少しもこわいことはありゃしない。この入口を降りて行くと、海の底を通って、じきに島の上に出られるのだよ。さあ、手を引いて上げるから、私のあとについておいで」

広介はやさしくいって、千代子の手をとりました。

彼とても、千代子と同じように、二人が手に手をとってこの海の底を渡るのが、なんとなくうれしいのです。いずれは彼女を手にかけて殺害せねばならぬと思いながらも、それゆえに彼女のやわ肌の感触が、一層いとしくも懐かしくも思いなされるのでありました。

ハッチをはいって、暗い縦穴を五、六間もくだると、普通の建物の廊下ぐらいの広さで、ずっと横にトンネルのような道がひらけています。

千代子はそこへ降りて、一歩進むか進まぬに、思わずアッと声をたてないではいられませんでした。そこは実に、上下左右とも海底を見通すことのできる、ガラス張りのトンネルであったのです。

コンクリートの枠に厚い板ガラスを張りつめて、その外部に、強い電燈がとりつけられ、頭の上も、足の下も、右も左も、二、三間の半径で、不思議な水底の光景が、手にとるようにながめられます。ヌメヌメとした黒い岩石、巨大な動物のたてがみのように、ものすごく揺れるさまざまの海草、陸上では想像もできない、種々雑多の魚類の游泳、八本の足を車のようにひろげ、不気味ないぼいぼをふくらましてガラス板一杯に吸いついた大ダコ、水の中の蜘蛛のように岩肌にうごめくエビ、それらが強烈な電光を受けながら、水の厚みにぼかされて、遠くの方は森林のように、青黒く、そこにえたいのしれぬ怪物どもがウジャウジャとひしめき合うかと思われて、その悪夢のような光景は、陸上ではまるで想像もできない光景でした。

「どうだい、驚くだろう。だが、これはまだ入口なんだよ。これから向こうの方に行くと、もっと面白いものが見られるのだよ」

広介は、あまりの気味わるさに青ざめた千代子をいたわりながら、さも得意らしく説明するのでした。

15

菰田源三郎になりすましたさきの人見広介と、その妻であって妻でない千代子との、世にも不思議な蜜月の旅は、なんという運命のいたずらでしょう。こうして、広介の作り出した彼のいわゆる夢の国、地上の楽園をさまようことでありました。

二人は、一方において、限りなき愛着を感じ合いながら、一方においては、広介は千代子をなきものにしようとたくらみ、千代子は広介に対して恐るべき疑惑をいだき、お互いにお互いの気持を探り合って、でも、そうしていることが、決して彼らに敵意を起こさせないで、不思議と甘く懐かしい感じを誘うのでした。

広介はともすれば、一旦決した殺意を思いとどまって、千代子との、この異様なる恋に、身も心もゆだねようかとさえ、思い惑うことがありました。

「千代、淋しくはないかい。こうして私と二人っきりで、海の底を歩いているのが。……お前はこわくはないのかい」

彼はふとそんなことをいってみました。

「いいえ、ちっともこわくはありませんわ。それは、あのガラスの向こうに見えている、海の底の景色はずいぶん無気味ですけれど、あなたがそばにいてくださると思うと、あたしこわくなんか、ちっともありませんわ」

彼女は、幾分あまえ気味に、彼の身近くよりそって、こんなふうに答えました。いつしか、あの恐ろしい疑いを忘れてしまって、彼女は今、ただ目前の楽しさに酔っているのでもありましょうか。

ガラスのトンネルは、不思議な曲線を描いて、蛇のようにいつまでも続きました。幾百燭光の電燈に照らされていても、海の底の淀んだ暗さはどうすることもできません。圧えつけるような、うそ寒い空気、はるかに頭上に打ち寄せる波の地響き、ガラス越しの蒼暗い世界にうごめく生物ども、それはまったくこの世のほかの景色でありました。

千代子は進むにしたがって、最初の盲目的な戦慄が、徐々に驚異と変じ、更に慣れてくるにしたがって、次には夢のような、幻のような海底の魅力に、不可思議なる陶酔を感じはじめていました。

電燈の届かぬ遠くの方の魚たちは、その目の玉ばかりが夏の夜の川面を飛びかう蛍のように、縦横に上下に、彗星の尾を引いて、あやしげな燐光を放ちながら、行きちがっています。それが、燈光をしたってガラス板に近づくとき、闇と光の境を越えて、徐々に、さまざまの形、とりどりの色彩を、燈下にさらす異様なる光景を、何にたとえればよいのでしょう。

巨大なる口を真正面に向けて、尾も鰭《ひれ》も動かさず、潜航艇のようにスーッと水を切って、霧の中のおぼろな姿が、見る見る大きくなり、やがて、映画で見る汽車のように、こちらの顔にぶっつかるほども、間近くせまってくるのです。

或いは上がり、或いは下がり、右に左に屈折して、ガラスの道は、島の沿岸を数十間のあいだ続いています。

のぼりつめた時には、海面とガラスの天井とがすれすれになって、電燈の力を借りずとも、あたりの様子が手に取るようにながめられ、くだりきった時には、幾百燭光の電燈も、わずかに一、二尺のあいだを、ほの白く照らし出すにすぎなくて、その彼方には地獄の闇が涯知らず続いているのです。

海近く育って、見慣れ聞き慣れてはいても、こうして、親しく海底を旅したことなぞは、いうまでもなく初めてだものですから、千代子は、その不思議さ、毒々しさ、いやらしさ、それにもかかわらず異様に引き入れられるような人外境の美しさ、怖いほどもあざやかな海底の別世界に、名状のできない誘惑のようなものを感じたのは、まことに無理ではなかったのです。

彼女は、陸上で乾し固まった姿を見ては、何の感動も起こさなかった種々さまざまの海草どもが、呼吸し、生育し、お互いに愛撫し、或いは闘争し、不可解の言語をもって語り合ってさえいるのを目撃して、生育しつつある彼らの姿のあまりの異様さに、身もすくむ思いでした。

褐色のコンブの大森林、嵐の森の梢がもつれ合うように、彼らは海水の微動にそよいでいます。癩病やみの顔のように、腐りただれて穴のあいた、気味わるいアナメ、ヌルヌルした肌をおののかせ、不恰好な手足をもがく、大蜘蛛のようなエゾワカメ、水底の覇王樹《はおうじゅ》と見えるカジメ、椰子《やし》の大樹にも比すべきオオバモク、いやらしい蛔虫の伯母さんのようなツルモ、緑の焔に燃ゆるアオノリ、ミルの大平原、それらが、ところどころわずかな岩肌を残して、くまなく海底を覆い、その根の方がどのような姿になっているのか、そこにはどんな恐ろしい生物が巣食っているのか、ただ上部の葉先ばかりが、無数の蛇の頭のようにもつれ合い、じゃれつき、いがみ合っています。それを蒼黒い海水の層を越し、おぼろ気な電光によってながめるのです。

ある場所には、どのような大虐殺の跡かと思うばかり、ドス黒い血の色に染まったアマノリのくさむら、赤毛の女が髪をふり乱した姿のウシゲノリ、鶏の足の形のトリノアシ、巨大な赤百足《あかむかで》かと見ゆるムカデノリ、中にもひときわ無気味なのは、鶏頭の花壇を海底に沈めたかと疑われる、鮮紅色のトサカノリのひとむら、まっ暗な海の底で、虹の色を見た時のものすごさは、到底陸上で想像するようなものではないのです。

しかも、そのドロドロの、黄に青に赤に、無数の蛇の舌ともつれ合う異形のくさむらをかき分けて、先にもいった幾十幾百の蛍が飛びかい、電燈の光域にはいるにしたがって、それぞれの不可思議な姿を、幻燈の絵のように現わしているのです。

猛悪な形相のネコザメ、トラザメは血の気の失せた粘膜の白い腹を見せて、通り魔のようにす早く眼界を横ぎり、時には深讐の目をいからせてガラス壁に突進し、それを食い破ろうとさえします。その時の、ガラス板の向こうがわに密着した彼らの貪婪《どんらん》なる分厚い唇は、ちょうど婦女子を脅迫するならず者の、つばきによごれ、ねじれ曲った唇のようで、それからくるある連想に、千代子は思わず震い上がったほどでした。

小サメの類を海底の猛獣にたとえるなら、そのガラス道に現われる魚類としては、エビなどは、水にすむ猛鳥にも比すべく、アナゴ、ウツボの類は毒蛇とも見ることができましょう。

陸上の人たちは、生きた魚類といえば、せいぜい水族館のガラス箱の中でしか見たことのない陸上の人たちは、この比喩をあまりに大袈裟だと思うかもしれません。しかし、あのおとなしげなエビが、海中ではどのような形相を示すものか、また海蛇の親類筋のアナゴが、藻から藻を伝わって、いかに無気味な曲線運動を行なうものか、実際海中にはいってそれを見た人でなくては、想像できるものではないのです。

もしも、恐怖に色づけされたとき、美が一層深みを増すものとすれば、世に海底の景色ほど美しいものはないでしょう。少なくとも、千代子は、このはじめての経験によって、生れて以来かつて味わったことのない、夢幻世界の美に接したように感じたのです。

闇の彼方から、何か巨大なものの気配がして、二つの燐光が薄れるとともに、徐々に電光の中に姿を現わした縞目あざやかなハタタテダイの雄姿に接したときなどは、彼女は思わず感嘆の声を放って、恐怖と歓喜のあまり、夫の袖にすがりついたほどでした。

青白く光った、豊満な菱形の体軀に、旭日旗の線条のように、太く横ざまに二《ふ》た刷子《はけ》、あざやかな褐黒色の縞目、それが電燈にうつって、ほとんど金色に輝いているのです。妖婦のように隈取った、大きな目、突き出た唇、そして、背鰭の一本が、戦国時代の武将の甲の飾り物に似て、目覚ましく伸びているのです。それが大きくからだをうねらせて、ガラス板に近づき、向きをかえて、ガラス板にそって、それとすれすれに、彼女の目の前を泳ぎはじめたとき、彼女は再び、感嘆の叫びをあげないではいられませんでした。それがカンヴァスの上の、画家の創作になる図案ではなくて、一匹の生きものであることが、彼女にとって驚異だったのです。

しかし、進むにしたがって、彼女はもはや、一匹の魚に驚いている余裕はありませんでした。次から次とガラス板のそとに、彼女を送迎する魚類のおびただしさ、そのあざやかさ、気味わるさ、スズメダイ、テングダイ、タカノハダイ、あるものは、紫金に光る縞目、あるものは絵の具で染めだしたような斑紋、もしそのような形容が許されるならば、悪夢の美しさ、それは実に、あの戦慄すべき悪夢の美しさのほかのものではないのでした。

「まだまだ、私がお前に見せたいものは、これから先にあるのだよ。私があらゆる忠言に耳をかそうともせず、全財産をなげうち、一生を棒に振ってはじめた仕事なのだ。私のこしらえ上げた芸術品がどのように立派なものだか、まだすっかり出来上がってはいないのだけれど、誰よりも先に、まずお前に見てもらいたいのだ。そして、お前の批評が聞きたいのだ。多分お前には私の仕事の値打がわかってもらえると思うのだが。……ホラ、ちょっと、ここをのぞいてごらん。こうして見ると海の中がまた違って見えるのだよ」

広介は、ある熱情をこめてささやくのでした。

彼の指さした箇所を見ますと、そこは、ガラス板の下部が径三寸ばかりというもの、妙なふうにふくれ上がって、ちょうど別のガラスをはめ込んだような形なのです。勧められるままに、千代子は背をかがめて、こわごわそこへ目をあてました。

最初は眼界全体にむら雲のようなものがひろがって、何がなんだかわかりませんでしたが、目の距離をいろいろにかえているうちに、やがて、その向こうがわに、恐ろしい物のうごめいているのが、ハッキリとわかってくるのでした。

16

そこには、ひと抱えもありそうな岩石がゴロゴロころがっている地面から、ちょうど飛行船のガス嚢《のう》を縦にしたほどの褐色の嚢《ふくろ》が、幾つも幾つも、空ざまに浮き上がって、それが水のためにユラリユラリと揺らいでいるのです。

あまりの不思議さに、そのままのぞいていますと、大嚢《おおぶくろ》の後方の水が異様にさわぐかと思う間に、嚢のあいだをかき分けるようにして、絵に見る太古の飛竜などという生物に似た、恐ろしく巨大なけものがノソリノソリとはい出してくるのです。

ハッとして、何か磁石に吸い寄せられた感じで、身を引く力もなく、と同時に、ことの次第が少しずつわかりかけてきたために、いくらか安んずるところもあって、彼女はそのまま身動きもしないで、不思議なものを見つづけていたのですが、すると、正面を向いた顔の大きさが、飛行船の気嚢の数倍もある怪物は、その顔全体が横にまっ二つに裂けたほどの巨大な口をパクパクさせながら、飛竜そのままに、背中にうず高くもり上がった数個の突起物を、ユラユラ動かし、節くれ立った短い足で、ジリジリとこちらへ近づいてくるのです。

そして、それが彼女の目の前に接近したときの恐ろしさ、正面から見れば、ほとんど顔ばかりのけものです。短い足の上にすぐ口がひらき、象のような細い目がただちに背中の突起物に接しています。皮膚は、非常にでこぼこの多い、ざらざらしたもので、その上に醜い斑点が黒く浮き出している、それがおそらく小山のような大きさで、まざまざと彼女の目に映ったのです。

「あなた、あなた……」

彼女はやっと目を離すと、おそわれたように夫の方を振り向きました。

「なあに、こわいことはないのだよ、それは度の強い虫目がねなんだ。今お前が見たものはね。ホラ、こうして、このあたり前のガラスのところからのぞいてごらん。あんなちっぽけな魚でしかありゃしない。イザリウオっていうのだよ。アンコウのたぐいなのだ。あいつはああして、鰭の変形した足でもって、海の底を這うこともできるのだよ。ああ、あの嚢みたいなものかい。あれは見る通り海藻の一種で、わたもっていうんだそうだ。嚢の形をしているんだね。さあ、もっと向こうの方へ行ってみよう。さっき船の者に言いつけておいたから、うまく間に合えば、もう少し行くと、面白いものが見られるはずだよ」

千代子は夫の説明を聞いても、こわいもの見たさの奇妙な誘惑に抗し難くて、再び三たび、この広介のいたずら半分のレンズ装置を、のぞき直して見ないではいられませんでした。

しかし、最後に彼女をもっとも驚かせたものは、そのような小刀細工のレンズ装置や、ありふれた海藻、魚介のたぐいではなくて、それらよりは幾層倍も濃艶な、鮮麗な、そして薄気味のわるい或るものだったのです。

しばらく歩くうちに、彼女は、はるか頭上に、かすかな物音というよりは、一種の波動のようなものを感じました。そして、何かの予感が、ふと、彼女の足を止めたのです。すると、非常に大きな魚のようなものが、無数の細かい泡の尾を引きながら、闇の水中をくぐって、その異様に滑らかな白いからだが電燈の光にチラと照らされたかと思うと、恐ろしい速度で、餌物欲しげに触手を動かしている海藻の茂みの中へ姿を没してしまったのです。

「あなた……」

彼女は又しても、夫の腕にすがりつかないではいられませんでした。

「見てごらん、あの藻のところを見てごらん」

広介は彼女をはげますようにささやきました。

焔の毛氈《もうせん》かと見えるアマノリの床が、一箇所異様に乱れて、真珠のように艶やかな水泡が無数に立ち昇り、ひとみを凝らせば、その水泡の立ち昇るあたりには、青白く滑らかな一物が、ヒラメの恰好で海底に吸いついているのです。

やがて、コンブと見まがう黒髪が、もやのように、のろのろと揺らいで、乱れて、その下から、白い額が、二つの笑った目が、そして、歯をむき出した赤い唇が、次々と現われ、腹ばって顔だけを正面に向けた姿で、彼女は徐々にガラス板の方へ近づいてくるのでした。

「驚くことはない。あれは私の雇っている潜りの上手な女なのだ。私たちを迎えにきてくれたのだよ」

よろよろと倒れそうになった千代子をだきとめて、広介が説明します。千代子は息をはずませて、子供のように叫ぶのです。

「まあ、びっくりしましたわ。こんな海の底に人間がいるんですもの」

海底の裸女は、ガラス板のところまでくると、浮かぶようにフワリと立ち上がりました。頭上に渦巻く黒髪、苦しそうに歪んだ笑い顔、浮き上がった乳房、からだ一面に輝く水泡、その姿で彼女は内側の二人と並んでガラス壁に手をささえながら、そろそろと歩きはじめるのでした。

二人はガラスをへだてて、人魚の導くがままに進むのです。海底の細道は、進むに従って屈折し、しかもそのところどころに、故意か偶然か、不思議なガラスの歪みができていて、その箇所を通過するごとに裸女のからだがまっ二つに引き裂かれ、或いは胴を離れて首だけが宙を飛び、或いは顔だけが異常に大きく拡大され、地獄か極楽か、いずれにしろこの世のほかの不思議な悪夢のような姿が、次から次へと展開されるのでありました。

しかし、間もなく人魚は水中に耐え難くなって、肺臓にためていた空気をホッと吐き出し、そのすさまじい泡の一団が、はるかに空に消えるころ、彼女は最後の笑顔を残して、手足を鰭のように動かすと、ヒラヒラと昇天しはじめました。腕白小僧がじだんだをふむ恰好で、二本の足が宙にもがき、やがて、白い足の裏だけが、頭上はるかに揺曳《ようえい》して、ついに裸女の姿は眼界を去ってしまったのです。

17

この異様なる海底旅行によって、千代子の心は、人間界の常套をのがれ、いつしか果て知れぬ夢幻の境をさまよいはじめていました。

T市のことも、そこにある菰田家の屋敷のことも、彼女の実家の人たちのことも、みな遠い昔の夢のようで、親子も、夫婦も、主従も、そのような人間界の関係などは、霞のように意識の外にぼやけてしまって、そこには、魂に喰い入る人外境の蠱惑と、それが真実の夫であろうがあるまいが、ただ目の前にいる一人の異性に対する、身も心も痺れるような思慕の情のみが、闇夜の空の花火のあざやかさで、彼女の心を占めていたのです。

「さあ、これから少し暗い道を通るのだよ。危ないから手を引いて上げよう」

やがて、ガラスの道の途切れる箇所に達すると、広介はやさしくいって千代子の方を振り向きました。

「ええ」

と答えて、千代子は彼の手にすがるのです。

そして、道は突然暗くなって、岩石をくり抜いたほら穴のようなところへ折れ曲って行きます。人一人やっと通れるほどの狭い道です。もはや陸上に出たのか、やっぱり海の底の岩窟なのか、千代子には一切様子がわからず、なんともいえず怖いのですけれど、そのようなことよりは、指先を、血がかようほども握り合った男の手の力がうれしくて、ただもうそれで心が一杯になって、暗闇の恐怖などに心を向ける余裕もないのでありました。

その闇の中を、探り探り、千代子の気持では十丁も歩いたかと思うころ、その実、数間の距離しかなかったのですが、パッと眼界がひらけ、そこには、彼女が思わず驚きの叫び声を立てたほど、世にも雄大な景色がひろがっていたのです。

視力の届く限り、ほとんど一直線に、ものすごいばかりの大谿谷が横たわり、両岸は空を打つかと見える絶壁が、眉を圧して打ち続き、そのあいだに微動もしない深碧の水が、約半丁ほどの幅で、眼もはるかに湛えられているのです。

それは一見天然の大谿谷のように見えますけれど、仔細に観察すれば、徐々に、そのすべてが人工になったものであることがわかってきます。といって、そこにはいささかも醜い斧鉞《ふえつ》の跡などが残っているわけではありません。そういう意味ではなくて、これを天然の風景と見るときは、余りに整いすぎ、夾雑物《きょうざつぶつ》がなさすぎるからなのです。

水には一片の塵芥も浮かばず、断崖には一茎の雑草すら生い立ってはいないで、岩はまるで煉羊羹を切ったようになめらかな闇色に打ち続き、その暗さが水に映じて、水もまた漆のように黒いのです。したがって、さきほど眼界がひらけたといったのも、決して普通のように明るくパッとひらけたのではなくて、谷の奥行は霞むほども広く、絶壁は見上げるように高いのですけれど、それが一体に妖婦の隈取のようになまめかしく黒ずんで、明るいところといっては、絶壁と絶壁とのひあわいの細く区切られた空、それも平地で見るような明るいものではなく、昼間も夕暮時のように鼠色で、そこに星さえまたたいているのです。

さらにもっと変っているのは、この谿谷は、谷というよりは、むしろ非常に深い、細長い池ととなえた方がふさわしく、両方の端が行き詰まっていて、一方は、二人が出てきた海底からの通路のところ、他の一方は、その反対のがわの、はるかに霞んで見える、異常なる階段に尽きているのです。

その階段というのは、両側の断崖が徐々にせばまって、その合したところに、水面から一直線に、雲に入るかとばかり、そそり立っているところの、これのみはまっ白に見えている、不思議な石段をいうのですが、それが周囲の黒ずくめのあいだに見事な一線を画して、滝のようにくだっている有様は、その単純な構図ゆえに、ひときわ崇高の美を加えているのでありました。

千代子がこの雄大な景色に見とれているあいだに、広介が何かの合図をしたらしく、ふと気がつくと、いつどこから現われたか、非常に大きな二羽の白鳥が、誇りかならなじを上げ、その豊かな胸のあたりに二た筋三筋のゆるやかな波紋を作って、しずしずと、二人の立つ岸辺をさして近づいてくるのでした。

「まあ、大きな白鳥だこと」

千代子が驚嘆の声を漏らすのとほとんど同時でした。一羽の白鳥の喉のあたりから、美しい人間の女性の声が響いてくるように思われたのです。

「さあ、どうぞお乗りくださいませ」

すると、千代子の驚く暇もあらせず、広介は彼女をだいて、その前に浮かんでいる白鳥の背にのせると、自分ももう一羽の白鳥へとまたがるのでした。

「ちっとも驚くことはないよ、千代子。これもみな私の家来なのだから。さあ白鳥、お前たちは、私たち二人を、あの向こうの石段のところまで運ぶのだ」

白鳥は人語を口にするほどですから、この主人の命令をも理解したに相違なく、彼女たちは胸をそろえ、漆のような水面に、純白の影を流して、静かに泳ぎはじめるのです。

千代子はあまりの不思議さに、あっけにとられるばかりでしたが、やがて気がつくと、彼女の腿の下にうごめくものは、決して水鳥の筋肉ではなくて、羽毛に覆われた人間の肉体にちがいないことを確かめることができました。

おそらくは一人の女が白鳥の衣《ころも》の中に腹ばいになって、手と足で水を掻きながら泳いでいるのでありましょう。ムクムクと動くやわらかな肩やお尻の肉のぐあい、着物を通して伝わる肌のぬくみ、それらはすべて人間の、若い女性のものらしく感じられるのです。しかし、千代子はその上白鳥の正体を見きわめる暇もなく、更に奇怪な、もしくは艶麗な、或る光景に目をみはらねばなりませんでした。

白鳥が二、三十間も進んだ時分、水底から彼女の傍に、ポッカリと浮き上がったものがありました。浮き上がったかと思うと、白鳥と並んで泳ぎながら、肩から上を彼女の方にねじ向けて、ニッコリ笑ったその顔は、まぎれもない、さっき海底で彼女を驚かせた、あの人魚にちがいないのです。

「まあ、あなたはさっきの方ですわね」

しかし、声をかけても、人魚はつつましやかに笑うばかりで、少しも言葉を返そうとはせず、ただやさしく会釈しながら、静かに泳いでいるのです。そして、驚いたことには、人魚はけっして彼女一人にとどまらず、いつの間にかひとりふたりと、同じような若い裸女たちの数がふえ、見る見る一団の人魚が群をなして、或いは潜《もぐ》り、或いは跳ね上がり、或いはたわむれ合い、二羽の白鳥に雁行《がんこう》するかと見れば、抜手を切って泳ぎ越し、はるか彼方に浮き上がって、手まねきをして見せたり、闇色の絶壁と、漆のような水を背景として、そこに一糸をまとわぬなまめかしき影をおどらせて嬉戯《きぎ》するさまは、ギリシャの昔語りを画題とした名画でも見るようです。

やがて白鳥が道のなかばほどまできたとき、水中の人魚に呼応するように、はるか絶壁の頂上に、青空を区切って、数人の同じような裸女の姿が現われました。そして、彼女らはいかなる水泳の達人たちでありましょう、次々と幾丈の水面を目がけて、そこを飛びおりるのです。

ある者はさかさに髪をふり乱して、ある者は膝を抱えてキリキリ舞いながら、ある者は両手を伸ばし弓のように背をそらせたまま、さまざまの姿態をもって、風に散る花弁の風情で、黒い岩壁を舞いさがり、水煙を立てて水中深く沈むのです。

それらあまたの肉団に取囲まれたまま、二羽の白鳥は静かに目ざす石段の下へと着きました。近づいて見れば、幾百段ともしれぬ、純白の石段は、空を圧してそばだち、見上げただけでも、身内がむず痒くなるばかりです。

18

「あたし、とてもここは登れませんわ」

千代子は、白鳥の背から陸上に降り立つと、まず恐れをなしていうのでした。

「なあに、思うほどではないのだよ。私が手を引いて上げるから、登ってごらん、決して危なくはないのだから」

「でも……」

千代子がためらうあいだに、広介はかまわず彼女の手を取って石段を登りはじめていました。そして、あれあれという間に、もう二十段ばかり登ってしまったのです。

「そらね、ちっともこわくはないだろう。さあ、もうひと息だ」

そして、二人は一段一段と登って行ったのですが、不思議なことには、間もなく頂上まで登りきってしまうと、下で見たときには幾百段ともしれず、空まで届きそうであったのが、実際は百段もあるかなしで、けっしてそれほど高いものではなかったのです。

それがどうしてあんなに見えたのか、臆病ゆえの錯覚としても、あまりにその差がはなはだしく、千代子は不思議に堪えられませんでした。のちになってわかったことですが、さっき海底でイザリウオを太古の怪物と見誤まったような、ちょうどあれに似た幻覚が、この島全体に満ち充ちているような気がして、それゆえに一層そこの景色が美しいのだとも思われるのです。そして、今の階段の高さの相違なども、その一つにかぞえることができました。彼女はしかし、それがどのような理由によるものか、広介からくわしく説明を聞くまでは、少しもわからなかったのです。

それはともかく、彼らはいま、階段を登りきった高地に立って、彼等の行手をながめました。

そこには狭い芝生の傾斜があって、それをくだると、道はただちに鬱蒼《うっそう》たる大森林にはいるのです。振り向けば、巨大なる舟型をなした谿谷が、まっ黒な口をひらき、その憂鬱な断崖の底には、いま彼らを運んでくれた二羽の白鳥が、まっ白な紙屑のように浮かんでいるのが、心細くながめられます。そして、行手は又しても、陰湿なる暗闇の森です。

その二つの特異な風景のあいだを区切る、このわずかの芝生は、晩春の午後の日ざしを一杯に受けて、赤々と燃え立ち、陽炎《かげろう》にゆらぐ芝草の上を、白い蝶が低く飛びかっています。千代子はその奇異なる対照に、ある不自然の美しさというようなものを感じないではいられませんでした。

見渡すかぎり果て知らぬ老杉の大森林は、むら雲のモクモクと湧き上がる形、枝に枝をまじえ、葉に葉を重ね、日なたは黄色に輝き、蔭は深海の水のようにドス黒く淀んで、それが不思議なだんだら模様を現わしています。そして、この森のものすごさは、芝生に立ってじっとその全形を見渡しているあいだに、徐々に見る者の心に湧き上がってくる、ある異様な感情でありました。

そのような感情を起こさせるものは、空を覆ってのしかかって来るような、森の雄大さにもありましょう。あるいはまた、萌え立つ若葉から発散する、あの圧倒的なけものの香気にもありましょう。しかしそのほかに、注意深い観察者は、森全体に加えられた悪魔の作為ともいうべきものを、ついには悟るにちがいありません。それは、この大森林の全形が世にも異様なある妖魔の姿を現わしていることです。非常に神経質に作為の跡を隠してあるために、それはごくおぼろげにしか見わけることはできませんけれど、おぼろげなればおぼろげなるほど、かえってその恐怖は深みと大きさを増して見えるのです。

おそらくこの森は自然のままの森ではなくて、極度に大仕掛けな人工が加えられたものでもありましょうか。

千代子はこれらの風景を見るにしたがって、彼女の夫の源三郎の心の底に、このような恐ろしい趣味が隠されていたとは、どうしても考えられず、いま彼女と並んでなにげなく佇んでいる、夫に似た一人の男を疑う心は、ますます深まってくるのでありました。しかし、彼女の異様なる心理をなんと解すべきでありましょう。彼女は刻一刻と深まって行く、恐ろしい疑惑と同時に、それと並行して、一方ではそのえたいのしれぬ人物に対する思慕の情もまた、ますます耐え難きものに思われてくるのでありました。

「千代、何をぼんやりしているのだ。お前、また、この森を怖がっているのではないのかい。みんな私のこしらえたものなんだよ。ちっとも怖がることなんかありゃしない。さあ、あすこの木の下に、私たちの従順な召使いが待ちかねている」

広介の声にふと見ると、森の入口の一本の杉の根もとに、誰が乗り捨てたのか、毛なみつややかな二匹の驢馬《ろば》がつながれて、しきりに草を噛んでいます。

「私たちはこの森にはいらねばなりませんの？」

「おお、そうだとも、何も心配することはない。この驢馬が安全に私たちを案内してくれるのだよ」

それから、二人はおもちゃのような驢馬の背にまたがって、奥底の知れぬ、闇の森へ進みいるのでありました。

森の中では、幾層にも木の葉がかさなり合って、空を見ることはできませんけれど、でも、まったく闇というのではなく、たそがれ時のほのかなる微光が、もやのように立ちこめて、行手が見えぬほどではありません。

巨木の幹は大伽藍《だいがらん》の円柱のように立ちならび、その柱頭から柱頭を渡って、青葉のアーチが連なり、足の下には、ジュウタンのかわりに杉の落葉が分厚に散り敷いております。森の中のたたずまいは、ちょうど名ある大寺院の礼拝堂に似て、その幾層倍も神秘に、幽玄に、ものすごく感じられるのです。

それにしても、この森の下道の調和と均整は、とうてい天然のくわだて及ぶところではありません。例えば、広漠たる大森林が、すべて杉の巨木のみでできていて、そのほかには一本の雑木も、一茎の雑草も見当らぬ点、樹木の間隔配置に人知れぬ注意が行き届いて、異様の美をかもし出している点、その下を通ずる細道の曲線が、世にも不思議なうねりを見せて、通る者の心に一種異様の感情をいだかせる点などは、明かに自然をしのぐ作者の創意を語っています。おそらくは、かの木の葉のアーチの快い均整にも、落葉の床の踏み心地にも、すべて注意深い人工が加味されているのではないでしょうか。

主人を乗せた二匹の驢馬は、落葉の深さに少しの足音もたてないで、静かに木の下闇をたどります。

けものや鳥も鳴かず、死のような幽寂が森全体を占めています。が、やがて奥深く進むにつれて、その静けさを一層引き立てるためでもあるように、見えぬ頭上の梢のあたりから、梢にあたる風の音ともまごうほどの鈍い音響が、たとえばパイプオルガンの響きに似た、奇異な音楽が、幽玄の曲調をもって、おどろおどろと聞こえはじめます。

二人の卑小なる人間は、驢馬の背の上で、かしらを垂れて一語をも語りません。千代子はふと顔を上げて口を動かしそうにしましたが、そのまま言葉を発しないでうなだれました。無心の驢馬は黙々として進みます。

しばらく行くと、森の様子が少しずつ変ってくることに気づきます。

今まで一様にほの暗かった森の中に、どこからか銀色の光がさしはじめたのです。落葉がチカチカと光り、見る限りの巨木の幹が、半面だけ、まぶしく照らし出されています。なかばは銀色に輝き、なかばは漆黒の大円柱が、目路《めじ》の限り打つづく光景は、いとも見事なものでありました。

「もう森がおしまいなのでしょうか」

千代子は、夢からさめたように、かすれた声で尋ねました。

「いやいや、あの向こうに沼があるのだ。私たちはいまにそこへ出るはずなのだよ」

そして、彼らはやがて、その沼のほとりへたどりつきました。

沼は絵にある狐火の形で一方の岸は丸く、反対の岸は焔のような三つの深いくびれになって、そこに水銀のように重い水をたたえています。

動かぬ水面には、大部分蒼黒い老杉の影を宿し、一部は少しばかりの青空をうつしています。そこにはもはやさきほどの音楽も響いてはきません。あらゆるものが沈黙し、あらゆるものが静止して、万象は深い眠りにおちているのです。

二人はその静寂を破るまいとするように、静かに驢馬を降り、無言のまま岸辺に歩み寄りました。彼方の岸の突出した部分には、この森での唯一の例外として、数本の椿の老樹が、おのおの一丈ばかりもある濃緑の肌に、点々と血をにじませて、あまたの花をひらいています。そして、驚くべきことは、その花の蔭の少しばかりのほの暗い空地に、一人の美しい娘が、乳色の肌をあらわにして、ものうげに横たわっているのです、苔を褥《しとね》に頬杖をついて、腹ばいに沼をのぞいているのです。

「まあ、あんなところに……」

千代子は思わず声をあげました。

「だまって」

広介は、娘を驚かせまいとするように、合図をして彼女の声を止めるのです。

娘は見る人のあるのを知ってか知らずにか、依然として放心の様で沼の表を見入っています。

森の中の沼、岸辺の椿、腹ばいになった無心の裸女、このきわめて単純な取り合わせが、いかにすばらしい効果を示していたでしょう。もしこれが偶然でなくて、意図された構図であるならば、広介はいとも優れた画家といわねばなりません。

二人は長いあいだ岸に立って、この夢のような光景に見とれていたのですが、その長いあいだに、少女は組み合わせていたゆたかな足を、一度組みなおしたばかりで、あきずに、物憂い凝視を続けているのでした。

やがて、千代子は広介にうながされて、驢馬に乗り、そこを立ち去ろうとした時に、少女の真上に咲いていた目立って大きな椿の花が一輪、液体がしたたるようにポトリと落ちて、少女のふくよかな肩先をすべり、沼の水に浮かんだのです。でも、それがあまりに静かであったものですから、沼の水も気づかなかったのか、ひと筋の波紋をえがくでもなく、鏡のような水面は依然として微動さえもしませんでした。

19

そして又、二人はしばらくのあいだ、太古の森の下蔭を騎行したのですが、森の深さは行くにしたがってきわまるところを知らず、どう行けばここを出ることができるのか、再び最初の入口に帰るとしてもその道筋もわからぬ感じで、そうして無心の驢馬の歩むがままにまかせていることが、少なからず不安にさえ思われはじめるのでありました。

ところが、この島の風景の不思議さは、行くと見えて帰り、登ると見えてくだり、地底がただちに山頂であったり、広野が気のつかぬ間に細道と変ったり、種々さまざまの異様な設計が施されてあることで、この場合も、森がもっとも深くなり、旅人の心に言い知れぬ不安がきざしはじめるころには、それがかえって、森もやがて尽きることを示しているのでありました。

今まで適度の間隔をたもっていた大樹どもの幹が、気のつかぬほどに徐々にせばまって、いつの間にか、それが幾層の壁をなして、隙間もなく密集しているところに出ました。そこにはもはや緑葉のアーチなどはなくて、生い茂るにまかせた枝葉が、地上までも垂れさがり、闇は一層こまやかになって、ほとんど咫尺《しせき》を弁じ難いのです。

「さあ、驢馬を捨てるのだ。そして私のあとについておいで」

広介は、まず自分が驢馬をおりて、千代子の手をとり、彼女を助けおろすと、いきなり前方の闇へと突き進むのでした。

木の幹にからだをはさまれ、枝葉に行手をさえぎられ、道でない道をくぐりながら、もぐらのように進むのです。そして、しばらくもまれもまれているうちに、ふと浮かぶように身が軽くなって、ハッと気がつくと、そこはもはや森ではなく、うらうらと輝く陽光、見渡す限り目をさえぎるものもない緑の芝生。そして、不思議なことには、どこを見廻しても、あの森などは影も形も見えないのでした。

「まあ、あたしはどうかしたのでしょうか」

千代子は悩ましげにこめかみをおさえて、救いを求めるように広介を見かえりました。
「いいえ、お前の頭のせいではないのだよ。この島の旅びとは、いつでも、こんなふうに一つの世界から別の世界へと踏み込むのだ。

私は、この小さな島の中でいくつかの世界を作ろうとくわだてたのだよ。

お前は、パノラマというものを知っているだろうか。日本では私がまだ小学生の時分に非常に流行した一つの見世物なのだ。見物はまず、細いまっ暗な通路を通らねばならない。そしてそれを出はなれてパッと眼界がひらけると、そこに一つの世界があるのだ。いままで見物たちが生活していたのとはまったく別な、一つの完全な世界が、目もはるかに打続いているのだ。

なんという驚くべき欺瞞《ぎまん》であっただろう。パノラマ館の外には、電車が走り、物売りの屋台が続き、商家の軒が並んでいる。そこを、きょうもきのうも同じように、絶え間なく町の人々が行き違っている。商家の軒続きには私自身の家も見えている。ところが一度パノラマ館の中へはいると、それらのものがことごとく消え去ってしまって、広々とした満洲の平野が、はるか地平線の彼方までも打続いているではないか。そして、そこには見るも恐ろしい血みどろの戦いが行なわれているのだ」

広介は芝原の陽炎をみだして歩きながら、語り続けました。千代子は夢見心地に恋人のあとを追うのです。

「建物のほかにも世界がある。建物の中にも世界がある。そして二つの世界がそれぞれ異なった土と空と地平線とを持っているのだ。

パノラマ館の外には、たしかに、日頃見慣れた市街があった。それがパノラマ館の中では、どの方角を見渡しても影さえなく、満州の平野がはるかに地平線の彼方まで打続いているのだ。つまり、そこには同一地上に平野と市街との二重の世界がある。少なくともそんな錯覚を起こさせる。

その方法というのは、お前も知っている通り、景色をえがいた高い壁でもって見物席を丸くとり囲み、その前にほんとうの土や樹木や人形を飾って、本ものと絵との境をなるべく見分けられぬようにし、天井を隠すために見物席の廂《ひさし》を深くする。ただそれだけのことなのだ。

私はいつか、このパノラマを発明したというフランス人の話を聞いたことがあるけれど、それによると、少なくとも最初発明した人の意図は、この方法によって一つの新しい世界を創造することにあったらしい。ちょうど小説家が紙の上に、俳優が舞台の上に、それぞれ一つの世界を作り出そうとするように、彼もまた彼独特の科学的な方法によって、あの小さな建物の中に、広漠たる別世界を創作しようと試みたものにちがいないのだ」

そして、広介は手をあげて、陽炎と草いきれのかなたに霞む、緑の広野と青空との境を指さしました。

「この広い芝原を見て、お前は何か奇異の感じに打たれはしないだろうか。あの小さな沖の島の上にある平野としては、あまりに広すぎるとは思わないだろうか。

見るがいい。あの地平線のところまでは、確かに数マイルの道のりがある。ほんとうをいえば、地平線のはるか手前に、海が見えるはずではないだろうか。しかも、この島の上には、いま通った森や、ここに見えている平野のほかに、一つ一つが数マイルずつもあるように種々さまざまの風景が作られているのだ。それでは沖の島の広さがM県全体ほどあったところで、まだ不足するはずではないだろうか。

お前には私の言っている意味がわかるかしら。つまり私はこの島の上にいくつかのそれぞれ独立したパノラマを作ったのだ。私たちは今まで、海の中や、谷底や、森林のほの暗い道ばかりを通ってきた。あれはパノラマ館の入口の暗道に相当するものかもしれないのだ。いま私たちは春の日光と、陽炎と、草いきれの中に立っている。これはその暗道を出たときの夢からさめたような、ほがらかな気持にふさわしくはないだろうか。

そして、これから私たちは、いよいよ私のパノラマ国へはいって行くのだ。だが私の作ったパノラマは、普通のパノラマ館のように壁にえがいた絵ではない。自然を歪める丘陵の曲線と、注意深い曲線の按配と、草木岩石の配置とによって、たくみに人工の跡をかくして、思うがままに自然の距離を伸縮したのだ。

一例をあげてみるならば、いま通り抜けた、あの大森林だ。あの森の真実の広さをいったところで、お前は決してほんとうにはしないだろう。それほど狭いのだ。あの道はそれと悟られぬたくみな曲線をえがいて、いくどもあと戻りをしているのだし、左右に見えていた果てしもしれぬ杉の木立は、お前が信じたように同じような大木ではなくて、遠くの方はわずか高さ一間ほどの、小さな杉の苗木の林であったかもしれないのだ。光線の按配によってそれを少しもわからぬようにすることは、さしてむずかしい仕事ではないのだ。

その前に私たちが登った白い石の階段にしてもその通りだ。下から見上げた時は雲のかけ橋のように高く見えて、その実は百段あまりしかない。お前は多分気づかなかったであろうが、あの石段は芝居の書割りのように上部ほど狭くなっている上に、階段の一つ一つも、気づかれぬ程度で上に行くほど高さや奥行きが短くできているのだ。それに両側の岩壁の傾斜に工夫が加えられているために、下からはあのように高く見えるわけなのだ」

しかし、そのような種明かしめいた説明を聞いても、幻影の力があまりに強くて、千代子の心にしるされた不可思議な印象は少しも薄らぎませんでした。そして、現に目の前にひろがっている、無際涯の広野は、その果てはやっぱり地平線の彼方に消えているとしか考えられぬのでありました。

「では、この平野も実際はそんなふうに狭いのでしょうか」

彼女は半信半疑の表情で尋ねました。

「そうだとも、気づかれぬほどの傾斜で、周囲が高くなっていて、そのうしろのさまざまのものを隠しているのだ。だが、狭いといっても直径五、六丁はあるのだよ。その普通の広っぱを一層効果を出すために無際涯に見せたまでなのだ。でも、たったそれだけの心遣いがなんというすばらしい夢を作り出してくれたのだろう。

お前には、いま、説明を聞いたあとでも、この大平原が、たった五、六丁の広っぱにすぎないなどとは、どうしても信じられないことだろう。作者の私でさえもが、今こうして陽炎のために波のようにゆらぐ地平線をながめていると、ほんとうに果てしも知らぬ広野の中へ置き去りにされたような、いうにいわれぬ心細さと、不思議に甘い哀愁を感じないではいられぬのだ。

見わたすかぎり何のさえぎるものもない空と草だ。私たちには今、それが全世界なのだ。この草原は、いわば沖の島全体をおおい、遠くT湾から太平洋へとひろがって、その涯はあの青空に連なっているのだ。

西洋の名画なれば、ここにおびただしい羊の群と牧童とが描かれていることだろう、あるいは又、あの地平線の近くを、ジプシィの一団が長蛇の列を作って、黙々と歩いて行くところも想像できる、彼等は半面に夕日を受けて、その非常に長い影が芝原の上をしずしずと動いて行くことでもあろう。だが、見る限り、一人の人も、一匹の動物も、たった一本の枯木さえも見えない、緑の沙漠のようなこの平野は、そのような名画よりも、一層私たちをうちはしないだろうか。ある悠久《ゆうきゅう》なるものが恐ろしい力をもって私たちに迫ってはこないだろうか」

千代子はさきほどから、青いというよりはむしろ灰色に見える、あまりに広い空をながめていました。そしていつとはなくまぶたにあふれた涙を隠そうともしませんでした。

「この芝原から道が二つに分れているのだ。一つは島の中心の方へ、一つはその周囲をとり巻いて並んでいるいくつかの景色の方へ。

ほんとうの道順は、まず島の周囲を一巡して、最後に中心へはいるのだけれど、きょうは時間もないのだし、それらの景色はまだ完全に出来上がっているわけでもないのだから、私たちはここからすぐに中心の花ぞのの方へ出ることにしよう。そこがいちばんお前の気にもいることだろう。

だが、この平野からすぐに花ぞのとつづいては、あまりにあっけない気がするかもしれない。私はほかのいくつかの景色についても、その概略をお前に話しておいた方がいいような気がするのだ。花ぞのへの道まではまだ二、三丁もあることだから、この芝生を歩きながら、それらの不思議な景色のことをお前に伝えることにしよう。

お前は、造園術でいうトピアリーというものを知っているだろうか。つげやサイプレスなどの常緑樹を、あるいは幾何学的な形に、あるいは動物だとか天体などになぞらえて彫刻のように刈りこむことをいうのだ。一つの景色にはそうしたさまざまの美しいトピアリーがはてしもなく並んでいる。そこには雄大なもの、繊細なもの、あらゆる直線と曲線との交錯が、不思議なオーケストラをかなでているのだ。そしてそのあいだあいだには、古来の有名な彫刻が、恐ろしい群をなして密集している。しかも、それがことごとくほんとうの人間なのだ。化石したように押し黙っている裸体の男女の一大群集なのだ。

パノラマ島の旅びとは、この広漠たる原野から突然そこへはいって、見渡すかぎり打続く人間と植物との不自然なる彫刻群に接し、むせ返るような生命力の圧迫を感じるだろう。そして、そこに名状のできない怪奇な美しさを見出すのだ。

また一つの世界には、生命のない鉄製の機械ばかりが密集している。絶えまもなくビンビンと回転する黒怪物の群なのだ。その原動力は島の地下で起こしている電気によるのだけれど、そこに並んでいるものは、蒸気機関だとか、電動機だとかそういうありふれたものではなくて、ある種の夢に現われてくるような、不可思議なる機械力の象徴なのだ。用途を無視し、大小を転倒した鉄製機械の羅列なのだ。

小山のようなシリンダー、猛獣のようにうなる大飛輪、まっ黒な牙と牙とをかみ合わせる大歯車の闘争、怪物の腕に似たオッシレーティング・レヴァー、気違い踊りの、スピード・ヴァーナー、縦横無尽に交錯するシャフト・ロッド、滝のようなベルトの流れ、或いはベベルギア、オーム・エンド・オームホイール、ベルトプーレイ、チェーンベルト、チェーンホイール、それがすべてまっ黒な肌に脂汗をにじませて、気違いのようにめくら滅法に回転しているのだ。

お前は、博覧会の機械館で見たことがあるだろう。あすこには技師や説明者や番人などがいるし、範囲も一つの建物の中に限られ、機械はすべて用途を定めて作られた正しいものばかりだが、私の機械国は、広大な、無際涯に見える一つの世界が、無意味な機械をもって隈なく覆われているのだ。そして、そこは機械の王国なのだから、ほかの人間や動植物などは影も形も見えないのだ。地平線を覆って、ひとりで動いている大機械の平原、そこへはいった小さな人間が何を感ずるかは、お前にも想像ができるであろう。そのほか、美しい建築物をもって充たされた大市街や、猛獣、毒蛇、毒草の園や、噴泉や、滝の流れや、さまざまの水の遊戯を羅列した、しぶきと水煙の世界なども、すでに設計はできている。いつとはなく、それらの一つ一つの世界を夜毎の夢のように見つくして、旅びとは最後に渦巻くオーロラと、むせ返る香気と、万華鏡の花ぞのと、華麗な鳥類と、嬉戯する人間との夢幻の世界にはいるのだ。

だが、私のパノラマ島の眼目は、ここからは見えぬけれど、島の中央にいま建築している大円柱の頂上の花ぞのから、島全体を見はらした美観にあるのだ。そこでは島全体が一つのパノラマなのだ。別々のパノラマが集まって、また一つの全く別なパノラマができているのだ。この小さな島の上にいくつかの宇宙がお互いに重なり合い、食い違って存在しているのだ。だが、私たちはもうこの平野の出口へ来てしまった。さあ手をお貸し、私たちはまたしばらく狭い道を通らなければならないのだ」

広野の或る箇所に、間近く寄って見ないではわからぬような一つのくびれがあって、忍びの道はそこに薄暗く生い茂った雑草をかき分けて進むようになっています。その中におりてしばらく行くと、雑草はますます深くなって、いつしか二人の全身を覆ってしまい、道は又あやめもわかぬ暗闇へとはいって行くのでありました。

20

そこにはどのような不思議な仕掛けがしてあったのか、それとも又、ただ千代子の幻覚にすぎなかったのか、一つの景色から、わずかばかりの暗闇を通って、今一つの景色へと現われるのが、何かこう夢のようで、一つの夢からまた別の夢へと移るときの、あの曖昧な、風に乗っているような、そのあいだまったく意識を失っているような、一種異様な心持なのでした。

したがって、その一つ一つの景色は、まったく平面をことにした、たとえば三次の世界から四次の世界へと飛躍でもした感じで、ハッと思う間に、今まで見ていた同一地上が、形から色彩から匂いに至るまで、まるで違ったものに変っているのでした。

それはほんとうに夢の感じか、そうでなければ、映画の二重焼き付けの感じです。

そして、いま二人の目の前に現われた世界は、広介はそれを花ぞのと称していたのですけれど、一般に花ぞのという文字から連想される何物でもなくて、乳色に澱んだ空と、その下に不思議な大波のように起伏する丘陵の肌が、一面に春の百花によって爛《ただ》れているにすぎないのです。しかし、それのあまりの大規模と、空の色から、丘陵の曲線と、百花の乱雑にいたるまで、ことごとく自然を無視した、名状のできない人工のために、その世界に足を踏み入れたものは、しばらく茫然として佇むほかはないのでした。

一見単調に見えるこの景色のうちには、何かしら、人間界を離れて、たとえば、悪魔の世界にはいったような異様な感じを含んでいました。

「お前、どうかしたのか。目まいがするのか」

広介は驚いて、倒れかかる千代子を支えました。

「ええ、なんですか、頭が痛くって……」

むせるような香気が、たとえば汗ばんだ人間の肉体から発散する異臭に似て、しかし決して不快ではないところの香気が、先ず彼女の頭の芯をしびれさせたのです。

それに、不思議な花の山々の、無数の曲線の交錯が、まるで小舟の上から渦巻きかえす荒波を見るように、恐ろしい勢いで彼女を目がけておし寄せるかと疑われたのです。決して動きはしないのです。でもその動かぬ丘陵のかさなりには、考案者の無気味な奸計が隠されていたとしか考えられません。

「私、なんだか恐ろしいのです」

ようやく立ち直った千代子は、目をふさぐようにして、わずかに口を利きました。

「何がそんなに恐ろしいのだ」

広介は唇の隅に、ほのかな笑いを震わせて聞き返しました。

「なんだかわかりませんわ。こんなに花に包まれていて、私は無上に淋しい気がいたします。来てはならないところへきたような、見てはならないものを見ているような気持なのですわ」

「それはきっと、この景色があまりに美しいからだよ」広介はさりげなく答えました。

「それよりもごらん。あすこへ、私たちの迎えのものがやってきたのを」

とある花の山蔭から、まるでお祭の行列のように、しずしずとひと組の女たちが現われました。多分からだ全体を化粧しているのでしょう。青みがかった白さに、肉体の凹凸に応じて、紫色の隈をおいた、それゆえ一層陰影の濃く見える裸体が、背景の真赤な花の屏風の前に、次々と浮き出してくるのです。

彼女らは、テラテラと脂ぎった、たくましい足を、踊るように動かし、黒髪を肩に波うたせ、真赤な唇を半月形にひらいて、二人の前に近寄り、無言のまま、不思議な円陣を作るのでした。

「千代子、これが私たちの乗物なのだ」

広介は千代子の手をとって、数人の裸女によって作られた蓮台の上におし上げ、自分もそのあとから、千代子とならんで、肉の腰掛けに座をしめました。

人肉の花びらは、ひらいたまま、その中央に広介と千代子とを包んで、花の山々をめぐりはじめるのです。

千代子は、目の前の世界の不思議さと、裸女たちの余りの無感動に幻惑して、いつしかこの世の羞恥を忘れてしまった形でした。彼女は膝の下に起伏する、肥え太った腹部のやわらかみを、むしろ快くさえ感じていました。

丘陵と丘陵とのあいだの、谷とも見るべき部分に、細い道はいく曲りしながら続きました。その裸女たちの素足が踏みしだくところにも、丘と同じように百花が乱れ咲いているのです。肉体のやわらかなバネ仕掛けの上に、深々としたこの花のジュウタンは、彼らの乗物を、一層滑らかに心地よくしました。

しかし、この世界の美は、たえず彼らの鼻をうっている不思議な薫りよりも、乳色に澱んでいる異様な空の色よりも、いつからはじまったともなく、春の微風のように、彼らの耳を楽しませている、奇妙な音楽よりも、あるいはまた、千紫万紅、色とりどりの花の壁よりも、その花に包まれた山々の語りえぬ不思議な曲線にありました。

人はこの世界において、はじめて曲線の現わしうる美を悟ったでありましょう。自然の山岳と、草木と、平野と、人体の曲線になれた人間の目は、ここにそれらとはまるで違った曲線の交錯を見るのです。どのような美女の腰部の曲線も、あるいはどのような彫刻家の創作も、この世界の曲線美にはくらべることができません。それは自然をえがき出した造物主ではなくて、それを打ちほろぼそうとたくらむ悪魔だけが描きうる曲線であったかもしれません。

ある人はそれらの曲線のかさなりから、異常なる性的圧迫を感ずるでありましょう。しかし、それは決して現実的な感情を伴なうものではないのです。われわれは悪夢のうちでのみ、往々にしてこの種の曲線に恋することがあります。

広介は、その夢の世界を、現実の土と花をもって、えがき出そうと試みたものにちがいありません。それは崇高というよりも、むしろ汚穢《おわい》で、調和的というよりも、むしろ乱雑で、その一つ一つの曲線と、そこに膿み爛れた百花の配置は、快感よりは一層限りなき不快を与えさえします。それでいて、その曲線たちに加えられた不可思議なる人工的交錯は、醜を絶して、不協和音ばかりの、異様に美しい大管絃楽を奏しているのでありました。

また、この風景作家の異常なる注意は、裸女の蓮台が通りすぎるところの、谿間の細道が作る曲線にまでも行届いていたのです。そこには曲線そのものの美ではなく、曲線にそって運動するものの感ずる、いわば肉体的快感が計画されていました。

或いは緩やかに、あるいは急角度に、あるいはのぼり、あるいはくだり、道は上下左右にさまざまの美しい曲線をえがきました。それはたとえば、空中において飛行家が味わうような、また我々がつづら折りの峠道を走る自動車の中で感ずるような、曲線運動の快感の、もっと緩やかにかつ美化されたものといえばいいでしょうか。

ときどき登り坂はありながら、道は少しずつ或る中心点に向かってくだって行くように見えました。そして、異様なる香気と、地の底からのように響く音楽とは、層一層その度を高め、ついには、彼らの鼻をも耳をも、その美しさに無感覚にしてしまうほども、たえ間なく続くのでした。

時とすると、谿間は広々とした花ぞのとひらけ、その彼方に空への懸け橋のように花の山がそびえ、その茫漠たる斜面に吉野山の花の雲を数倍した、幻怪なる光景を展開しました。そして、一層驚くべきは、その斜面と広野との、虹のような花を分けて、点々と、幾十人の全裸の男女の群が、遠くのものは豆のように小さく、嬉々としてアダムとイヴの鬼ごっこをやっていることでした。

山を駈けおり、野を横ぎって、黒髪を風になびかせた一人の女が、彼らから一間ばかりのところへきて、バッタリ倒れました。すると、彼女を追ってきた一人のアダムは、彼女をだき起こして、彼の広い胸の前に、一文字にかかえると、いだくものも、いだかれたものも、この世界に充満する音楽に合わせて、高らかに歌いながら、しずしずと彼方へ立ち去るのでした。

又ある箇所には、細い谷間の道を覆って、アーチのように、白鯰《しろなまず》のユーカリ樹の巨木が腕をのべ、その枝もたわわに裸女の果実がみのっていました。

彼女らは、太い枝の上に身を横たえ、あるいは両手でぶらさがって、風にそよぐ木の葉のように、首や手足をゆすりながら、やっぱりこの世界の音楽を合唱しているのです。裸女の蓮台は、その果実の下を、ふしぎな無関心をもって、静かに練って行くのです。

延長にして一里はたっぷりあったと思われる、道々の花の景色、そのあいだに、千代子の味わった不思議な感情、作者はそれをただ、夢とのみ、あるいは瑰麗《かいれい》なる悪夢とのみ、形容するのほかはありません。

そして、ついに彼らが運ばれたのは、巨大なる花の擂鉢《すりばち》の底でありました。

そこの景色の不思議さは、擂鉢の縁にあたる、四周の山の頂から、滑らかな花の斜面を伝って、雪白の肉塊が、団子のように数珠繋ぎにころがり落ちて、その底にたたえられた浴槽の中へしぶきを立てていることでした。そして彼女らは擂鉢の底の湯気の中を、バチャバチャと跳ね廻りながら、あののどかな歌を合唱するのです。

いつ着物を脱がされたのか、ほとんど夢中のあいだに、千代子らも華やかな浴客たちにまじって、快い湯の中につかっていました。不自然な衣服を着けていることが、むしろはずかしくなるこの世界では、千代子も彼女自身の裸体をほとんど気にしないでいられたのです。そして、彼らを乗せた裸女たちは、ここでこそ文字通り蓮台の役目をつとめ、長々と寝そべって、首から下を湯につけた二人の主人を、彼女たちの肉体によって支えなければなりませんでした。

それから、名状のできぬ一大混乱がはじまったのです。

肉塊の滝つ瀬は、ますますその数を増し、道々の花は踏みにじられ、蹴散らされて、満目の花吹雪となり、その花びらと、湯気と、しぶきとの濛々と入乱れた中に、裸女の肉塊は、肉と肉とをすり合わせて、桶の中の芋のように混乱して、息もたえだえに合唱を続け、人津波は、あるいは右へ、あるいは左へと、打寄せ揉み返す、そのまっただ中に、あらゆる感覚を失った二人の客が、死骸のように漂っているのでした。

21

そうして、いつの間にか夜がきたのです。

乳色であった空は、夕立雲の暗黒に変り、百花の乱れ咲いたなまめかしき丘々も、今はものすごい黒入道と聳《そび》え、あのさわがしい人肉の津波も、合唱も、引汐のように消え去って、夜目にもほの白く立ち昇る湯気の中には、広介と千代子とただ二人が取り残されていました。

彼らの蓮台をつとめた女どもも、ふと気がつくと、もう影も形も見えないのです。その上、この世界を象徴するかに見えた、あの一種異様の妖艶な音楽も、よほど以前から聞こえないのです。底知れぬ暗闇とともに、よみじの静寂が全世界を領していました。

「まあ!」

やっと人心ついた千代子は、いくたびとなく繰り返した感嘆詞を、もう一度繰り返さないではいられませんでした。そしてほっと息をつくと、今まで忘れていた恐怖が、吐き気のように彼女の胸にこみ上げてきたのです。

「さあ、あなたもう、帰りましょうよ」

彼女は暖かい湯の中で震えながら、夫の方をすかして見ました。水面から首だけが、黒いブイのように浮き上がって、彼女の言葉を聞いても、それは動きもしなければ、なんの返事をもしないのです。

「あなた、そこにいらっしゃるのは、あなたですわね」

彼女は恐怖の叫び声を上げて、黒い塊りの方へ近より、その頸とおぼしきあたりをとらえて、力一杯ゆすぶるのでした。

「ウウ、帰ろう。だが、その前にもう一つだけお前に見せたいものがあるのだよ。まあそうこわがらないで、じっとしているがいい」

広介は、何か考え考え、ゆっくりと答えました。その答え方が一層千代子を恐れさせたのです。

「私、今度こそほんとうに、我慢ができませんわ。私はこわいのです。ごらんなさい。こんなにからだが震えていますのよ。もうもうこんな恐ろしい島になんか、いっときだって我慢ができませんわ」

「ほんとうに震えているね。だが、お前は何がそんなに恐ろしいのだい」

「何がって、この島にある無気味な仕掛けが恐ろしいのです。それをお考えなすったあなたが恐ろしいのです」

「私がかい」

「ええ、そうですのよ。でも、お怒りなすってはいやですわ。私にはこの世の中にあなたのほかにはなんにもないのです。それでいて、このごろは、どうかしたはずみで、ふとあなたが恐ろしくなるのです。あなたがほんとうに私を愛してくださるのかどうかが疑わしくなってくるのです。こんな無気味な島の暗闇の中で、ひょっとして、あなたが、じつはお前を愛していないのだなんて、おっしゃりはしないかと思うと、私はもうこわくってこわくって……」

「妙なことを言い出したね。お前はそれを今いわない方がいいのだよ。お前の心持は私にもよくわかっているのだ。こんな暗闇の中でどうしたもんだ」

「だって、今ちょうどそんな気がし出したのですもの。多分、私、あんないろいろなものを見て、興奮してますのね。そして、いつもよりは思ったことが言えるような気持なのですわ。でも、あなたお怒りなさらないでね。ね」

「お前が私を疑っていることは、よく知っているよ」

千代子は、この広介の口調に、ハッとして、突然口をつぐみました。不思議なことには、彼女はいつであったか、現実にか、あるいは夢の中でか、そっくりこの通りの情景を経験したことがあるように思われてきました。それは何かしら、彼女がこの世に生れてくる以前の出来事らしくもあるのです。

そのときも、彼らは地獄のような暗闇の中で、湯の上に首だけを出して、小さな小さな二人の亡者のように向き合っていました。そして、相手の男はやっぱり、

「お前が私を疑っていることは、よく知っているよ」

と答えたのです。その次に、彼女はどんなことをいったか、男がどんな態度を示したか、あるいはどんな恐ろしい終局であったか、そうしたあとのことも、はっきりわかっていて、さて、どうしても思い出せないのです。

「私はよく知っているのだよ」

広介は、千代子が黙したのを、追い駈けるように繰り返しました。

「いいえ、いいえ、いけません。もうおっしゃらないでくださいまし」千代子は、広介

が続けそうにするのを押とどめて叫びました。「私は、あなたとお話しするのがこわいのです。それよりも、何もおっしゃらないで、早く、早く私をつれ帰ってくださいまし」

そのときでした。暗闇を裂くような、はげしい音響が耳をつんざいたかと思うと、いきなり夫の首にとりすがった千代子の頭上に、パリパリと火花が散って、化物のような五色の光り物がひろがったのです。

「驚くことはない。花火だよ。私の工夫したパノラマ国の花火だよ。ソレごらん。普通の花火と違って、私たちのは、あんなに長いあいだ、まるで空にうつした幻燈のようにじっとしているのだよ。これだよ、私がさっきお前に見せるものがあるといったのは」

見れば、それは広介のいう通り、ちょうど雲にうつった幻燈の感じで、一匹の金色に光った大蜘蛛が、空一杯にひろがっているのです。しかも、それがはっきりとえがかれた八本の足の節々を異様にうごめかせて、徐々に彼らの方へ落ちてくるのでした。

たとえそれが火をもって描かれた絵とはいえ、一匹の大蜘蛛がまっ暗な空を覆って、もっとも無気味な腹部をあらわに見せて、もがきながら頭上に近づいてくる景色は、ある人にとっては、こよなき美しさであろうとも、生来蜘蛛嫌いの千代子には、息づまるほど恐ろしく、見まいとしても、その恐ろしさに、やっぱり不思議な魅力があってか、ともすれば彼女の目は空に向けられ、そのたびごとに、前よりは一層ま近くせまる怪物を見なければならぬのでした。

そして、その景色そのものよりも、もっともっと彼女を震え上がらせたのは、この大蜘蛛の花火をも、彼女はいつかの経験のうちで見ていた、あれも、これも、すっかり二度目だという意識でした。

「私はもう花火なんか見たくはありません。そんなにいつまでも私をこわがらせないで、ほんとうに、帰らせてくださいまし。さあ、帰りましょうよ」

彼女は歯の根をかみしめてやっというのでした。しかしその時分には、火の蜘蛛は、もう跡形もなく闇の中へ溶けこんでいたのです。

「お前は花火までがこわいのかい。困った人だな。今度はあんな気味のわるいのではなくて、きれいな花火がひらくはずだ。もう少し辛抱して見るがいい。ソラ、この池の向こう側に黒い筒が立っていたのを覚えているだろう。あれが花火の筒なんだよ。この池の下に私たちの町があって、そこから私の家来たちが花火をあげているのだよ。ちっとも不思議なことも、こわいこともありゃしない」

いつか広介の両手が、鉄の締め木のように、異様な力をもって千代子の肩を抱き締めていました。彼女は今は、猫の爪にかかった鼠のように、逃げようとて逃げることもできないのです。

「あら」それを感ずると、彼女はもう悲鳴をあげないではいられませんでした。「ごめんなさい。ごめんなさい」

「ごめんなさいだって、お前は何をあやまることがあるんだい」

広介の口調はだんだん一種の力を加えてきました。

「お前の考えていることをいってごらん。私をどんなふうに思っているか、正直にいってごらん。さあ」

「ああ、とうとう、あなたはそれをおっしゃいました。でも、私は今はこわくって、こわくって」

千代子の声は泣きじゃくるように途切れ途切れでした。

「だが、今がいちばんいい機会なのだ。私たちのそばには誰もいない。お前が何をいおうと、お前が恐れているように、世間には聞こえないのだ。私とお前のあいだに、何のかくしだてがいるものか。さあ、ひと思いにいってごらん」

まっ暗な豁間の浴槽の中で、不思議な問答がはじまったのです。その情景が、異常であるだけ、二人の心持には、多少気ちがいめいた分子がくわわっていなかったとはいえません。ことに千代子の声は、もう妙に上ずっていたのです。

「では申し上げますが」

千代子はふと人が変ったように、雄弁に喋べりはじめました。

「打明けて申しますと、私もあなたから聞きたくって聞きたくって仕様がなかったのです。どうかそんなにじらさないで、ほんとうのことをおっしゃってくださいまし……。あなたはもしや菰田源三郎とは、まったく別な方ではなかったのですか、さあそれを聞かせてくださいまし。

あの墓場から生き返っていらしってからというもの、長いあいだ、私はあなたがほんとうのあなたかどうかを疑ぐっていたのでございます。源三郎はあなたのような恐ろしい才能を、まるで持ってはいませんでした。この島へ来ます以前から、私はもう、多分あなたもお気づきになっていらっしゃることで、半分はその疑いを確かめておりました。それに、ここのいろいろの気味のわるい、それでいて、不思議と人をひきつける景色を見ますと、あとの半分の疑いもはっきり解けてしまったように思うのでございます」

「ハハハハハハ。お前は、とうとう本音を吐いたね」

広介の声音は、いやに落ちついていましたが、どこか自暴自棄の調子を隠すことはできませんでした。

「私はとんだ失敗をやったのだ。私は愛してはならぬ人を愛したのだ。私はどんなにそれをこらえこらえしただろう。だが、もうちょっというところで、とうとう辛抱ができなかった。そして私の心配した通り、お前は私の正体を悟ってしまったのだ……」

それから、広介は、彼もまた憑かれた者の雄弁をもって、彼の陰謀の大略を物語るのでした。

そのあいだにも、何も知らぬ地下の花火係りは、主人たちの目を喜ばせようと、用意の花火玉を次から次へ打上げていました。あるいは奇怪なる動物どもの、あるいは瑰麗なる花形の、あるいは荒唐無稽なさまざまの形の、毒々しく青に、赤に、黄に、闇の大空にきらめきわたる火焰は、そのまま谷底の水面をいろどり、その中にポッカリ浮き上がっている二つの西瓜のような彼らの頭を、その表情の微細な点に至るまで、舞台の着色照明そのままに、異様にうつし出すのでした。

一心に喋べり続ける広介の顔が、ある時は酔っぱらいの赤づらとなり、ある時は死人のように青ざめ、ある時は黄疸やみのものすごい形相を示し、又ある時はまっ暗闇の中の声のみとなり、それが奇怪なる物語りの内容と入れまじって、極度に千代子をおびやかすのでした。

千代子はあまりのこわさに堪えがたくなって、いくたびかその場を逃げだそうと試みたのですが、広介の物狂わしき抱擁は、いっかな彼女を離すことではありませんでした。

22

「お前は、どの程度まで私の陰謀を察していたか知らない。敏感なお前はさだめし可なり深いところまで想像をめぐらしてもいただろう。だが、さすがのお前も、私の計画なり理想なりが、これほど根強いものとは、まさか知らなかっただろうね」

物語りを終ると、ちょうどその時はまっかな花火が、まだ落ちず空を染めていましたが、その赤鬼の形相をもって、広介はじっと千代子を睨みつけたのでした。

「帰して、帰して――」

千代子は、もうさっきから、外聞を忘れて、泣きわめきながら、ただこのひとことを繰り返すばかりでした。

「聞け、千代子」

広介は彼女の口をふさぐようにして、どなりつけました。

「こんなに打明けてしまってから、お前をただ帰すことができると思っているのか。お前はもう俺を愛さないのか。きのうまで、いやたったさきほどまで、お前はおれがほんとうの源三郎であるかどうかを疑いながら、やっぱりおれを愛していたではないか。それが、おれがおれが正直に告白をしてしまうと、もうおれを仇敵のように憎み恐れるのか」

「離してください。帰してください」

「そうか、じゃあ、お前はやっぱり、おれを夫の讐だと思っているのだな。菰田家の仇と思っているのだな。千代子、よく聞くがいい。おれはお前がこの上もなく可愛い。いっそお前といっしょに死んでしまいたいほどに思っているのだ。だが、おれにはまだ未練がある。人見広介を殺し、菰田源三郎を蘇生させるために、おれはどれほどの苦心をしたか。そしてこのパノラマ国を築くまでにどのような犠牲を払ったか。それを思うと、今ひと月ほどで完成するこの島を見捨てて死ぬ気にはなれない。だから、千代子、おれはお前を殺すほかに方法はないのだ」

「殺さないでください」

それを聞くと千代子はかすれた声をふりしぼって叫ぶのです。

「殺さないでください。なんでもあなたのおっしゃる通りにします。源三郎として今までのようにあなたにつかえます。誰にもいいません。どうか殺さないでください」

「それは本気か」

花火のために真っ青にいろどられた広介の顔の、目ばかりが紫色にギラギラと輝いて、突き通すように千代子を睨みつけました。

「ハハハハハハ、駄目だ。駄目だ。おれはもう、お前がなんといおうが、信ずることはできないのだ。ひょっとしたら、お前はまだいくらかはおれを愛していてくれるかもしれない。お前のいうことがほんとうかもしれない。だがなんの証拠があるのだ。お前を生かしておいてはおれの身がほろびるのだ。よし又、お前は他人に知らせぬつもりでいても、おれの告白を聞いてしまった以上、女のお前の腕前では、とてもおれだけの虚勢がはれるものではない。いつとなくお前のそぶりがそれを打ちあけてしまうのだ。どっちにしても、おれはお前を殺すほかに方法はないのだ」

「いやです、いやです。私には親があるのです。兄弟があるのです。助けてください。後生です。ほんとうにでくの坊のように、あなたのいいなり次第になります。離して、離して」

「そら見ろ、お前は命が惜しいのだ。おれの犠牲になる気はないのだ。お前はおれを愛してはいないのだ。源三郎だけを愛していたのだ。いや、たとえ源三郎と同じ顔形の男を愛することができても、悪人のこのおれだけは、どうしても愛せないのだ。おれは今こそわかった。おれはどうあってもお前を殺すほかはない」

そして広介の両腕は、千代子の肩から徐々に位置をかえて彼女の頸に迫って行くのでした。

「ワワワワワ、助けてェ……」

千代子はもう無我夢中でした。彼女はただ身をのがれることのほかは考えなかったのです。遠い祖先から受け継いだ護身の本能は、彼女をして、ゴリラのように歯をむかせました。そしてほとんど反射的に、彼女の鋭い犬歯は、広介の二の腕深く喰い入ったのです。

「畜生ッ」

広介は思わず手をゆるめないではいられませんでした。その隙に、千代子は日頃の彼女からはどうしても想像することのできない素早さで、広介の腕をぐり抜けると、恐ろしい勢いで、海豹《あざらし》のように水中を跳ねて、まっ暗な彼方の岸へとのがれました。

「助けてェ……」

つんざくような悲鳴が、あたりの小山に響きわたりました。

「ばか、ここは山の中だ。誰が助けにくるものか。昼間の女どもは、もうこの地の底の部屋に帰って、ぐっすり寝こんでいるだろう。それに、お前は逃げ道さえ知らないのだ」

広介はわざと余裕を見せて、猫のように彼女へ近寄るのです。地上には何者もいないことは、この王国の主である彼にはよくわかっていました。少しばかり心配なのは、彼女の悲鳴が、花火の筒を通して、はるかの地下へ伝わりはしないかということでしたが、幸いにも彼女の上陸したのはそれの反対側でしたし、また地下の花火打上げ装置のすぐそばには、発電用のエンジンがひどい音をたてていて、滅多に地上の声などが聞こえるはずはないのでした。それにもっと安心なのは、ちょうど今、十幾発目かの花火が打上げられて、さっきの悲鳴はその音のために、ほとんど打ち消されてしまったことです。

まだ消えやらぬ金色《こんじき》の火焰は、あちこちと出口を探して逃げまどう千代子の痛ましい姿を、まざまざとうつし出しています。広介はひと飛びに彼女のからだに飛びついて、そこへ折り重なって倒れると、何の苦もなくその頸に両手を廻すことができました。そして、彼女が第二の悲鳴を発する前に、彼女の呼吸はもう苦しくなっていたのです。

「どうか許してくれ、おれは今でもお前を愛している。だがおれはあまりにも欲が深いのだ。この島で行われる数々の歓楽を見捨てることができないのだ。お前一人のために身をほろぼすわけにはいかぬのだ」

はてはぽろぽろと涙をこぼして、「許してくれ、許してくれ」と連呼しながら、ますます固く腕を締めていきました。彼のからだの下では、肉と肉とを接して、裸体の千代子が、網にかかった魚のように、ピチピチとおどっているのです。

人工花山《はなやま》の谷底、あたたかく匂やかな湯気の中で、奇怪なる花火の五色の虹を浴び、ざれ狂う二匹のけもののように二人の裸体がもつれ合う。それは恐ろしい人殺しなんかではなくて、むしろ酔いしれた男女の裸踊りともながめられたのです。

追い廻す腕、逃げまどう肌、ある時は、密着した頰と頰とのあいだに、塩っぱい涙がまじりあい、胸と胸とが狂わしき動悸の拍子を合わせ、その滝つ瀬のあぶら汗は、二人のからだをなまこのようなドロドロのものに解きほぐしていくかと見えました。

闘争というよりは、遊戯の感じでした。「死の遊戯」というものがあるならば正しくそれでありましょう。相手の腹にまたがって、その細首をしめつけている広介も、男のたくましい筋肉の下で、もがき喘《あえ》いでいる千代子も、いつしか苦痛を忘れ、うっとりとした快感、名状できない有頂天におちいっていくのでした。

やがて、千代子の青ざめた指が、断末魔の美しい曲線を描いて、いくたびか空をつかみ、彼女のすき通った鼻の穴から、糸のような血のりが、トロトロと流れ出ました。

そしてちょうどその時、まるで申し合わせでもしたように、打上げられた花火の、巨大な金色の花弁は、クッキリと黒ビロードの空を区切って、下界の花ぞのや、泉や、そこにもつれ合う二つの肉塊を、ふりそそぐ金粉の中にとじこめて行くのでした。千代子の青白い顔、その上に流れる糸のように細く、赤漆のようにつややかな、ひと筋の血のり、それがどんなに静かにも美しく見えたことでしょう。

23

人見広介がT市の菰田邸に帰らなくなったのは、その日からでした。彼はまったくパノラマ国の住人として——この物狂わしき王国の君主として、沖の島に永住することになりました。

「千代子はこのパノラマ国の女王様だ。人間界へは決して二度と姿を見せないだろう。お前はこの島にある群像の国を見ただろうか。時として千代子は、あの目まぐるしく林立した裸体像の一人になりすましていることもあるのだよ。そうでない時には海の底の人魚か、毒蛇の国の蛇使いか、花ぞのに咲き乱れた花の精か、そして、そのような遊びにもあきはてると、この壮麗な宮殿の奥深く、錦のとばりに包まれた、栄耀栄華の女王様だ。この楽園の生活を、どうして彼女が好まないことがあろう。彼女はちょうど昔話の浦島太郎のように、時を忘れ、家を忘れて、この国の美しさに陶酔しているのだ。お前はちっとも心配なぞすることはないのだよ。お前のいとしい主人は、今幸福の絶頂にあるのだから」

千代子の年とった乳母が、主人の安否を気づかって、わざわざ沖の島へ彼女をお迎えにやってきたとき、広介は、島の地下を穿《うが》って建築した壮麗な宮殿の玉座にすわって、まるで一国の帝王がその臣下を引見するような、おごそかな儀礼をもって、この昔者の老母を驚かせました。老母は広介の美しい言葉に安堵したのか、それとも、その場の光景のものものしさにうたれたのか、返す言葉もなく引き下がるほかはなかったのです。

すべてがこの調子でありました。千代子の父には重ね重ねの莫大な引出物、そのほかの親類縁者にはあるものには経済上の圧迫、あるものにはその反対に惜しげもない贈り物。それから官辺へのつけ届けなども、角田老人の手によって、抜かりなく実行されていたのです。

一方、島の人々は、千代子女王の姿を垣間見ることさえ許されませんでした。

彼女は昼も夜も、地下の宮殿の奥深く、広介の居間の裏側の重いとばりの蔭にかくれ、なにびとたりとも、その部屋にはいることを禁ぜられていたのです。でも、主人の異常な嗜好を知っている人々は、定めしそのとばりの奥には、王様と女王様だけの、歓楽と夢の世界が秘められているのであろうと、ニヤニヤ笑いながら噂し合うくらいで、誰一人疑いをいだくものとてもありません。一体島の人たちは、数人の男女をのぞいては、千代子の顔をはっきり見知っている者もなく、ふと行きずりに女王様のお姿を見たところで、それがはたしてほんとうの千代子かどうか見分ける力もないのでした。

かようにして、ほとんど不可能な事柄がなしとげられたのです。

広介は菰田家の限りなき財力によって、あらゆる困難に打ち勝ち、すべての破綻を取りつくろうことができました。今まで貧乏だった親類縁者がたちまちにして俄分限《にわかぶげん》となり、みじめだった曲馬団の踊子、映画女優、女歌舞伎たちは、この島では日本一の名優のように厚遇され、若い文士、画家、彫刻家、建築師たちは、小さな会社の重役ほどの手当を受けているのです。たとえそこが恐ろしい罪の国であったとしても、その人たちにどうしてパノラマ島を見捨てる勇気がありましょう。

そして、ついに地上の楽園はきたのでした。

たぐいを絶したカーニヴァルの狂気が、全島を覆いはじめました。花ぞのに咲く裸女の花、湯の池に乱れる人魚の群、消えぬ花火、息づく群像、踊り狂う鋼鉄製の黒怪物、酩酊せぬ笑い上戸の猛獣ども、毒蛇の蛇踊り、そのあいだをねり歩く美女の蓮台、そして、蓮台の上には、錦の衣に包まれたこの国の王様、人見広介の物狂わしき笑い顔があるのです。

　蓮台は時として、島の中央に完成したコンクリートの大円柱の、それには一面に青い蔦《つた》がはい、そのあいだをこれはまた鉄の蔦のような螺旋階が、ネジネジと頂上まで続いているのですが、その螺旋階をよじ昇ることもありました。

　そこの頂上の奇怪な蕈形《きのこがた》の傘の上からは、島全体を、はるかなる波打ちぎわまでひと目に見渡すことができたのですが、その眺望の不可思議を何にたとえたらよいのでしょう。下界でのあらゆる風景は、螺旋階を昇るとともに消え去って、花ぞのも、池も、人も、ただ見る幾重畳《いくちょうじょう》の大岩壁と変り、頂上からは、それらの紅がら色の岩壁がちょうど一輪の花のおのおのの花弁の形で、はるかの波打ちぎわまで重なり合って見えるのです。

　パノラマ国の旅びとは、さまざまの奇怪な景色のあとで、この思いもうけぬ眺望に、又しても一驚を吃しなければなりません。それはたとえば、島全体が、大海にただよう一輪の薔薇でもありましょうか、巨大なる阿片の夢の真紅の花が空なるおてんとう様と、たった二人で、対等の交際をしているのです。そのたぐいなき単調と巨大とが、どのように不思議な美しさをかもし出していたか。ある旅びとは、ともすれば、彼の遠い遠い祖先が見たであろうところの、かの神話の世界を思い出したかもしれないのですが……

それらのすばらしい舞台での日夜をわかたぬ狂気と淫蕩、乱舞と陶酔の歓楽境、生死の遊戯の数々を、作者はいかに語ればよいのでありましょうか。それはおそらく、読者諸君のあらゆる悪夢のうち、もっとも荒唐無稽で、もっとも血みどろで、そしてもっとも瑰麗なるものに、いくぶん似通っているでありましょう。

24

読者諸君、この一篇のおとぎ話は、ここにめでたく大団円を告げるべきでありましょうか、人見広介の菰田源三郎は、かくして彼の百歳まで、この不可思議なパノラマ国の歓楽にふけりつづけることができたのでありましょうか。いやいや、そうではなかったでしょう。古風な物語りの癖としてクライマックスの次には、カタストロフィという曲者が、ちゃんと待ち構えていたはずです。

ある日のこと、人見広介は、ふと、なぜとも知らぬ不安に襲われたのでした。それはもしかしたら世にいう勝利者の悲哀であったかもしれません。絶え間なき歓楽から来た一種の疲労であったかもしれません。あるいは又、過去の罪業に対する心の底の恐怖が、ソッと彼のうたた寝の夢を襲ったのであったかも知れません。しかし、そのような理由のほかに、ある一人の男が、その男の身辺を包む空気といっしょにソッとこの島へ持ってきた、不思議な凶兆ともいうべきものが、あるいは広介のこの不安の最大の原因ではなかったのでしょうか。

「オイ君、あの池のそばにボンヤリ立っている男は、一体誰なのだ。いっこう見覚えのない男だが」

彼は最初その男を、花ぞのの湯の池のほとりに見出しました。そして、そばに侍《はべ》っていた一人の詩人にこう尋ねたのです。

「御主人はお見忘れになりましたか」詩人が答えていいました。「あれは、私どもと同じような文学者なのです。二度目にお雇いなすったうちの一人なのです。このあいだ、しばらく国へ帰ったとかで、見かけなかったようですが、多分きょうの便船で帰ってきたのではありますまいか」

「ああ、そうだったか。そして、名前はなんというのだ」

「北見小五郎とか申しました」

「北見小五郎、私はいっこう思い出せないが」

その男が不思議に記憶に残っていないことも、何かの凶兆ではなかったのでしょうか。それからというもの、広介はどこにいても、北見小五郎という文学者の目を感じました。花ぞのの花の中から、湯の池の湯気の向こうから、機械の国ではシリンダーの蔭から、彫像の園では群像の隙間から、森の中の大樹の木蔭から、彼はいつでも広介の一挙一動を見つめているように思われました。

そしてある日のこと、かの島の中央の大円柱の蔭で、広介はあまりのことに、ついにその男をとらえたのでした。

「君は北見小五郎とかいったね。僕が行くところには、いつでも君がいるというのは、少しばかりおかしいように思うのだが」

すると、憂鬱な小学生のように、ボンヤリと円柱にもたれていた相手は、青白い顔を少しあからめながら、うやうやしく答えるのです。

「いえ、それはきっと偶然でございましょう。御主人」

「偶然？　多分君のいう通りなのであろう。だが、君は今そこで何を考えていたのだね」

「昔読んだ小説のことを考えておりました。非常に感銘の深い小説でした」

「ホオ、小説？　なるほど君は文学者だったね。して、それは誰のなんという小説なのだね」

「御主人は多分ご存じありますまい。無名作家の、しかも活字にならなかったものですから。人見広介という人の『RAの話』という短篇小説なのです」

広介は突然昔の名前を呼ばれたくらいで驚くには、あまりに鍛錬を経ていました。彼は相手の意外な言葉に、顔の筋一つ動かさないで、そればかりか、はからずも、彼の昔の作品の愛読者を見出した不思議な喜びさえ感じながら、懐かしく言葉を続けるのでありました。

「人見広介、知っているよ。おとぎ話のような小説を書く男であったが、あれは君、僕の学生時代の友達なのだよ。友達といっても親しく話したこともないのだけれど。だが、『RAの話』というのは読まなかった。君はどうしてその原稿を手に入れたのだね」

「そうですか、では御主人のお友達だったのですか。不思議なこともあるものですね。『RAの話』は一九──年に書かれたのですが、そのころは御主人はもうT市のほうへお帰りなすっていたのでしょうね」

「帰っていた。その二年ばかり前に別れたきり、人見とはすっかり御無沙汰になっている。だから、彼が小説を書き出したことも、雑誌の広告で知ったくらいなのだよ」

「では、学生時代にもあまりお親しい方ではなかったのですか」

「まあそうだね。教室で顔を合わせれば挨拶をかわす程度の間柄だった」

「私はこちらへくるまで、東京のK雑誌の編集局にいたのです。その関係から人見さんとも知合いになり、未発表の原稿も読んでいるわけですが、この『RAの話』というのは、私などは実に傑作だと思っているのですけれど、編集長があまりに濃艶な描写を気づかって、つい握りつぶしてしまったのです。それというのが人見さんはまだ駈け出しの名もない作者だったものですから」

「それは惜しいことだったね。して、人見広介はこのころではなにをしているのかしら」

広介は「この島へ呼んでやってもいいのだが」とつけ加えたいのを、やっと我慢したのです。それほど彼は、彼自身の旧悪については自信があり、真から菰田源三郎になりきっているのでした。

「まだご存じないとみえますね」

北見小五郎は、感慨深くいうのです。

「あの人は昨年自殺をしてしまったのです」

「ホウ、自殺を？」

「海へはまって死んだのです。遺書があったので自殺ということがわかりました」

「何かあったのだね」

「多分そうでしょう。私にはわかりませんが。……それにしても、不思議なのは、御主人と人見さんと、まるで双生児のようによく似ていることです。私ははじめてこちらへ参ったとき、もしや人見さんがこんなところに隠れていたのではないかとびっくりしたほどでした。むろん御主人もそのことはお気づきでしょうね」

「よくひやかされたものだよ。神様がとんだいたずらをなさるものだから」

広介はさもらいらくに笑って見せました。北見小五郎もそれにつれて、おかしくてたまらぬように笑いました。

その日は空が一面に鼠色の雨雲に覆われ、嵐の前といった、いやに静かな、ソヨリとも風のない、それでいて島のまわりには、波がけもののうなり声で、無気味に泡立っているような天候でした。

影のない大円柱は、低い黒雲への、悪魔のきざはしのようにそそり立って、五つ抱えもあるその根元のところに、小さな二人の人間が、しょんぼりと話し合っていました。いつもは裸女の蓮台に乗るか、そうでなければ数人の召使いを引きつれている広介が、この日に限って一人ぼっちでここへきたのも、一雇人に過ぎない北見小五郎と、こんな長話をはじめたのも、不思議といえば不思議でした。

「ほんとうに、まるで瓜二つです。それに、似ているといえば、まだ妙なことがあるのです」

北見小五郎は、だんだんねばり強く話し込んでくるのでした。

「妙なとは？」

広介も、何かこのまま別れてしまう気にはなれないのです。

「今の『RAの話』という小説がです。ですが、御主人はもしや、人見さんから、その小説の筋のようなものをお聞きなすったことはないのでしょうか」

「いや、そんなことはない。さっきもいう通り、人見とはただ学校が同じだったに過ぎない。つまり教室での知り合いなのだから、一度だって深く話し合ったことなんかありゃしないのだよ」

「ほんとうでしょうか」

「君は妙な男だね。僕が嘘をいうわけもないではないか」

「ですが、あなたはそんなふうに言いきっておしまいなすっていいのでしょうか。もしや後悔なさるようなことはありますまいか」

この北見の異様な忠告を聞くと、広介は何かしらゾッとしないではいられませんでした。でもそれが何であるか、わかりきったことを胴忘れしたようで、不思議と思い出せないのです。

「君は一体なにを……」

広介はいいさして、ふっと口をつぐみました。ぼんやりとあることがわかりかけてきたのです。彼は顔は青ざめ、呼吸はせわしくなり、脇の下に冷たいものが流れました。

「ソラね、少しずつおわかりでしょう。私という男がなんのためにこの島へやってきたかが」

「わからない、君のいうことは少しもわからない。気ちがいめいた話はよしにしてくれたまえ」

そして広介はまた笑いました。しかしそれはまるで幽霊の笑い声のように力のないものでした。

「おわかりにならなければ、お話ししましょう」

北見は少しずつ召使いの節度を失って行くように見えました。

「『RAの話』という小説のいくつかの場面とこの島の景色とが、どこからどこまで、まったく同じだということです。それはちょうどあなたが人見さんに生写しであるように生写しなのです。もしあなたが人見さんの小説も読まず、話も聞いていらっしゃらぬとしたら、この不思議な一致はどうして起こったのでしょう。暗合というには余りに一致しているのです。このパノラマ島の創作は、『RAの話』の作者と寸分違わぬ思想と興味を持った人でなくてはできないのです。いくらあなたと人見さんと顔形が似ているといって、思想まで全然同一だとは、あまり不思議ではありませんか。私は今それを考えていたのですよ」

「それで、どうだというのです」

広介は呼吸をつめて相手の顔をにらみつけました。

「まだおわかりになりませんか。つまりあなたは菰田源三郎でなくて、その人見広介にちがいないというのです。もしあなたが『RAの話』を読んでいるか聞いているかしたならば、それをまねてこの島の景色を作ったと言いのがれるすべもあったでしょう。ところがあなたは今、そのたった一つの言いのがれの道を、御自分でふさいでおしまいなすったのではありませんか」

広介は相手の巧みなわなにかかったことを悟りました。

彼はこの大事業に着手する前、一応自作の小説類を点検して、別段わざわいを残すようなもののないことを確かめておいたのですが、握りつぶしになった投書原稿のことまでは気づかなかったのです。『RAの話』なんていう小説を書いたことすら、ほとんど忘れていたくらいです。この物語の最初にも述べたように、彼の原稿はたいてい握りつぶしにされたような、哀れな著述家だったのですから。

が、いま北見の言葉によって思い出せば、彼は確かにそのような小説を書いていました。人工風景の創作ということは、彼の多年の夢であったのですから、その夢が一方では小説となり、一方ではその小説と寸分違わぬ実物として現われたとて少しも不思議はないのでした。あれほど考えに考えた彼の計画にも、やっぱり手抜かりがあったのです。それがこともあろうに没書になった原稿だったとは、彼は悔んでも悔みたりない思いでした。

「ああ、もうだめだ。とうとうこいつのために正体を見現わされたかもしれない。だが、待てよ。こいつの握っているのはたかが一篇の小説じゃあないか。まだへこたれるに少し早いぞ、この島の景色が他人の小説に似ていたとて、何も犯罪の証拠にはならないだろう」

広介は咄嗟のあいだに、心をきめて、ゆったりした態度を取り返すことができました。

「ハハハハハハ、君もつまらない苦労をする男だね。僕が人見広介だって？　なに、人見広介だっていっこうかまいはしないが、どうも僕は菰田源三郎にちがいないのだから仕方がないね」

「いや、私の握っている証拠がそれだけだと思っては、大間違いですよ。私は何もかも知っている。知っているのだけれど、あなた自身の口から白状させるために、こんな廻りくどい方法をとったのです。いきなり警察沙汰なんかにしたくない理由があったものですから。というわけは、私はあなたの芸術には心から敬服しているのです。いくら東《ひがし》小路《こうじ》伯爵夫人のお頼みだからといって、この偉大な天才をむざむざ浮世の法律なんかに裁かせたくないからです」

「すると、君は東小路からの廻し者なんだね」

広介はやっと意味を悟ることができました。源三郎の妹のとついでいる東小路伯爵というのは、あまたの親族のうちで、金銭の力で自由にできない、たった一人の例外だったのです。

「そうです。北見小五郎はその東小路夫人の手先の者にちがいありません。日頃お国の方とはほとんど御交際のない東小路夫人が、遠くからあなたの行動を監視なすっていたとは、あなたにしても意外でしょうね」

「いや、妹が僕にとんでもない疑いをかけているのが意外だよ。会って話してみればすぐわかることなんだが」

「そんなことおっしゃったところで、今さらなんの甲斐があるものですか。『RAの話』は私があなたを疑いはじめたほんのきっかけにすぎないので、ほんとうの証拠はほかにあるのですから」

「では、それを聞こうではないか」

「たとえばですね」

「たとえば？」

「たとえば、このコンクリートの壁にくっついている一本の髪の毛ですよ」

北見小五郎はそういって、かたわらの大円柱の表面の蔦を分けて、そのあいだに見える白い地肌から、優曇華《うどんげ》のように生えている、一本の長い髪の毛を見せました。

「あなたは多分、これが何を意味するか御承知でしょうね。……オット、それはいけません。あなたの指が引金にかからぬ先に、ごらんなさい。私の弾が飛び出しますよ」

北見はそういって、右手に持った光るものをさしつけました。広介はポケットに手を入れたまま化石したように、動けないのです。

「私はこのあいだから、この一本の髪の毛について考えつづけていたのです、そして、今あなたとお話ししているあいだに、やっと真相にふれることができました。この髪の毛一本だけはなれたものでなくて、奥の方で何かに続いているということを確かめることができたのです。では今それをためして見ましょうか」

北見小五郎はいうかと思うと、いつの間に用意していたのか、大きな、先のとがったハンマーを取出し、髪の毛の下あたりを目がけて、力まかせに打ちおろし、長いあいだ辛抱づよくそれをつづけて、ついにコンクリートに深い穴をあけてしまいました。すると、そのハンマーの先を伝って、なかば凝固した毒々しい血のりが、おそらく死美人の心臓から、トロリと流れ出したのです。そして、見るまに白いコンクリートの表面にあざやかな一輪の牡丹《ぼたん》の花が咲いたのです。

「掘り返してみるまでもありません。この柱には人間の死体が隠してあるのです。あなたの、いや菰田源三郎の夫人の死体が」

幽霊のように青ざめて、今にもそこへすわりそうな広介を、片手で抱きとめながら、

北見は普通の調子で、

「むろん私はこの一本の髪の毛からすべてのことを推察したわけではありません。人見広介が菰田源三郎になりすますためには、菰田夫人の存在が最大の障害にちがいない、という点に気がついたのです。それであなたと夫人の間柄を注意深く観察しているうちに、ふと夫人の姿が我々の眼界から消えてしまうようなことが起こりました。ほかの人はだましおおせても、私をだますことはできません。これはてっきりあなたが夫人を殺害したのだと察しました。殺害したからには死体の隠し場所があるはずです。あなたのような方はどんな場所をおえらびなさるでしょうね……。

ところで、私にとって好都合だったのは、これも、あなたはお忘れなすっているかもしれませんが『RAの話』にその隠し場所がちゃんと暗示されてあったのです。

あの小説にはRAという男が彼のアブノーマルな好みから、コンクリートの大円柱を立てる際に、昔の橋普請などの伝説をまねて（小説のことですから人を殺すのは自由自在です）、必要もないのにそのコンクリートの中へ、一人の女を人柱として生埋めにすることが書いてありました。

もしやと思って、夫人がこの島へこられた日をくって見ますと、ちょうどこの円柱の板囲いが出来上がって、セメントを流しこみはじめたころであったことがわかりました。実に安全な隠し場所ですね。あなたは、ただ人のいないときを見はからって、足場の上まで死体を抱き上げ、板囲いの中へ落としこみ、その上から二、三杯のセメントを流しておきさえすればよかったのですから。

ですが、夫人の髪の毛が一本だけコンクリートの外へもつれ出していたというのは、犯罪には何かしら思わぬ行き違いができるものですね」

もう広介は、他愛もなくくずおれて、円柱のちょうど千代子の血潮のあたりにもたれかかっていました。北見小五郎は、そのみじめな有様を気の毒そうにながめながら、でも考えていただけのことは言ってしまうつもりでした。

「それを逆にしますと、つまりあなたが夫人を殺害しなければならなかったということは、とりもなおさず、あなたが菰田源三郎ではなかったことです。わかりますか。この夫人の死体がさっきいった証拠の一つなのですよ。

むろんそれだけではありません。私はもう一つもっとも重大な証拠を握っております。たぶんもうおわかりだと思いますが、それはほかでもない菰田家の菩提寺の墓場にあるのです。

人々は氏の墓場から死骸が消えうせ、別の場所に菰田氏とそっくりの生きた人間が現われたのを見て、たちまち菰田氏が蘇生したものと信じきってしまいました。ですが棺桶の中から死体がなくなったといって、かならずしもその死体がよみがえったとはきめられません。死体はほかの場所へ運ばれているかもしれないからです。ほかの場所、それはもっと手近なところにいくつも棺桶が埋めてあるのですから、死体を運び出した者がそれをどこかへ隠そうとするなら、そのお隣の棺桶ほど究竟《きゅうきょう》の場所はありません。

なんとうまい手品ではありませんか。菰田源三郎の墓の隣には源三郎の祖父にあたる人の棺が埋めてあるのですが、そこには今、あなたの思い遣りのあるはからいで、お爺さんと孫とが、骨と骨とで抱き合って、仲よく眠っているのですよ」

北見小五郎がそこまで話し進んだとき、くずおれていた人見広介は、突然がばとはね起きて、薄気味わるく笑い出すのでした。

「ハハハハハ、いや、君はよくも調べ上げましたね。その通りです。寸分間違ったところはありません。だが、実をいうと、君のような名探偵をわずらわすまでもなく、僕はもう破滅に瀕していたのですよ。おそいか早いかの違いがあるばかりです。一時は僕もハッとして、君に手向かおうとまでしましたが、考え直してみると、そんなことをしたところで、わずか半月かひと月いまの歓楽を延ばすことができるだけです。それがなんでしょう。僕はもう作りたいだけのものを作り、したいだけのことをしました。思い残すところはありません。いさぎよく元の人見広介に返って、君の指図に従いましょう。打ち明けますと、さすがの菰田家の資産も、あとやっとひと月、この生活をささえるほどしか残っていないのですよ。しかし、君はさっき、僕みたいな男をむざむざ浮世の法律に裁かせたくないといわれたようでしたね。あれはどういう意味なんでしょうか」

「有難う。それを伺って私も本望です……。あの意味ですか、それは、警察なんかの手を借りないで、いさぎよく処決して頂きたいということです。東小路伯爵夫人のいいつけではありません。やはり、芸術につかえる一人のしもべとして、私一個人の願いなのですが」

「有難う。僕からもお礼をいわせてください。では、しばらく僕を自由にさせておいてくださるでしょうか。ほんの三十分ばかりでいいのですが」

「よろしいとも、島には数百人のあなたの召使いがいますけれど、あなたを恐ろしい犯罪者と知ったなら、まさか味方をするわけもないでしょうし、また味方をかり集めて、私との約束を反古になさるあなたでもありますまい。では、私はどこにお待ちしていればよいのでしょうか」

「花ぞのの湯の池のところで」

広介は言い捨てて、大円柱の向こうがわに見えなくなってしまいました。

25

それから十分ばかり後、北見小五郎は、あまたの裸女たちにまじって、湯の池の、におやかな湯気の中に半身を浸して、のどかな気持で、広介のくるのを待ち受けていました。

空はやっぱり一面の黒雲に覆われ、風はなし、目路《めじ》の限りの花の山は、銀鼠色に眠って、湯の池に漣《さざなみ》も立たず、そこにゆあみする数十人の裸女の群さえ、まるで死んだようにおし黙っているのです。北見の目には、その全体の景色が、何か憂鬱な天然の押絵のようにも見えたことでした。

そして十分二十分とすぎて行くあいだが、どのように長々しく感じられたことでしょう。いつまでも動かぬ空、花の山、暗い池、裸女の群、そして、それらをこめた夢のような鼠色。

しかし、やがて、人々は、池の片隅から打上げられた、時ならぬ花火の音に、ハッと我れに返り、次の瞬間空を見上げて、そこに咲き出でた光の花のあまりの美しさに、再び感嘆の叫びを上げないではいられませんでした。

それは、常の花火の五倍ほどの大きさで、それゆえほとんど空一杯にひろがって、一つの花というよりは、あらゆる花を集めて一輪にしたような、五色の花弁が、ちょうど万華鏡の感じで、くだるにしたがって、ハラハラとその色と形をかえながら、なおも広く広くとひろがって行くのでした。

夜の花火でもなく、そうかといって昼の花火とも違い、黒雲と銀鼠色の背景に、五色の光があやしき艶消しとなって、それが、刻一刻面積を拡げながら、ジリジリと釣り天井のようにくだってくる有様は、真実、魂も消えるばかりの眺めでした。

その時、北見小五郎は、くらめくような五色の光の下で、ふと数人の裸女の顔に、或いは肩に、紅色の飛沫を見たのです。

最初は湯気のしずくに花火の色がうつったのかと、そのまま見すごしていたのですが、やがて、紅の飛沫はますますはげしく降りそそぎ、彼自身の額や頬にも、異様の暖かなしたたりを感じて、それを手にうつして見れば、まごう方なき真紅のしずく、人の血潮にちがいないのでした。そして、彼の目の前の湯の表面に、フワフワただようものを、よく見れば、それは無残に引きさかれた人間の手首が、いつのまにかそこへ降っていたのです。

北見小五郎は、そのように血なまぐさい光景の中で、不思議に騒がぬ裸女たちをいぶかりながら、彼も又そのまま動くでもなく、池の畔《くろ》にじっと頭をもたせて、ぼんやりと、彼の胸のあたりにただよっている、生々しい手首の、花をひらいたまっかな切り口に見入りました。

かようにして、人見広介の五体は、花火とともに、粉微塵にくだけ、彼の創造したパノラマ国の、おのおのの景色の隅々までも、血潮と肉塊の雨となって、降りそそいだのでありました。

陰獣

1

私は時々思うことがある。

探偵小説家というものには二種類あって、一つの方は犯罪者型とでもいうか、犯罪ばかりに興味を持ち、たとえ推理的な探偵小説を書くにしても、犯人の残虐な心理を思うさま描かないでは満足しないような作家であるし、もう一つの方は探偵型とでもいうか、ごく健全で、理智的な探偵の径路にのみ興味を持ち、犯罪者の心理などにはいっこう頓着しない作家であると。

そして、私がこれから書こうとする探偵作家大江春泥《おおえしゅんでい》は前者に属し、私自身はおそらく後者に属するのだ。

したがって私は、犯罪を取扱う商売にもかかわらず、ただ探偵の科学的な推理が面白いので、いささかも悪人ではない。いや、おそらく私ほど道徳的な人間は少ないといってもいいだろう。

そのお人好しで善人な私が、偶然にもこの事件に関係したというのが、そもそも事の間違いであった。もし私が道徳的にもう少し鈍感であったならば、私にいくらかでも悪人の素質があったならば、私はこうまで後悔しなくてもすんだであろう。こんな恐ろしい疑惑の淵《ふち》に沈まなくてもすんだであろう。いや、それどころか、私はひょっとしたら、

いのだ。今頃《いまごろ》は美しい女房と身に余る財産に恵まれて、ホクホクもので暮らしていたかもしれな

事件が終ってから、だいぶ月日がたったので、あの恐ろしい疑惑はいまだに解けないけれど、私は生々しい現実を遠ざかって、いくらか回顧的になっている。それでこんな記録めいたものも書いてみる気になったのだが、そして、これを小説にしたら、なかなか面白い小説になるだろうと思うのだが、しかし私は終りまで書くことは書いたとしても、ただちに発表する勇気はない。なぜといって、この記録の重要な部分をなすところの小山田氏変死事件は、まだまだ世人の記憶に残っているのだから、どんなに変名を用い、潤色を加えてみたところで、誰も単なる空想小説とは受け取ってくれないだろう。したがって、広い世間にはこの小説によって迷惑を受ける人もないとは限らないし、また私自身それがわかっては恥かしくもあり不快でもある。というよりは、ほんとうをいうと私は恐ろしいのだ。事件そのものが、白昼の夢のように、正体のつかめぬ、変に無気味な事柄であったばかりでなく、それについて私の描いた妄想《もうそう》が、自分でも不快を感じるような恐ろしいものであったからだ。

私は今でも、それを考えると、青空が夕立雲で一ぱいになって、耳の底でドロンドロンと太鼓の音みたいなものが鳴り出す、そんなふうに眼の前が暗くなり、この世が変なものに思われてくるのだ。

そんなわけで、私はこの記録を今すぐ発表する気はないけれど、いつかは一度、これ

をもとにして私の専門の探偵小説を書いてみたいと思っている。これはいわばそのノートにすぎないのだ。やや詳しい心覚えにすぎないのだ。私はだから、これを正月のところだけで、あとは余白になっている古い日記帳へ、長々しい日記でもつける気持で、書きつけて行くのである。

私は事件の記述に先だって、この事件の主人公である探偵作家大江春泥の人となりについて、作風について、また彼の一種異様な生活について、詳しく説明しておくのが便利であるとは思うのだけれど、実は私は、この事件が起こるまでは、書いたものでは彼を知っていたし、雑誌の上で議論さえしたことがあるけれども、個人的の交際もなく、彼の生活もよくは知らなかった。それをやや詳しく知ったのは、事件が起こってから、私の友だちの本田という男を通じてであったから、春泥のことは、私が本田に聞き合わせ調べまわった事実を書くときにすることとして、出来事の順序にしたがって、私がこの変な事件に捲き込まれるに至った最初のきっかけから、筆を起こしていくのが最も自然であるように思う。

それは去年の秋、十月なかばのことであった。

私は古い仏像が見たくなって、上野の帝室博物館の、薄暗くガランとした部屋部屋を、足音を忍ばせて歩きまわっていた。部屋が広くて人けがないので、ちょっとした物音が怖いような反響を起こすので、足音ばかりではなく、咳ばらいさえ憚られるような気持だった。

博物館というものが、どうしてこうも不人気であるかと疑われるほど、そこには人の影がなかった。陳列棚の大きなガラスが冷たく光り、リノリウムには小さなほこりさえ落ちていなかった。お寺のお堂みたいに天井の高い建物は、まるで水の底ででもあるように、森閑と静まり返っていた。

ちょうど私が、ある部屋の陳列棚の前に立って、古めかしい木彫の菩薩像の、夢のようなエロティックに見入っていた時、うしろに、忍ばせた足音と、かすかな絹ずれの音がして、誰かが私の方へ近づいてくるのが感じられた。

私は何かしらゾッとして、前のガラスに映る人の姿を見た。そこには、今の菩薩像と影を重ねて、黄八丈のような柄《がら》の袷《あわせ》を着た、品のいい丸髷《まるまげ》姿の女が立っていた。女はやがて私の横に肩を並べて立ちどまり、私の見ていた同じ仏像にじっと眼を注ぐのであった。

私は、あさましいことだけれど、仏像を見ているような顔をして、時々チラチラと女の方へ眼をやらないではいられなかった。それほどその女は私の心を惹《ひ》いたのだ。

彼女は青白い顔をしていたが、あんなに好もしい青白さを私はかつて見たことがなかった。この世に若し人魚というものがあるならば、きっとあの女のように優艶な肌を持っているにちがいない。どちらかといえば昔風の瓜実顔《うりざねがお》で、眉も鼻も口も首筋も肩も、ことごとくの線が、優に弱々しく、なよなよとしていて、よく昔の小説家が形容したような、さわれば消えて行くかと思われる風情《ふぜい》であった。私は今でも、あの時の彼女のまつげの長い、夢見るようなまなざしを忘れることができない。

どちらがはじめ口を切ったのか、私は今、妙に思い出せないけれど、おそらくは私が何かのきっかけを作ったのであろう。彼女と私とはそこに並んでいた陳列品について二こと三こと口をきき合ったのが縁となって、それから博物館を一巡して、そこを出て上野の山内を山下へ通り抜けるまでの長いあいだ、道づれとなって、ポツリポツリといろいろのことを話し合ったのである。

そうして話をしてみると、彼女の美しさは一段と風情を増してくるのであった。中にも彼女が笑うときの、恥じらい勝ちな、弱々しさには、私はなにか古めかしい油絵の聖女の像でも見ているような、また、あのモナ・リザの不思議な微笑を思い起こすような、一種異様の感じにうたれないではいられなかった。彼女の糸切歯はまっ白で大きくて、笑うときには、唇の端がその糸切歯にかかって、謎《なぞ》のような曲線を作るのだが、右の頬の青白い皮膚の上の大きな黒子《ほくろ》が、その曲線に照応して、なんともいえぬ優しく懐かしい表情になるのだった。

だが、もし私が彼女の項《うなじ》にある妙なものを発見しなかったならば、彼女はただ上品で優しくて弱々しくて、さわれば消えてしまいそうな美しい人という以上に、あんなにも強く私の心を惹かなかったであろう。

彼女は巧みに衣紋《えもん》をつくろって、少しもわざとらしくなく、それを隠していたけれど、上野の山内を歩いているあいだに、私はチラと見てしまった。

彼女の項には、おそらく背中の方まで深く、赤痣《あかあざ》のようなミミズ脹《ば》れができていたのだ。それは生れつきの痣のようにも見えたし、又、そうではなくて、最近できた傷痕《きずあと》のようにも思われた。青白い滑らかな皮膚の上に、恰好《かっこう》のいいなよなよとした項の上に、赤黒い毛糸を這《は》わせたように見えるそのミミズ脹れが、その残酷味が、不思議にもエロティックな感じを与えた。それを見ると、今まで夢のように思われた彼女の美しさが、俄《にわ》かに生々しい現実味を伴なって、私に迫ってくるのであった。

話しているあいだに、彼女は、合資会社碌々商会の出資社員の一人である、実業家小山田六郎氏の夫人小山田静子であったことがわかってきたが、幸いなことには、彼女は探偵小説の読者であって、殊に私の作品は好きで愛読しているということで（それを聞いたとき、私はゾクゾクするほど嬉《うれ》しかったことを忘れない）、つまり作者と愛読者の関係が私たちを少しの不自然もなく親しませ、私はこの美しい人と、それきり別れてしまう本意なさを味わわなくてすんだ。私たちはそれを機縁に、それからたびたび手紙のやり取りをしたほどの間柄となったのである。

私は、若い女の癖に人けのない博物館などへきていた、静子の上品な趣味も好もしかったし、探偵小説の中でも最も理智的だといわれている、私の作品を愛読している彼女の好みも懐かしく、私はまったく彼女に溺れきってしまった形で、まことにしばしば彼女に意味もない手紙を送ったものであるが、それに対して、彼女は一々丁重な、女らしい返事をくれた。独身で淋しがりやの私は、このようなゆかしい女友だちをえたことを、どんなに喜んだことであろう。

2

小山田静子と私との手紙の上での交際は、そうして数か月のあいだつづいた。文通を重ねていくうちに、私は非常にびくびくしながら、私の手紙に、それとなく、ある意味を含ませていたことをいなめないのだが、気のせいか、静子の手紙にも、通り一ぺんの交際以上に、まことにつつましやかではあったが、何かしら暖かい心持がこめられてくるようになった。

打ちあけていうと、恥かしいことだけれど、私は、静子の夫の小山田六郎氏が、年も静子よりは余程とっている上に、その年よりも老けて見えるほうで、頭などもすっかりはげ上がっているような人だということを、苦心をしてさぐり出していたのだった。

それが、ことしの二月ごろになって、静子の手紙に妙なところが見えはじめた。彼女は何かしら非常に怖《こわ》がっているように感じられた。

「このごろ大変心配なことが起こりまして、夜も寝覚《ねざ》め勝ちでございます」

彼女はある手紙にこんなことを書いた。文章は簡単であったけれど、その文章の裏に、手紙全体に、恐怖におののいている彼女の姿が、まざまざと見えるようだった。

「先生は、同じ探偵作家でいらっしゃる大江春泥《おおえしゅんでい》というかたと、もしやお友だちではございませんでしょうか。そのかたのご住所がおわかりでしたら、お教えくださいませんかでしょうか」

ある時の手紙にはこんなことが書いてあった。

むろん私は大江春泥の作品はよく知っていたが、春泥という男が非常な人嫌いで、作家の会合などにも一度も顔を出さなかったので、個人的なつきあいはなかった。それに、彼は昨年のなかごろからぱったり筆を執らなくなって、どこへ引越してしまったか、住所さえわからないという噂《うわさ》を聞いていた。私は静子へその通り答えてやったが、彼女のこのごろの恐怖は、もしやあの大江春泥にかかわりがあるのではないかと思うと、私はあとで説明するような理由のために、なんとなくいやあな心持がした。

すると間もなく、静子から、

「一度ご相談したいことがあるから、お伺いしてもさしつかえないか」

という意味のはがきがきた。

私はその「ご相談」の内容をおぼろげには感じていたけれど、まさかあんな恐ろしい事柄だとは想像もしなかったので、愚かにも浮き浮きと嬉しがって、彼女との二度目の対面の楽しさを、さまざまに妄想していたほどであった。

「お待ちしています」

という私の返事を受取ると、すぐその日のうちに私を訪ねてきた静子は、私が下宿の玄関へ出迎えた時に、もう私を失望させたほども、うちしおれていて、彼女の「相談」というのがまた、私のさきの妄想などはどこかへ行ってしまったほど、異常な事柄だったのである。

「私ほんとうに思いあまって伺ったのでございます。先生なれば、聞いていただけるような気がしたものですから……でも、まだ昨今の先生に、こんな打ち割ったご相談をしましては、失礼ではございませんかしら」

その時、静子は例の糸切歯と黒子《ほくろ》の目立つ、弱々しい笑い方をして、ソッと私のほうを見上げた。

寒い時分で、私は仕事机の傍に紫檀《したん》の長火鉢《ながひばち》を置いていたが、彼女はその向こうがわに行儀よく坐って、両手の指を火鉢の縁にかけている。その指は彼女の全身を象徴するかのように、しなやかで、細くて、弱々しくて、といっても、決して痩せているのではなく、色は青白いけれど、決して不健康なのではなく、握りしめたならば、消えてしまいそうに弱々しいけれど、しかも非常に微妙な弾力を持っている。指ばかりではなく、彼女全体がちょうどそんな感じであった。

彼女の思いこんだ様子を見ると、私もつい真剣になって、

「私にできることなら」

と答えると、彼女は、

「ほんとうに気味のわるいことでございますの」

と前置きして、彼女の幼年時代からの身の上話をまぜて、次のような異様な事実を私に告げたのである。

そのとき静子の語った彼女の身の上を、ごく簡単にしるすと、彼女の郷里は静岡であったが、そこで彼女は女学校を卒業するという間際まで、至極幸福に育った。たった一つの不幸とも言えるのは、彼女が女学校の四年生の時、平田一郎という青年の巧みな誘惑に陥って、ほんの少しのあいだ彼と恋仲になったことであった。なぜそれが不幸かというに、彼女は十八の娘のちょっとした出来心から、恋のまねごとをしてみただけで、決して真から相手の平田青年を好いていなかったからだ。そして、彼女の方ではほんとうの恋でなかったのに、相手は真剣であったからだ。

彼女はうるさくつきまとう平田一郎を避けよう避けようとする。そうされればされるほど、青年の執着は深くなる。はては、深夜黒い人影が彼女の家の塀《へい》そとをさまよったり、気味のわるい脅迫状《きょうはくじょう》が舞い込んだりしはじめた。十八の娘は、彼女の出来心の恐ろしい報いに震え上がってしまった。両親もただならぬ娘の様子に心づいて胸をいためた。

ちょうどそのとき、静子にとっては、むしろそれが幸いであったともいえるのだが、彼女の一家に大きな不幸がきた。当時経済界の大変動から、彼女の父は弥縫《びほう》のできない多額の借財を残し、商売をたたんで、ほとんど夜逃げ同然に、彦根在のちょっとした知るべをたよって、身を隠さねばならぬ羽目となった。

この予期せぬ境遇の変動のために、静子は今少しというところで、女学校を中途退学しなければならなかったけれど、一方では、突然の転宅によって、気味のわるい平田一郎の執念から逃れることができたので、彼女はホッと胸なでおろす気持だった。

彼女の父親はそれが元で、病の床につき、間もなく死んで行ったが、それから、たった二人になった母親と静子の上に、しばらくのあいだみじめな生活がつづいた。だが、その不幸は大して長くはなかった。やがて、彼女らが世を忍んでいた同じ村の出身者である、実業家の小山田氏が、彼女らの前に現われた。それが救いの手であった。

小山田氏は或《あ》る垣間見《かいまみ》に静子を深く恋して、伝手《つて》を求めて結婚を申し込んだ。静子も小山田氏が嫌《きら》いではなかった。年こそ十歳以上も違っていたけれど、小山田氏のスマートな紳士振りに、或るあこがれを感じていた。縁談はスラスラと運んで行った。小山田氏は母親と共に、花嫁の静子を伴なって東京の屋敷に帰った。

それから七年の歳月が流れた。彼らが結婚してから三年目かに、静子の母親が病死したこと、それからしばらくして小山田氏が会社の要務を帯びて、二年ばかり海外に旅をしたこと（帰朝したのはつい一昨年の暮れであったが、その二年のあいだ、静子は毎日、茶、花、音楽の師匠に通よって、独り住まいの淋しさをなぐさめていたのだと語った）などを除いては、彼らの一家にはこれという出来事もなく、夫婦の間柄も至極《しごく》円満に、仕合わせな月日がつづいた。

夫の小山田氏は大の奮闘家で、その七年間にメキメキと財をふやして行った。そして、今では同業者のあいだに押しも押されもせぬ地盤を築いていた。

「ほんとうにお恥かしいことですけれど、わたくし、結婚のとき、小山田に嘘《うそ》をついてしまったのでございます。その平田一郎のことを、つい隠してしまったのでございます」

静子は恥かしさと悲しさのために、あのまつげの長い眼をふせて、そこに一ぱい涙さえためて、小さな声で細々《ほそぼそ》と語るのであった。

「小山田は平田一郎の名をどこかで聞いていて、いくらか疑っていたようでございましたが、わたくし、あくまで小山田のほかには男を知らないと言い張って、平田との関係を秘し隠しに隠してしまったのでございます。そして、その嘘を今でもつづけているのでございます。小山田が疑えば疑うだけ、私は余計に隠さなければならなかったのでございます。

人の不幸って、どんなところに隠れているものか、ほんとうに恐ろしいと思いますわ。七年前の嘘が、それも決して悪意でついた嘘ではありませんでしたのに、こんなにも恐ろしい姿で、今わたくしを苦しめる種になりましょうとは。

わたくし、平田のことなんか、ほんとうに忘れきってしまっていたのでございます。突然平田からあんな手紙がきましたときにも、平田一郎という差出人の名前を見ましても、しばらくは誰であったか思い出せないほど、わたくし、すっかり忘れきっていたのでございます」

静子はそういって、その平田からきたという数通の手紙を見せた。私はそれらの手紙の保管を頼まれて、今でもここに持っているが、そのうち最初に来たものは、話の筋を運んで行くのに都合がよいから、それをここに貼《は》りつけておくことにしよう。

静子さん。私はとうとう君を見つけた。

君の方では気がつかなかったけれど、私は君に出会った場所から君を尾行して、君の屋敷を知ることができた。小山田という今の君の姓もわかった。

君はまさか平田一郎を忘れはしないだろう。どんなに虫の好かぬやつだったかを覚えているだろう。

私は君に捨てられてどれほど悶《もだ》えたか、薄情な君にはわかるまい。悶えに悶えて、深夜君の屋敷のまわりをさまよったこと幾度《いくたび》であろう。だが君は、私の情熱が燃え立てば燃え立つほど、ますます冷《ひや》やかになって行った。私を避け、私を恐れ、ついには私を憎んだ。

君は恋人から憎まれた男の心持を察することができるか。私の悶えが嘆きとなり、嘆きが恨みとなり、恨みが凝《こ》って、復讐《ふくしゅう》の念と変って行ったのが無理であろうか。

君が家庭の事情を幸いに、一言の挨拶もなく、逃げるように私の前から消え去ったとき、私は数日、飯も食わないで書斎に坐り通していた。そして、私は復讐を誓ったのだ。

私は若かったので、君の行方《ゆくえ》を探すすべを知らなかった。多くの債権者を持つ君の父親は、誰にもその行く先を知らせないで姿をくらましてしまった。私はいつ君に会えることかわからなかった。だが、私は長い一生を考えた。一生のあいだ君に会わないで終ろうとはどうしても考えられなかった。

私は貧乏だった。食うためには働かねばならぬ身の上だった。一つはそれが、あくまで君の行方を尋ねまわることを妨げたのだ。一年、二年、月日は矢のように過ぎ去って行ったが、私はいつまでも貧困と戦わねばならなかった。そして、その疲労が、忘れるともなく君への恨みを忘れさせた。私は食うことで夢中だったのだ。

だが、三年ばかり前、私に予期せぬ幸運がめぐってきた。私はあらゆる職業に失敗して、失望のどん底にあるとき、うさはらしに一篇の小説を書いた。それが機縁となって、私は小説で飯の食える身分となったのだ。

君は今でも小説を読んでいるのだから、多分大江春泥《おおえしゅんでい》という探偵小説家を知っているだろう。彼はもう一年ばかり何も書かないけれど、世間の人はおそらく彼の名前を忘れてはいない。その大江春泥こそかくいう私なのだ。

君は、私が小説家としての虚名に夢中になって、君に対する恨みを忘れてしまったとでも思うのか。否《いな》、否《いな》、私のあの血みどろな小説は、私の心に深き恨みを蔵していたからこそ書けたともいえるのだ。あの猜疑《さいぎ》心、あの執念、あの残虐、それらがことごとく私の執拗なる復讐心から生れたものだと知ったなら、私の読者たちはおそらく、そこにこもる妖気に身震いを禁じ得なかったであろう。

静子さん、生活の安定を得た私は、金と時間の許す限り、君を探し出すために努力した。もちろん君の愛を取り戻そうなどと、不可能な望みをいだいたわけではない。私にはすでに妻がある。生活の不便を除くために娶《めと》った、形ばかりの妻がある。だが、私にとって、恋人と妻とは全然別個のものだ。つまり、妻を娶ったからといって、恋人への恨みを忘れる私ではないのだ。

静子さん。今こそ私は君を見つけ出した。

私は喜びに震えている。私は多年の願いを果たす時が来たのだ。私は長いあいだ、小説の筋を組み立てるときと同じ喜びをもって、君への復讐手段を組み立ててきた。最も君を苦しめ、君を怖がらす方法を熟慮してきた。いよいよそれを実行する時がきたのだ。私の歓喜を察してくれたまえ。君は警察そのほかの保護を仰ぎ、私の計画を妨げることはできない。私の方にはあらゆる用意ができているのだ。

ここ一年ばかりというもの、新聞記者、雑誌記者のあいだに私の行方不明が伝えられている。これは何も君への復讐のためにしたことではなく、私の厭人癖《えんじんへき》と秘密好みから出た逃避なのだが、それが計らずも役に立った。私は一そうの綿密さをもって世間から私の姿をくらますであろう。そして、着々君への復讐計画を進めて行くであろう。

君は私の計画を知りたがっているにちがいない。だが、私は今その全貌《ぜんぼう》を洩《も》らすことはできぬ。恐怖は徐々に迫って行くほど効果があるからだ。

しかし、君がたって聞きたいというならば、私は私の復讐事業の一端を洩らすことを惜しむものではない。例えば、私は今から四日以前、即ち一月三十一日の夜、君の家の中で君の身辺に起こったあらゆる些事《さじ》を、寸分の間違いもなく君に告げることができる。

午後七時より七時半まで、君は君たちの寝室にあてられている部屋の小机にもたれて小説を読んだ。小説は広津柳浪の短篇集「変目伝」。その中の「変目伝」だけ読了した。七時半より七時四十分まで、女中に茶菓を命じ、風月の最中《もなか》を二箇、お茶を三碗喫《きっ》した。七時四十分より上厠《じょうし》、約五分にして部屋へ戻った。それより九時十分ごろまで、編物をしながら物思いにふけった。

九時十分主人帰宅。九時二十分頃より十時少し過ぎまで、主人の晩酌の相手をして雑談した。その時、君は主人に勧められてグラスに半分ばかり葡萄酒を喫した。その葡萄酒は口をあけたばかりのもので、コルクの小片がグラスにはいったのを、君は指でつまみ出した。晩酌を終るとすぐ、女中に命じて二つの床をのべさせ、両人上厠ののち就寝した。

それから十一時まで両人とも眠らず。君が再び君の寝床に横たわった時、君の家のおくれたボンボン時計が十一時を報じた。

君はこの汽車の時間表のように忠実な記録を読んで、恐怖を感じないでいられるだろうか。

二月三日深夜　　　　　　　　　　　　　　　　　　　　　　　　復讐者より

我が生涯より恋を奪いし女へ

「わたくし、大江春泥という名前は可なり以前から存じておりましたけれど、それが平田一郎の筆名でしょうとは、ちっとも存じませんでした」

静子は気味わるそうに説明した。

事実、大江春泥の本名を知っている者は、私たち作家仲間にも少ないくらいであった。私にしても、彼の著書の奥付を見たり、私の所へよくくる本田が、本名で彼の噂をするのを聞かなかったら、いつまでも平田という名前を知らなかったであろう。それほど彼は人嫌いで、世間に顔出しをせぬ男であった。

平田のおどかしの手紙は、そのほかに三通ばかりあったが、いずれも大同小異で（消印はどれもこれも違った局のであった）復讐の呪詛《じゅそ》の言葉のあとに、静子の或る夜の行為が、細大洩らさず正確な時間を付け加えて記入してあることに変りはなかった。殊にも、彼女の寝室の秘密は、どのような隠微な点までも、はれがましくもまざまざと描き出されていた。顔の赤らむような或る仕草、或る言葉さえもが、冷酷に描写してあった。

静子はそのような手紙を他人に見せることがどれほど恥かしく苦痛であったか、察するに余りあったが、それを忍んでまで、彼女が私を相談相手に選んだのは、よくよくのことといわねばならぬ。それは一方では、彼女が過去の秘密を、つまり彼女が結婚以前すでに処女でなかったという事実を夫の六郎氏に知られることを、どれほど恐れていたかということを示すものであり、同時にまた一方では、彼女の私に対する信頼がどんなに厚いかということを証するわけでもあった。

「わたくし、主人がわの親類のほかには、身内といっては一人もございませんし、お友だちにこんなことを相談するような親身のかたはありませんし、ほんとうにぶしつけだとは思いましたけれど、わたくし、先生におすがりすれば、私がどうすればいいかを、お教えくださるでしょうと思いましたものですから」

彼女にそんなふうにいわれると、この美しい女がこんなにも私をたよっているのかと、私は胸がワクワクするほど嬉しかった。私が大江春泥と同じ探偵作家であったこと、少なくとも小説の上では、私がなかなか巧みな推理家であったことなどが、彼女が私を相談相手に選んだ幾分の理由をなしていたにはちがいないが、それにしても、彼女が私に対して余程の信頼と好意を持っていないでは、こんな相談がかけられるものではないのだ。

いうまでもなく、私は静子の申し出を容れて、できるだけの助力をすることを承諾した。

大江春泥が静子の行動を、これほど巨細《こさい》に知るためには、小山田家の召使いを買収するか、彼自身が邸内に忍び込んで静子の身近く身をひそめているか、またはそれに近い悪企みが行われていたと考えるほかはなかった。彼の作風から推察しても、春泥はそんな変てこなまねをしかねない男なのだから。

私はそれについて、静子の心当たりを尋ねてみたが、不思議なことには、そのような形跡は少しもないということであった。召使いたちは気心のわかった長年住み込みものばかりだし、屋敷の門や塀などは、主人が人一倍神経質のほうで、可なり厳重にできているし、それにたとえ邸内に忍び込めたところで、召使いたちの眼にふれないで、奥まった部屋にいる静子の身辺に近づくことは、ほとんど不可能だということであった。

だが、実をいうと、私は大江春泥の実行力を軽蔑していた。高が探偵小説家の彼に、どれほどのことができるものか。せいぜいお手のものの手紙の文章で静子を怖がらせるくらいのことで、とてもそれ以上の悪企みが実行できるはずはないと、たかを括《くく》っていた。彼がどうして静子の細かい行動を探り出したかは、いささか不思議ではあったが、これも彼のお手のものの手品使いみたいな機智で、大した手数もかけないで、誰かから聞き出してでもいるのだろうと、軽く考えていた。私はその考えを話して静子をなぐさめ、私にはそのほうの便宜もあるので、大江春泥の所在をつきとめ、できれば彼に意見を加えて、こんなばかばかしいいたずらを中止させるように計らうからと、それはかたく請合って、静子を帰したのであった。

私は大江春泥の脅迫めいた手紙について、あれこれと詮議立てすることよりは、優しい言葉で静子をなぐさめることのほうに力をそそいだ。むろん私にはそれが嬉しかったからだ。そして、別れるときに、私は、

「このことは一切ご主人にお話しなさらん方がいいでしょう。あなたの秘密を犠牲になさるほどの大した事件ではありませんよ」

というようなことを言った。愚かな私は、彼女の主人さえ知らぬ秘密について、彼女と二人きりで話し合う楽しみを、できるだけ長くつづけたかったのだ。

しかし、私は大江春泥の所在をつきとめる仕事だけは、実際やるつもりであった。私は、以前から私と正反対の傾向の春泥を、ひどく虫が好かなかった。女の腐ったような

猜疑に満ちた繰り言で、変態読者をやんやといわせて得意がっている彼が、無性に癪にさわっていた。だから、あわよくば、彼のこの陰険な不正行為をあばいて、吠《ほ》え面をかかせてやりたいものだとさえ思っていた。私は大江春泥の行方を探すことが、あんなにむずかしかろうとは、まるで予想していなかったのだ。

3

大江春泥は彼の手紙にもある通り、今から四年ばかり前、商売違いの畑から突如として現われた探偵小説家であった。

彼が処女作を発表すると、当時日本人の書いた探偵小説というものがほとんどなかった読書界は、物珍しさに非常な喝采を送った。大げさにいえば彼は一躍して読物界の寵《ちょう》児《じ》になってしまったのだ。

彼は非常に寡作《かさく》ではあったが、それでもいろいろな新聞雑誌につぎつぎと新らしい小説を発表して行った。それは一つ一つ、血みどろで、陰険で、邪悪で、一読肌に粟を生じるていの、無気味ないまわしいものばかりであったが、それがかえって読者を惹きつける魅力となり、彼の人気はなかなか衰えなかった。

私もほとんど彼と同時ぐらいに、従来の少年少女小説から探偵小説の方へ鞍替えしたのであったが、そして人の少ない探偵小説界では、相当名前を知られるようにもなったのであるが、大江春泥と私とは作風が正反対といってもいいほど違っていた。

彼の作風が暗く、病的で、ネチネチしていたのに反して、私のは明るく、常識的であった。当然の勢いとして、私たちは妙に製作を競い合うような形になっていた。そして、お互いに作品をけなし合いさえした。といっても、癪にさわることには、けなすのは多くは私のほうで、春泥はときたま私の議論を反駁してくることもあったが、たいていは超然として沈黙を守っていた。そして、つぎつぎと恐ろしい作品を発表して行った。

私はけなしながらも、彼の作にこもる一種の妖気にうたれないではいられなかった。彼は何かしら燃え立たぬ陰火のような情熱を持っていた。えたいの知れぬ魅力が読者をとらえた。それが彼の手紙にあるように、静子への執念深い怨恨からであったとすれば、やや肯《うなず》くことができるのだが。

実をいうと、私は彼の作品が喝采されるごとに、言いようのない嫉妬を感じずにはいられなかった。私は子供らしい敵意をさえいだいた。どうかしてあいつに打ち勝ってやりたいという願いが、絶えず私の心の隅にわだかまっていた。

だが、彼は一年ばかり前から、ぱったり小説を書かなくなり、所在をさえくらましてしまった。人気が衰えたわけでもなく、雑誌記者などはさんざん彼の行方を探しまわったほどであったが、どうしたわけか、彼はまるで行方不明であった。私は虫の好かぬ彼ではあったが、さていなくなってみれば、ちょっと淋しくもあった。子供らしい言いかたをすれば、好敵手を失ったという物足りなさが残った。

そういう大江春泥の最近の消息が、しかも極めて変てこな消息が、小山田静子によってもたらされたのだ。私は恥かしいことだけれど、かくも奇妙な事情のもとに、昔の競争相手と再会したことを、心ひそかに喜ばないではいられなかった。

だが、大江春泥が探偵物語の組み立てに注いだ空想を、一転して実行にまで押し進めて行ったことは、考えてみれば、或いは当然の成り行きであったかもしれない。

このことは世間ではおおかたは知っているはずだが、或る人がいったように、彼は一個の「空想的犯罪生活者」であった。彼は、ちょうど殺人鬼が人を殺すのと同じ興味をもって、同じ感激をもって、原稿紙の上に彼の血みどろの犯罪生活を営んでいたのだ。

彼の読者は、彼の小説につきまとっていた一種異様の鬼気を記憶するであろう。彼の作品が常に並々ならぬ猜疑心、秘密癖、残虐性をもって満たされていたことを記憶するであろう。彼は或る小説の中で、次のような無気味な言葉をさえ洩らしていた。

「ついに彼は単なる小説では満足できない時がくるのではありますまいか。彼はこの世の味気なさ、平凡さにあきあきして、彼の異常な空想を、せめては紙の上に書き現わすことを楽しんでいたのです。それが彼が小説を書きはじめた動機だったのです。でも、彼はいま、その小説にさえあきあきしてしまいました。この上は、彼はいったいどこに刺戟を求めたらいいのでしょう。犯罪、ああ、犯罪だけが残されていました。あらゆることをしつくした彼の前に、世にも甘美なる犯罪の戦慄だけが残されていました」

彼はまた作家としての日常生活においても、甚だしく風変りであった。彼の厭人病と秘密癖は、作家仲間や雑誌記者のあいだに知れわたっていた。訪問者が彼の書斎に通されることは極めて稀であった。彼はどんな先輩にも平気で玄関払いを喰わせた。それに、彼はよく転宅したし、ほとんど年中病気と称して、作家の会合などにも顔を出したことがなかった。

噂によると、彼は昼も夜も万年床の中に寝そべって、食事にしろ、執筆にしろ、すべて寝ながらやっているということであった。そして、昼間も雨戸をしめ切って、わざと五燭の電燈をつけて、薄暗い部屋の中で、彼一流の無気味な妄想を描きながら、うごめいているのだということであった。

私は彼が小説を書かなくなって、行方不明を伝えられたとき、ひょっとしたら、彼はよく小説の中で言っていたように、浅草あたりのゴミゴミした裏町に巣をくって、彼の妄想を実行しはじめたのではあるまいかと、ひそかに想像をめぐらしていたのだが、果たせるかな、それから半年もたたぬうちに、彼は正しく一個の妄想実行者として、私の前に現われたのであった。

私は春泥の行方を探すのには、新聞社の文芸部か雑誌社の外交記者に聞き合わせるのが最も早道であると考えた。それにしても、春泥の日常が甚だしく風変りで、めったに訪問者にも会わなかったというほどだし、雑誌社などでも、一応は彼の行方を探したあとなのだから、よほど彼と昵懇《じっこん》であった記者を捉えなければならぬのだが、幸いにもちょうどおあつらえ向きの人物が、私の心やすい雑誌記者の中にあった。

それはその道では敏腕の聞こえ高い博文館の本田という外交記者で、彼はほとんど春泥係りのように、春泥に原稿を書かせる仕事をやっていた時代があったし、彼はその上、外交記者だけあって、探偵的な手腕もなかなかあなどりがたいものがあるのだ。

そこで、私は電話をかけて、本田にきてもらって、先ず私の知らない春泥の生活について尋ねたのであるが、すると、本田はまるで遊び友だちのような呼び方で、

「春泥ですか。あいつけしからんやつじゃ」

と大黒様のような顔をニヤニヤさせて、さてこころよく私の問いに答えてくれた。

本田のいうところによると、春泥は小説を書きはじめたころは郊外の池袋の小さな借家に住んでいたが、それから文名が上がり、収入が増すにしたがって、少しずつ手広な家へ（といっても、たいていは借家だったが）転々として移り歩いた。牛込の喜久井町、根岸、谷中初音町、日暮里金杉など、本田はそうして春泥の約二年間に転居した場所を七つほど列挙した。

根岸へ移り住んだころから、春泥はようやくはやりっ子となり、雑誌記者などがずいぶんおしかけたものであるが、彼の人嫌いはその当時からで、いつも表戸をしめて、奥さんなどは裏口から出入りしているといったふうであった。

折角訪ねても会ってはくれず、留守を使っておいて、あとから手紙で、「私は人嫌いだから、用件は手紙で申し送ってくれ」という詫状がきたりするので、たいていの記者はへこたれてしまい、春泥に会って話をしたものは、ほんのかぞえるほどしかなかった。

小説家の奇癖には馴れっこになっている雑誌記者も、春泥の人嫌いをもてあましていた。

しかし、よくしたもので、春泥の細君というのが、なかなかの賢夫人で、本田は原稿の交渉や催促なども、この細君を通じてやることが多かった。

でも、その細君に逢うのもなかなか面倒で、表戸が締まっている上に、「病中面会謝絶」とか「旅行中」とか、「雑誌記者諸君。原稿の依頼はすべて手紙で願います。面会はお断わりです」などと手厳しい掛け札さえぶら下がっているのだから、さすがの本田も辟易《へきえき》して、空しく帰る場合も一度ならずあった。

そんなふうだから、転居をしても一々通知状を出すではなく、すべて記者の方で郵便物などを元にして探し出さなければならないのだった。

「春泥と話をしたり、細君と冗談口をきき合ったものは、雑誌記者多しといえども、おそらく僕ぐらいなもんでしょう」

本田はそういって自慢をした。

「春泥って、写真を見るとなかなか好男子だが、実物もあんなかね」

私はだんだん好奇心を起こして、こんなことを聞いて見た。

「いや、どうもあの写真はうそらしい。本人は若い時の写真だっていってましたが、どうもおかしいですよ。春泥はあんな好男子じゃありませんよ。いやにブクブク肥っていて、運動をしないせいでしょう(いつも寝ているんですからね)、顔の皮膚なんか、肥っているくせに、ひどくたるんでいて、シナ人のように無表情で、眼なんか、ドロンとにごっていて、いってみれば土左衛門みたいな感じなんですよ。それに非常な話し下手で無口なんです。あんな男に、どうしてあんなすばらしい小説が書けるかと思われるくらいですよ。

宇野浩二の小説に『人癲癇』というのがありましたね。春泥はちょうどあれですよ。寝餅胝《ねだこ》ができるほども寝たっきりなんですからね。僕は二、三度しか会ってませんが、いつだって、あの男は寝ていて話をするんです。寝ていて食事をするというのも、あの調子ならほんとうですよ。

ところが、妙ですね。そんな人嫌いで、しょっちゅう寝ている男が、時々変装なんかして浅草辺をぶらつくっていう噂ですからね。しかもそれがきまって夜中なんですよ。ほんとうに泥棒かコウモリみたいな男ですね。僕思うに、あの男は極端なはにかみ屋じゃないでしょうか。つまりあのブクブクした自分のからだなり顔なりを、人に見せるのがいやなのではないでしょうか。文名が高まれば高まるほど、あのみっともない肉体がますます恥かしくなってくる。そこで友だちも作らず訪問者にも会わないで、そのうめ合わせには夜などコッソリ雑沓の巷をさまようのじゃないでしょうか。春泥の気質や細君の口裏などから、どうもそんなふうに思われるのですよ」

本田はなかなか雄弁に、春泥の面影を形容するのであった。そして、彼は最後に実に奇妙な事実を報告したのである。

「ところがね、寒川さん、ついこのあいだのことですが、僕、あの行方不明の大江春泥に会ったのですよ。余り様子が変っていたので挨拶もしなかったけれど、確かに春泥にちがいないのです」

「どこで、どこで？」

私は思わず聞き返した。

「浅草公園ですよ。僕その時、実は朝帰りの途中で、酔いがさめきっていなかったのかもしれませんがね」

本田はニヤニヤして頭をかいた。

「ほら来々軒っていうシナ料理があるでしょう。あすこの角のところに、まだ人通りも少ない朝っぱらから、まっ赤なとんがり帽に道化服の、よく太った広告ビラくばりが、ヒョコンと立っていたのです。なんとも夢みたいな話だけど、それが大江春泥だったのですよ。ハッとして立ち止まって、声をかけようかどうしようかと思い迷っているうちに、相手のほうでも気づいたのでしょう。しかしやっぱりボヤッとした無表情な顔で、クルッとうしろ向きになると、そのまま大急ぎで向こうの路地へはいって行ってしまいました。よっぽど追っかけようかと思ったけれど、あの風体じゃ挨拶するのもかえって変だと考えなおして、そのまま帰ったのですが」

大江春泥の異様な生活を聞いているうちに、私は悪夢でも見ているような不愉快な気持になってきた。そして、彼が浅草公園で、とんがり帽と道化服をつけて立っていたと聞いたときには、なぜかギョッとして、総毛立つような感じがした。

彼の道化姿と静子への脅迫状とに、どんな因果関係があるのか、私にはわからなかったが（本田が浅草で春泥に会ったのは、ちょうど第一回の脅迫状がきた時分らしかった。なんにしても）、うっちゃってはおけないという気がした。

私はその時ついでに、静子から預かっていた、例の脅迫状のなるべく意味のわからないような部分を、一枚だけ選び出して、それを本田に見せ、果たして春泥の筆蹟かどうかを確かめることを忘れなかった。

すると彼は、これは春泥の手蹟にちがいないと断言したばかりでなく、形容詞や仮名遣いの癖まで、春泥でなくては書けない文章だといった。彼はいつか、春泥の筆癖をまねて小説を書いてみたことがあるので、それがよくわかるが、「あのネチネチした文章は、ちょっとまねができませんよ」というのだ。私も彼のこの意見には賛成であった。数通の手紙の全体を読んでいる私は、本田以上に、そこに漂っている春泥の匂いを感じていたのである。

そこで、私は本田に、でたらめの理由をつけて、なんとかして春泥のありかをつき止めてくれないかと頼んだのである。

本田は、「いいですとも、僕にお任せなさい」と安請合いをしたが、私はそれだけでは安心がならず、私自身も本田から聞いた春泥の住んでいたという、上野桜木町三十二番地へ出かけて行って、近所の様子を探ってみることにした。

4

翌日、私は書きかけの原稿をそのままにしておいて、桜木町へ出かけ、近所の女中だとか出入商人などをつかまえて、いろいろと春泥一家のことを聞きまわってみたが、本田のいったことが決して嘘でなかったことを確かめた以上には、春泥のその後の行方については何事もわからなかった。

あの辺は小さな門などのある中流住宅が多いので、隣同士でも、裏長屋のように話し合うことはなく、行く先を告げずに引越して行ったというくらいのことしか、誰も知らなかった。むろん大江春泥の表札など出していないので、彼が有名な小説家だと知っている人もなかった。トラックを持って荷物を取りにきた引越し屋さえ、どこの店だかわからないので、私は空しく帰るほかはなかった。

ほかに方法もないので、私は急ぎの原稿を書くひまひまには、毎日のように本田に電話をかけて、捜索の模様を聞くのだが、いっこうこれという手掛りもないらしく、五日六日と日がたって行った。そして、私たちがそんなことをしているあいだに、春泥の方では彼の執念深い企らみを着々と進めていたのであった。

或る日小山田静子から私の宿へ電話がかかって、大変心配なことができたから、一度おいで願いたい。主人は留守だし、召使いたちも、気のおけるような者は、遠方に使いに出して待っているからということであった。彼女は自宅の電話を使わず、わざわざ公衆電話からかけたらしく、彼女がこれだけのことをいうのに、非常にためらい勝ちであったものだから、途中で三分の時間がきて、一度電話が切れたほどであった。

主人の留守を幸い、召使いは使いに出して、ソッと私を呼び寄せるという、このなまめかしい形式が、ちょっと私を妙な気持にした。もちろんそれだからというのではないが、私はすぐさま承諾して、浅草山《やま》の宿《しゅく》にある彼女の家を訪ねた。

小山田家は商家と商家のあいだを奥深くはいったところにある、ちょっと昔の寮といった感じの古めかしい建物であった。正面から見たのではわからぬけれど、たぶん裏を大川が流れているのではないかと思われた。だが、寮の見立てにふさわしくないのは、新らしく建て増したと見える建物を取り囲んだ、甚だしく野暮なコンクリート塀と（その塀の上部には盗賊よけのガラスの破片さえ植えつけてあった）、母屋《おもや》の裏の方にそびえている二階建ての西洋館であった。その二つのものが、いかにも昔風の日本建てと不調和で、金持ち趣味の泥臭い感じを与えていた。

刺を通じると、田舎者らしい少女の取次ぎで、洋館の方の応接間へ案内されたが、そこには、静子がただならぬ様子で待ちかまえていた。

彼女は幾度も幾度も、私を呼びつけたぶしつけを詫びたあとで、なぜか小声になって、

「先ずこれを見てくださいまし」

といって一通の封書をさし出した。そして、何を恐れるのか、うしろを見るようにし

て、私の方へすり寄ってくるのだった。それはやっぱり大江春泥からの手紙であったが、内容がこれまでのものとは少々違っているので、左にその全文を貼りつけておくことにする。

静子、お前の苦しんでいる様子が眼に見えるようだ。

お前が主人には秘密で、私の行方をつきとめようと苦心していることも、ちゃんと私にはわかっている。だが、むだだから止すがいい。たとえお前に私の脅迫を主人に打ち明ける勇気があり、その結果、警察の手をわずらわしたところで、私の所在はわかりっこはないのだ。私がどんなに用意周到な男であるかは、私の過去の作品を見てもわかるはずではないか。

さて、私の小手調べもこの辺で打ち切りどきだろう。私の復讐事業は第二段に移る時期に達したようだ。

それについて、私は少しく君に予備知識を与えておかねばなるまい。私がどうしてあんなにも正確に、夜ごとのお前の行為を知ることができたか、もうお前にもおおかた想像がついているだろう。つまり、私はお前を発見して以来、影のようにお前の身辺につきまとっているのだ。お前のほうからはどうしても見ることはできないけれど、私のほうからはお前が家に居るときも、外出したときも、寸時の絶えまもなくお前の姿を凝視しているのだ。私はお前の影になりきってしまったのだ。現にいま、お前がこの手紙を読んで震えている様子をも、お前の影である私は、どこかの隅から、眼を細めてじっと眺めているかもしれないのだ。

　お前も知っている通り、私は夜ごとのお前の行為を眺めているうちに、当然お前たちの夫婦仲の睦《むつ》まじさを見せつけられた。私はむろん烈しい嫉妬を感じないではいられなかった。

　これは最初復讐《ごう》計画を立てたとき、勘定に入れておかなかった事柄だったが、しかし、そんなことが毫も私の計画を妨げなかったばかりか、かえって、この嫉妬は私の復讐心を燃え立たせる油となった。そして私は私の予定にいささかの変更を加えるほうが、一そう私の目的にとって有効であることを悟った。

　というのは、ほかでもない。最初の予定では、私はお前をいじめにいじめぬき、怖がらせに怖がらせぬいた上で、おもむろにお前の命を奪おうと思っていたのだが、このあいだからお前たちの夫婦仲を見せつけられるに及んで、お前を殺すに先だって、お前を愛している夫の命を、お前の眼の前で奪い、それから、その悲嘆を充分に味わわせた上で、お前の番にしたほうが、なかなか効果的ではないかと考えるようになった。そして、私はそれにきめたのだ。

　だが慌てることはない。私はいつも急がないのだ。第一この手紙を読んだお前が、充分苦しみ抜かぬうちに、その次の手段を実行するというのは、余りにもったいないことだからな。

復讐鬼より

三月十六日深夜

静子殿

この残忍酷薄をきわめた文面を読むと、私もさすがにゾッとしないではいられなかった。そして、人でなし大江春泥を憎む心が幾倍するのを感じた。

だが、私が恐れをなしてしまったのでは、あのいじらしく打ちしおれた静子を誰がなぐさめるのだ。私はしいて平気をよそおいながら、この脅迫状が小説家の妄想にすぎないことを、くり返して説くほかはなかった。

「どうか、先生、もっとお静かにおっしゃってくださいまし」

私が熱心にくどき立てるのを聞こうともせず、静子は何かほかのことに気をとられているふうで、時々じっと一つ所を見つめて、耳をすます仕草をした。そして、さも、誰かが立ち聞きでもしているかのように声をひそめるのだった。彼女の唇は、青白い顔色と見分けられぬほど色を失っていた。

「先生、わたくし、頭がどうかしたのではないかと思いますわ。でも、あんなことが、ほんとうだったのでしょうか」

静子は気でも違ったのではないかと疑われる調子で、ささやき声で、わけのわからぬことを口走るのだ。

「何かあったのですか」

私も誘い込まれてつい物々しいささやき声になっていた。

「この家の中に平田さんがいるのでございます」

「どこですか」

私は彼女の意味が呑み込めないで、ぼんやりしていた。

すると、静子は思いきったように立ちあがって、まっ青になって、私をさし招くのだ。それを見ると、私も何かしらワクワクして、彼女のあとに従った。彼女は途中で私の腕時計に気づくと、なぜか私にそれをはずさせ、テーブルの上へ置きに帰った。それから、私たちは足音をさえ忍ばせ、短い廊下を通って、日本建ての方の静子の居間だという部屋へはいって行ったが、そこの襖をあけるとき、静子はすぐその向こうがわに、曲者が隠れてでもいるような恐怖を示した。

「変ですね。昼日中、あの男がお宅へ忍び込んでいるなんて、何かの思い違いじゃありませんか」

私がそんなことを言いかけると、彼女はハッとしたように、それを手まねで制して、私の手を取って、部屋の一隅へつれて行くと、眼をその上の天井に向けて、

「だまって聞いてごらんなさい」

というような合図をするのだ。

私たちはそこで、十分ばかりも、じっと眼を見合わせて、耳をすまして立ちつくしていた。

昼間だったけれど、手広い邸の奥まった部屋なので、なんの物音もなく、耳の底で血の流れる音さえ聞こえるほど、シーンと静まり返っていた。

「時計のコチコチという音が聞こえません？」

ややしばらくたって、静子は聞きとれぬほどの小声で私に尋ねた。

「いいえ、時計って、どこにあるんです」

すると、静子はだまったまま、しばらく聞き耳を立てていたが、やっと安心したものか、

「もう聞こえませんわねえ」

といって、また私を招いて洋館の元の部屋に戻ると、彼女は異常な息づかいで、次のような妙なことを話しはじめたのである。

そのとき彼女は居間で、ちょっとした縫物をしていたが、そこへ女中が先に引用した春泥の手紙を持ってきた。もうこのごろでは、上封を見ただけで一と目でそれとわかるようになっているので、彼女はそれを受取ると、なんともいえぬいやあな心持になったが、でも、あけてみないでは、いっそう不安なので、こわごわ封を切って読んでみた。

事が主人の上にまで及んできたのを知ると、もうじっとしてはいられなかった。彼女はなぜということもなく立ち上がって部屋の隅へ歩いて行った。そして、ちょうど箪笥《たんす》の前に立ち止まったとき、頭の上から、非常にかすかな、地虫の鳴き声でもあるような物音が聞こえてくるのを感じた。

「わたくし、耳鳴りではないかと思ったのですけれど、じっと辛抱して聞いていますと、

耳鳴りとは違った、金属のふれ合うような、カチカチっていう音が、確かに聞こえてくるのでございます」

それは、そこの天井板の上に人が潜んでいるのだ、その人の懐中時計が秒を刻んでいるのだ、としか考えられなかった。

偶然彼女の耳が天井に近くなったのと、部屋が非常に静かであったために、神経が鋭くなっていた彼女には、天井裏のかすかなかすかな金属のささやきが聞こえたのであろう。もしや違った方角にある時計の音が、光線の反射みたいな理窟で、天井裏からのように聞こえたのではないかと、その辺を隈なく調べてみたけれど、近くに時計など置いてなかった。

彼女はふと「現にいま、お前がこの手紙を読んで震えている様子をも、お前の影である私は、どこかの隅から、眼を細めてじっと眺めているかもしれないのだ」という手紙の文句を思い出した。すると、ちょうどそこの天井板が少しそり返って、隙間ができているのが彼女の注意を惹いた。その隙間の奥の、まっ暗な中で、春泥の眼が細く光っているようにさえ思われてきた。

「そこにいらっしゃるのは、平田さんではありませんか」

そのとき静子は、ふと異様な興奮におそわれた。彼女は思いきって、敵の前に身を投げ出すような気持で、ハラハラと涙をこぼしながら、屋根裏の人物に話しかけたのであった。

「私、どんなになってもかまいません。あなたのお気のすむように、どんなことでもいたします。たとえあなたに殺されても、少しもお恨みには思いません。でも、主人だけは助けてください。私はあの人に嘘をついたのです。その上、私のためにあの人が死ぬようなことになっては、私、あんまり空恐ろしいのです。助けてください。助けてください」

彼女は小さな声ではあったが、心をこめてかきくどいた。

だが、上からはなんの返事もないのだ。彼女は一時の興奮からさめて、気抜けがしたように、長いあいだそこに立ちつくしていた。しかし、天井裏にはやっぱりかすかに時計の音がしているばかりで、ほかには少しの物音も聞こえてはこないのだ。陰獣は闇の中で、息を殺して、唖《おし》のようにだまり返っているのだ。

その異様な静けさに、彼女は突然非常な恐怖を覚えた。彼女はやにわに居間を逃げ出して、家の中にも居たたまらなくて、なんの気であったか、表へかけ出してしまったというのだ。そして、ふと私のことを思いだすと、矢も楯もたまらず、そこにあった公衆電話にはいったということであった。

私は静子の話を聞いているうちに、大江春泥の無気味な小説「屋根裏の遊戯」を思い出さないではいられなかった。もし静子の聞いた時計の音が錯覚でなく、そこに春泥がひそんでいたとすれば、彼はあの小説の思いつきを、そのまま実行に移したものであり、まことに春泥らしいやり方と頷くことができた。

私は「屋根裏の遊戯」を読んでいるだけに、この静子の一見とっぴな話を、一笑に付し去ることができなかったばかりでなく、私自身激しい恐怖を感じないではいられなかった。私は屋根裏の暗闇の中で、まっ赤なとんがり帽と、道化服をつけた、太っちょうの大江春泥が、ニヤニヤと笑っている幻覚をさえ感じた。

5

私たちはいろいろ相談をした末、結局、私が「屋根裏の遊戯」の中の素人探偵のように、静子の居間の天井裏へ上がって、そこに人のいた形跡があるかどうか、もしいたとすれば、いったいどこから出入りしたのであるかを、確かめてみることになった。

静子は、「そんな気味のわるいことを」といって、しきりに止めたけれど、私はそれをふり切って、春泥の小説から教わった通り、押入れの天井板をはがして、電燈工夫のように、その穴の中へもぐって行った。ちょうど家には、さっき取次ぎに出た少女のほかに誰もいなかったし、その少女も勝手元のほうで働いている様子だったから、私は誰に見とがめられる心配もなかったのだ。

屋根裏なんて、決して春泥の小説のように美しいものではなかった。

古い家ではあったが、暮れの煤掃きのおり灰汁《あく》洗い屋を入れて、天井板をはずしてすっかり洗わせたとのことで、ひどく汚くはなかったけれど、それでも、三月のあいだにはほこりもたまっているし、蜘蛛の巣も張っていた。第一まっ暗でどうすることもできないので、私は静子の家にあった懐中電燈を借りて、苦心して梁《はり》を伝いながら、問題の箇所へ近づいて行った。そこには、天井板に隙間ができていて、たぶん灰汁洗いをしたために、そんなに板がそり返ったのであろう、下から薄い光がさしていたので、それが目印になった。だが、私は半間も進まぬうちにドキンとするようなものを発見した。

私はそうして屋根裏に上がりながらも、実はまさか、まさかと思っていたのだが、静子の想像は決して間違っていなかったのだ。天井板の上に、確かに最近人の通ったらしい跡が残っていた。

私はゾーッと寒気を感じた。小説を知っているだけで、まだ会ったことのない毒蜘蛛のような、あの大江春泥が、私と同じ恰好で、その天井裏を這いまわっていたのかと思うと、私は一種名状しがたい戦慄におそわれた。私は堅くなって、梁のほこりの上に残った手だか足だかの跡を追って行った。時計の音のしたという場所は、なるほど、ほこりがひどく乱れて、そこに長いあいだ人のいた形跡があった。

私はもう夢中になって、春泥とおぼしき人物のあとをつけはじめた。彼はほとんど家じゅうの天井裏を歩きまわったらしく、どこまで行っても、怪しい足跡は尽きなかった。そして、静子の居間と、静子らの寝室の天井に、板のすいたところがあって、その箇所だけほこりが余計乱れていた。

私は屋根裏の遊戯者をまねて、そこから下の部屋を覗いて見たが、春泥がそれに陶酔したのも決して無理ではなかった。天井板の隙間から見た「下界」の光景の不思議さは、まことに想像以上であった。殊にも、ちょうど私の眼の下にうなだれていた静子の姿を眺めたときには、人間というものが、眼の角度によっては、こうも異様に見えるものかと驚いたほどであった。

われわれはいつも横の方から見られつけているので、どんなに自分の姿を意識している人でも、真上から見た恰好までは考えていない。そこには非常な隙があるはずだ。隙があるだけに、少しも飾らぬ生地のままの人間が、やや不恰好に曝露されているのだ。静子の艶々した丸髷には（真上から見た丸髷というものの形からして、すでに変であったが）、前髪と髷とのあいだの窪みに、薄くではあったが、ほこりが溜って、ほかの綺麗な部分とは比較にならぬほど汚れていたし、髷につづく項《うなじ》の奥には、着物の襟と背中とが作る谷底を真上から覗くので、背筋の窪みまで見えて、そして、そのねっとり青白い皮膚の上には、例の毒々しいミミズ脹れがずっと奥の暗くなって見えぬところまでも、いたいたしくつづいているのだ。上から見た静子は、やや上品さを失ったようではあったが、その代りに、彼女の持つ一種不可思議なオブシニティが一そう色濃く私に迫ってくるのを感じた。

それはともかく、私は何か大江春泥を証拠立てるようなものが残されていないかと、懐中電燈の光を近づけて、天井板の上を調べまわったが、手型も足跡もみな曖昧で、むろん指紋などは識別されなかった。春泥は定めし「屋根裏の遊戯」をそのままに、足袋や手袋の用意を忘れなかったのであろう。

ただ一つ、ちょうど静子の居間の上の、梁から天井をつるした支え木の根元の、ちょっと眼につかぬ場所に、小さな鼠色の丸いものが落ちていた。艶消の金属で、うつろな椀の形をしたボタンみたいなもので、表面にR・K・BROS・COという文字が浮き彫りになっていた。

それを拾った時、私はすぐさま「屋根裏の遊戯」に出てくるシャツのボタンを思い出したが、しかしその品はボタンにしては少し変だった。帽子の飾りかなんかではないかとも思ったけれど、確かなことはわからない。あとで静子に見せても、彼女も首をかしげるばかりであった。

むろん私は、春泥がどこから天井裏に忍び込んだかという点をも、綿密に調べてみた。ほこりの乱れた跡をしたって行くと、それは玄関横の物置きの上で止まっていた。物置き物置きの粗末な天井板は、持ち上げてみると、なんなく取れた。私はそこに投げ込んであるの椅子のこわれを足場にして、下におり、内部から物置きの戸をあけてみたが、その戸には錠前がなくて、わけもなくひらいた。そのすぐそとには、人の背よりは少し高いコンクリートの塀があった。

おそらく大江春泥は、人通りのなくなったころを見はからって、この塀をのり越え(塀の上には前にもいったようにガラスの破片が植えつけてあったけれど、計画的な侵入者にはそんなものは問題ではないのだ)、今の錠前のない物置きから、屋根裏へ忍び込んだものであろう。

そうして、すっかり種がわかってしまうと、私はいささかあっけない気がした。不良少年でもやりそうな子供らしいいたずらじゃないかと、相手を軽蔑してやりたい気持だった。妙なえたいの知れぬ恐怖がなくなって、その代りに現実的な不快ばかりが残った(だが、そんなふうに相手を軽蔑してしまったのは、飛んでもない間違いであったことが、後になってわかった)。

静子は無性に怖がって、主人の身にはかえられぬから、彼女の秘密を犠牲にしても、警察の手をわずらわすほうがよくはないかと言いだしたが、私は相手を軽蔑しはじめていたものだから、彼女を制して、まさか「屋根裏の遊戯」にある天井から毒薬をたらすような、ばかばかしいまねができるはずはないし、天井裏へ忍び込んだからといって、人が殺せるものではない。こんな怖がらせは、いかにも大江春泥らしい稚気で、こうして、さも何か犯罪を企らんでいるように見せかけるのが、彼の手ではないか。高が小説家の彼に、それ以上の実行力があろうとは思われぬ、というふうに彼女をなぐさめたのであった。そして、あまり静子が怖がるものだから、気休めに、そんなことの好きな私の友だちを頼んで、毎夜物置きのあたりの塀そとを見張らせることを約束した。

静子は、ちょうど西洋館の二階に客用の寝室があるのを幸い、何か口実を設けて、当分、彼女たち夫婦の寝間をそこへ移すことにするといっていた。西洋館なれば、天井の隙見なぞできないのだから。

そしてこの二つの防禦方法は、その翌日から実行されたのだが、しかし、陰獣大江春泥の恐るべき魔手は、そのような姑息《こそく》手段を無視して、それから二日後の三月十九日深夜、彼の予告を厳守し、ついに第一の犠牲者を屠ったのである。小山田六郎氏の息の根を絶ったのである。

6

春泥の手紙には小山田氏殺害の予告に付け加えて「だが慌てることはない。私はいつも急がないのだ」という文句があった。それにもかかわらず、彼はどうしてあんなに慌てて、たった二日しかあいだをおかないで、兇行を演じることになったのであろうか。それは或いはわざと手紙では油断をさせておいて意表にでる、一種の策略であったかもしれないのだが、私はふと、もっと別の理由があったのではないかと疑った。静子が時計の音を聞いて、屋根裏に春泥が潜んでいると信じ、涙を流して小山田氏の命乞いをしたということを聞いたとき、すでに私はそれを虞《おそ》れたのだが、春泥はこの静子の純情を知るに及んで、一そうはげしい嫉妬を感じ、同時に身の危険をも悟ったにちがいない。そして「よし、それほどお前の愛している亭主なら、長く待たさないで、早速やっつけて上げることにしよう」という気持になったのであろう。それはともかく、小山田六郎氏の変死事件は、きわめて異様な状態において発見されたのである。

私は静子からの知らせで、その日の夕刻小山田家に駈けつけ、はじめてすべての事情を聞き知ったのであるが、小山田氏はその前日、べつだん変った様子もなく、いつもよりは少し早く会社から帰宅して、晩酌をすませると、川向こうの小梅の友人のうちへ、碁を囲みに行くのだといって、暖かい晩だったので、大島の袷に塩瀬の羽織だけで、外套は着ず、ブラリと出掛けた。それが午後七時ごろのことであった。

遠いところでもないので、彼はいつものように、散歩かたがた、吾妻橋を迂回して、向島の土手を歩いて行った。そして、小梅の友人の家に十二時ごろまでいて、やはり徒歩でそこを出たというところまではハッキリわかっていた。だがそれから先が一切不明なのだ。

一と晩待ち明かしても帰りがないので、しかも、それがちょうど大江春泥から恐ろしい予告を受けていた際なので、静子は非常に心をいため、朝になるのを待ちかねて、知っている限りの心当たりへ、電話や使いで聞き合わせたが、どこにも立ち寄った形跡がない。彼女はむろん私のところへも電話をかけたのだけれど、ちょうどその前夜から、私は宿を留守にしていて、やっと夕方ごろ帰ったので、この騒動は少しも知らなかったのだ。

やがて、いつもの出勤時刻がきても、小山田氏は会社へも顔を出さないので、会社の方でもいろいろと手を尽して探してみたが、どうしても行方がわからぬ。そんなことをしているうちに、もうお昼近くになってしまった。ちょうどそこへ、象潟《きさがた》警察から電話があって、小山田氏の変死を知らせてきたのであった。

吾妻橋の西詰め、雷門の電車停留所を少し北へ行って、土手をおりた所に、吾妻橋千住大橋間を往復している乗合汽船の発着所がある。一銭蒸汽といった時代からの隅田川の名物で、私はよく用もないのに、あの発動機船に乗って、言問だとか白鬚だとかへ往復してみることがある。汽船商人が絵本や玩具などを船の中へ持ちこんで、スクリューの音に合わせて、活動弁士のようなしわがれ声で、商品の説明をしたりする、あの田舎《いなか》田舎《いなか》した、古めかしい味がたまらなく好もしいからだ。その汽船発着所は、隅田川の水の上に浮かんでいる四角な船のようなもので、待合客のベンチも、客用の便所も、皆そのブカブカと動く船の上に設けられている。私はその便所へもはいったことがあって知っているのだが、便所といっても婦人用の一つきりの箱みたいなもので、木の床が長方形に切り抜いてあって、その下のすぐ一尺ばかりのところを、大川の水がドブリドブリと流れている。

ちょうど汽車か船の便所と同じで、不潔物が溜るようなことはなく、綺麗といえば綺麗だが、その長方形に区切られた穴から、じっと下を見ていると、底のしれない青黒い水がよどんでいて、時々ごもくなどが、顕微鏡の中の微生物のように、穴の端から現われて、ゆるゆると他の端へ消えて行く。それが妙に無気味な感じなのだ。

三月二十日の朝八時ごろ、浅草仲店の商家のおかみさんが、千住へ用達しに行くために、吾妻橋の汽船発着所へきて、船を待ち合わせるあいだに、その便所へはいった。そして、はいったかと思うと、いきなりキャッと悲鳴を上げて飛び出してきた。切符切りの爺さんが聞いてみると、便所の長方形の穴の真下に、青い水の中から、一人の男の顔が彼女の方を見上げていたというのだ。

切符切りの爺さんは、最初は、船頭か何かのいたずらだと思ったが（そういう水の中の出歯亀事件は、時たま無いでもなかったので）、とにかく便所へはいって調べてみると、やっぱり穴の下一尺ばかりの間ぢかに、ポッカリと人の顔が浮いていて、水の動揺につれて、顔が半分隠れるかと思うと、またヌッと現われる。まるでゼンマイ仕掛けの玩具のようで、凄いったらなかったと、あとになって爺さんが話した。

それが人の死骸だとわかると、爺さんは俄かに慌て出して、大声で発着所にいた若い者を呼んだ。

船を待ち合わせていた客の中にも、いなせな肴屋さんなどがいて、若い者と協力して死体の引き上げにかかったが、便所の中からではとても上げられないので、そとがわから竿で死骸を広い水の上までつき出したところが、妙なことには、死骸は猿股一つきりで、まるはだかなのだ。

四十前後の立派な人品だし、まさかこの陽気に隅田川で泳いでいたとも受けとれぬので、変だと思ってなおよく見ると、どうやら背中に刃物の突き傷があるらしく、水死人にしては水も呑んでいないようなあんばいである。

ただの水死人ではなくて殺人事件だとわかると、騒ぎはいっそう大きくなったが、さて、水から引き上げる段になって、また一つ奇妙なことが発見された。

知らせによって駈けつけた、花川戸交番の巡査の指図で、発着所の若い者が、モジャモジャした死骸の頭の毛をつかんで引き上げようとすると、その頭髪が頭の地肌から、ズルズルとはがれてきたのだ。

若い者は、余りの気味わるさに、ワッといって手を離してしまったが、入水してからそんなに時間がたっているようでもないのに、髪の毛がズルズルむけてくるのは変だと思って、よく調べてみると、なんのことだ、髪の毛だと思ったのは、かつらで、本人の頭はテカテカに禿げ上がっていたのであった。

これが静子の夫であり、碌々商会の重役である小山田六郎氏の悲惨な死にざまであった。

つまり、六郎氏の死体は、裸体にされた上、禿げ頭に、ふさふさとしたかつらまでかぶせて、吾妻橋下に投げ込まれていたのだった。しかも、死体が水中で発見されたにもかかわらず、水を呑んだ形跡はなく、致命傷は背中の左肺部に受けた、鋭い刃物の突き傷であった。致命傷のほかに背中に数か所浅い突き傷があったところをみると、犯人は幾度も突きそこなったものにちがいなかった。

警察医の検診によると、その致命傷を受けた時間は、前夜の一時ごろらしいということであったが、なにぶん死体には着物も持ち物もないので、どこの誰ともわからず、警察でも途方に暮れていたところへ、幸いにも昼ごろになって、小山田氏を見知るものが現われたので、さっそく、小山田邸と碌々商会とへ、電話をかけたということであった。夕刻私が小山田家を訪ねたときには、小山田氏がわの親戚の人たちや、碌々商会の社員、故人の友人などがつめかけていて、家の中は非常に混雑していた。ちょうど今しがた警察から帰ったところだといって、静子はそれらの見舞客にとり囲まれて、ぼんやりしているのだ。

小山田氏の死体は都合によっては解剖しなければならないというので、まだ警察から下げ渡されず、仏壇の前の白布で覆われた台には、急ごしらえの位牌ばかりが置かれ、それに物々しく香華がたむけてあった。

私はそこで、静子や会社の人から、右に述べた死体発見の顚末を聞かされたのであるが、私は春泥を軽蔑して、二、三日前静子が警察に届けようといったのをとめたばかりに、このような不祥事をひき起こしたかと思うと、恥と後悔とで座にもいたたまれぬ思いがした。

私は下手人は大江春泥のほかにはないと思った。春泥はきっと、小山田氏が小梅の碁友だちの家を辞して、吾妻橋を通りかかったおり、彼を汽船発着所の暗がりへ連れ込み、そこで兇行を演じ、死体を河中へ投棄したものにちがいない。時間の点からいっても、春泥が浅草辺にうろうろしていたという本田の言葉から推しても、いや、現に彼は小山田氏の殺害を予告さえしていたのだから、下手人が春泥であることに疑いをはさむ余地はないのだ。

だが、それにしても、小山田氏はなぜまっぱだかになっていたのか、また変なかつらなどをかぶっていたのか、もしそれも春泥の仕業であったとすれば、彼はなぜそのような途方もないまねをしなければならなかったのか、まことに不思議というほかはなかった。

私は折を見て、静子と私だけが知っている秘密について相談をするために、「ちょっと」といって、彼女に別室へきてもらった。静子はそれを待っていたように、一座の人に会釈すると、急いで私のあとに従ってきたが、人目がなくなると、「先生」と小声で叫んで、いきなり私にすがりつき、じっと私の胸の辺を見つめていたかと思うと、長いまつげが、ギラギラと光って、まぶたのあいだがふくれ上がったと見るまに、それがやがて大きな水の玉になって、青白い頰の上をツルッ、ツルッと流れるのだ。涙はあとからあとからと、ふくれ上がってきては、止めどもなく流れるのだ。

「僕はあなたに、なんといってお詫びしていいかわからない。まったく僕の油断からです。あいつに、こんな実行力があろうとは、ほんとうに思いがけなかった。僕がわるいのです。僕がわるいのです……」

私もつい感傷的になって、泣き沈む静子の手をとると、力づけるように、それを握りしめながら、繰り返し繰り返し詫言をした。私が静子の肉体にふれたのは、あの時がはじめてだった。そんな際ではあったけれど、私はあの青白く弱々しいくせに、芯の方で火でも燃えているのではないかと思われる、熱っぽく弾力のある彼女の手先の不思議な感触を、はっきりと意識し、いつまでもそれを覚えていた。

「それで、あなたはあの脅迫状のことを、警察でおっしゃいましたか」

やっとしてから、私は静子の泣き止むのを待って尋ねた。

「いいえ、私どうしていいかわからなかったものですから」

「まだ言わなかったのですね」

「ええ、先生にご相談しようと思って」

あとから考えると変だけれど、私はその時もまだ静子の手を握っていた。静子もそれを握らせたまま、私にすがるようにして立っていた。

「あなたもむろん、あの男の仕業だと思っているのでしょう」

「ええ、それに、ゆうべ妙なことがありましたの」

「妙なことって？」

「先生のご注意で、寝室を洋館の二階に移しましたでしょう。これでもう覗かれる心配はないと安心していたのですけれど、やっぱりあの人、覗いていたようですの」

「どこからです」

「ガラス窓のそとから」

そして、静子はその時の怖かったことを思い出したように、眼を大きく見ひらいて、ポツリポツリと話すのであった。

「ゆうべは十二時ごろベッドにはいったのですけれど、主人が帰らないものですから、心配で心配で、それに天井の高い洋室にたった一人でやすんでいますのが怖くなってきて、妙に部屋の隅々が眺められるのです。窓のブラインドが、一つだけ降りきっていないので、一尺ばかり下があいているので、そこからまっ暗なそとの見えているのが、もう怖くって、怖いと思えば、余計その方へ眼が行って、しまいには、そこのガラスの向こうに、ボンヤリ人の顔が見えてくるじゃありませんか」

「幻影じゃなかったのですか」

「少しのあいだで、すぐ消えてしまいましたけれど、今でも私、見違いやなんかではなかったと思っていますわ。モジャモジャした髪の毛をガラスにピッタリくっつけて、うつむき気味になって、上目遣いにじっと私の方を睨んでいたのが、まだ見えるようですわ」

「平田でしたか」

「ええ、でも、ほかにそんなまねをする人なんて、あるはずがないのですもの」

私たちはその時、こんなふうの会話を取りかわしたあとで、小山田氏の殺人犯人が大江春泥の平田一郎にちがいないと判断し、彼がこの次には静子をも殺害しようと企らんでいることを、静子と私とが同道で警察に申しいで、保護を願うことに話をきめた。

この事件の係りの検事は、糸崎という法学士で、幸いにも、私たち探偵作家や、医学者や、法律家などで作っている猟奇会の会員だったので、私が静子といっしょに、捜査本部である象潟警察へ出頭すると、検事と被害者の家族というような、しかつめらしい関係ではなく、友だちつき合いで、親切に私たちの話を聞いてくれた。

彼もこの異様な事件にはよほど驚いた様子で、また深い興味をも感じたらしかったが、ともかく全力を尽して大江春泥の行方を探させること、小山田家には特に刑事を張り込ませ、警察の巡廻の回数を増して、充分静子を保護するという約束をしてくれた。大江春泥の人相については、世に流布している写真は余り似ていないという私の注意から、博文館の本田を呼んで、詳しく彼の知っている容貌を聞き取ったのであった。

7

それから約一か月のあいだ、警察は全力をあげて大江春泥を捜索していたし、私も本田に頼んだり、そのほかの新聞記者、雑誌記者など、会う人ごとに、春泥の行方について、何か手掛りになるような事実を聞き出そうと骨折っていたにもかかわらず、春泥はいかなる魔法を心得ていたのであるか、杳《よう》としてその消息がわからないのであった。

彼一人なればともかく、足手まといの細君と二人つれで、彼はどこにどうして隠れていたのであるか。彼は果たして、糸崎検事が想像したように、密航を企て、遠く海外へ逃げ去ってしまったものであろうか。

それにしても、不思議なのは、六郎氏変死以来、例の脅迫状がぱったりこなくなってしまったことであった。春泥は警察の捜索が怖くなって、次の予定であった静子の殺害を思いとどまり、ただ身を隠すことに汲々としていたのであろうか、いや、いや、彼のような男に、そのくらいのことがあらかじめわからなかったはずはない。すると、彼は今なお東京のどこかに潜伏していて、じっと静子殺害の機会を窺っているのではあるまいか。

象潟警察署長は、部下の刑事に命じて、かつて私がしたように、春泥の最後の住居であった上野桜木町三十二番地付近を調べさせたが、さすがは専門家である、その刑事は苦心の末、春泥の引越し荷物を運搬した運送店を発見して（それは同じ上野でもずっと隔たった黒門町辺の小さな運送店であったが）、それからそれへと彼の引越し先を追って行った。

その結果わかったところによると、春泥は桜木町を引き払ってから、本所区柳島町、向島須崎町と、だんだん品の悪い場所へ移って行って、最後の須崎町などは、バラック同然の、工場と工場にはさまれた汚らしい一軒建ちの借家であったが、彼はそこを数か月の前家賃で借り受け、刑事が行った時にも、家主の方へはまだ彼が住まっていることになっていたが、家の中を調べてみると、道具も何もなく、ほこりだらけで、いつから空家になっていたかわからぬほど荒れ果てていた。近所で聞き合わせても、両隣とも工場なので、観察好きのおかみさんというようなものもなく、いっこう要領をえないのであった。

博文館の本田は本田で、彼はだんだん様子がわかってくると、根がこうしたことの好きな男だものだから、非常に乗り気になってしまって、浅草公園で一度春泥に会ったのを元にして、原稿取りの仕事のひまひまには、熱心に探偵のまねごとをはじめたものである。

　彼は先ず、かつて春泥が広告ビラを配っていたことから、浅草付近の広告屋を、二、三軒歩きまわって、春泥らしい男を雇った店はないかと調べてみたが、困ったことには、それらの広告屋では、忙しい時には浅草公園あたりの浮浪人を臨時に雇って、衣裳を着せて一日だけ使うようなこともあるので、人相を聞いても思い出せぬところをみると、あなたの探していらっしゃるのも、きっとその浮浪人の一人だったのでしょう、ということであった。

　そこで、本田は今度は、深夜の浅草公園をさまよって、暗い木蔭のベンチなどを一つ一つ覗きまわってみたり、浮浪人が泊りそうな本所あたりの木賃宿へ、わざわざ泊り込んで、そこの宿泊人たちと懇意を結んで、もしや春泥らしい男を見かけなかったかと尋ねまわってみたり、それはそれは苦労をしたのであるが、いつまでたっても、少しの手掛りさえ摑むことはできなかった。

　本田は一週間に一度ぐらいは、私の宿に立ち寄って、彼の苦心談を話して行くのであったが、あるとき、彼は例の大黒様のような顔をニヤニヤさせて、こんな話をしたのである。

「寒川さん。僕このあいだ、ふっと見世物というものに気がついたのですよ。そしてね、すばらしいことを思いついたのですよ。近ごろ蜘蛛女だとか、首ばかりで胴のない女だとかいう見世物が、方々ではやっているのを知っているでしょう。あれと類似のものでね、首ではなくて、反対に胴ばかりの人間っていう見世物があるんですよ。横に長い箱があって、それが三つに仕切ってあって、二つの区切りの中に、大抵は女なんですが、胴と足とが寝ているのです。そして、胴の上に当たる一つの区切りはガランドウで、そこに首から上が見えていなければならないのに、それがまるっきりないのです。つまり女の首なし死体が長い箱の中に横たわっていて、しかも、そいつが生きている証拠には、時々手足を動かすのです。とても無気味で、且つまたエロチックな代物《しろもの》ですよ。種は例の鏡を斜に張って、そのうしろをガランドウのように見せかける、幼稚なものだけれど。ところが、僕はいつか、牛込の江戸川橋ね、あの橋を護国寺の方へ渡った角の所の空地で、その首なしの見世物を見たんですが、そこの胴ばかりの人間は、ほかの見世物のような女ではなくて、垢で黒光りに光った道化服を着た、よく太った男だったのです」

本田はここまでしゃべって、思わせぶりに、ちょっと緊張した顔をして、しばらく口をつぐんだが、私が充分好奇心を起こしたのを確かめると、また話しはじめるのであった。

「わかるでしょう、僕の考えが。僕はこう思ったのです。一人の男が、万人にからだを曝しながら、しかも完全に行方をくらます一つの方法として、この見世物の首なし男に雇われるというのは、なんとすばらしい名案ではないでしょうか。彼は目印になる首から上を隠して、一日寝ていればいいのです。これは如何にも大江春泥の考えつきそうな、お化けじみたやり方じゃないでしょうか。殊に春泥はよく見世物の小説を書いたし、この類のことは大好きなんですからね」

「それで？」

私は本田が実際春泥を見つけたにしては、落ちつき過ぎていると思いながら、先をうながした。

「そこで、僕はさっそく江戸川橋へ行ってみたんですが、仕合わせとその見世物はまだありました。僕は木戸銭を払って中へはいり、例の太った首なし男の前に立って、どうすればこの男の顔を見ることができるかと、いろいろ考えてみたんです。で、気づいたのは、この男だって一日に幾度かは便所へ立たなければならないだろうということでした。僕は、そいつの便所へ行くのを、気長く待ち構えていたんですよ。しばらくすると多くもない見物がみな出て行ってしまって、僕一人になった。それでも辛抱して立っていますとね。首なし男が、ポンポンと拍手を打ったのです。

妙だなと思っていると、説明をする男が、僕の所へやってきて、ちょっと休憩をするからそとへ出てくれと頼むのです。そこで、僕はこれだなと感づいて、そとへ出てから、ソッとテント張りのうしろへ廻って、布の破れ目から中を覗いていると、首なし男は、説明者に手伝ってもらって箱からそとへ出ると、むろん首はあったのですが、見物席の土間の隅の所へ走って行って、シャアシャアとはじめたんです。さっきの拍手は、笑わせるじゃありませんか、小便の合図だったのですよ。ハハハハハ」

「落とし噺かい。ばかにしている」

私が少々怒って見せると、本田は真顔になって、

「いや、そいつはまったく人違いで、失敗だったけれど……苦心談ですよ。僕が春泥探しでどんなに苦心しているかという、一例をお話ししたんですよ」

と弁解した。

　これは余談だけれど、われわれの春泥捜索は、まあそんなふうで、いつまでたっても、いっこう曙光を認めないのであった。

　だが、たった一つだけ、これが事件解決の鍵ではないかと思われる、不思議な事実がわかったことを、ここに書き添えておかねばなるまい。というのは、私は小山田氏の死体のかぶっていた例のかつらに着眼して、その出所がどうやら浅草付近らしく思われたので、その辺のかつら師を探しまわった結果、千束町の松居というかつら屋で、とうとうそれらしいのを探し当てたのだが、ところがそこの主人のいうところによると、かつらその物は死体のかぶっていたのとすっかり当てはまるのだけれど、それを注文した人物は、私の予期に反して、いや私の非常な驚きにまで、大江春泥ではなくて、小山田六郎その人であったのだ。

　人相もよく合っていた上に、その人は注文する時、小山田という名前をあからさまに告げて、出来上がると（それは昨年の暮れも押しつまったころであった）、彼自身足を運んで受取りにきたということであった。そのとき、小山田氏は禿げ頭を隠すのだとい

っていた由であるが、それにしては、彼の妻であった静子でさえも、小山田氏が生前かつらをかぶっていたのを見なかったのは、いったいどうしたわけであろう。私はいくら考えても、この不可思議な謎を解くことができなかった。

一方静子（今は未亡人であったが）と私との間柄は、六郎氏変死事件を境にして、俄かに親密の度を加えて行った。行き掛り上、私は静子の相談相手であり、保護者の立場にあった。小山田氏がわの親戚の人たちも、私の屋根裏調査以来の心尽しを知ると、無下に私を排斥することはできなかったし、糸崎検事などは、そういうことなればちょうど幸いだから、ちょいちょい小山田家を見舞って、未亡人の身辺に気をつけて上げてくださいと、口添えをしたほどだから、私は公然と彼女の家に出入することができたのである。

静子は初対面のときから、私の小説の愛読者として、私に少なからぬ好意を持っていたことは、先にしるした通りであるが、その上に、二人のあいだにこういう複雑な関係が生じてきたのだから、彼女が私を二なきものに頼ってきたのは、まことに当然のことであった。

そうして、しょっちゅう会っていると、殊に彼女が未亡人という境遇になってみると、今までは何かしら遠いところにあるもののように思われていた、彼女のあの青白い情熱や、なよなよと消えてしまいそうな、それでいて不思議な弾力を持つ肉体の魅力が、俄かに現実的な色彩を帯びて、私に迫ってくるのであった。殊にも、私が偶然彼女の寝室から、外国製らしい小型の鞭を見つけ出してからというものは、私の悩ましい欲望は、油を注がれたように、恐ろしい勢いで燃え上がったのである。

私は心なくも、その鞭を指さして、

「ご主人は乗馬をなすったのですか」

と尋ねたのだが、それを見ると、彼女はハッとしたように、一瞬間まっ青になったかと思うと、見る見る火のように顔を赤らめたのである。そして、いともかすかに、

「いいえ」

と答えたのである。

私は迂闊にも、そのときになってはじめて、彼女の項《うなじ》のミミズ脹れの、あの不思議な謎を解くことができた。思い出してみると、彼女のあの傷痕は、見るたびごとに少しずつ位置と形状が変っていたようである。当時変だなとは思ったのだけれど、まさか彼女のあの温厚らしい禿げ頭の夫が、世にもいまわしい惨虐色情者であったとは気づかなかったのである。

いやそればかりではない。六郎氏の死後一か月の今日では、いくら探しても、彼女の項には、あの醜いミミズ脹れが見えぬではないか。それこれ思い合わせれば、たとえ彼女の明らさまな告白を聞かずとも、私の想像の間違いでないことはわかりきっているのだ。

だが、それにしても、この事実を知ってからの、私の心の耐えがたき悩ましさは、どうしたことであったか。もしや私も、非常に恥かしいことだけれど、故小山田氏と同じ

変質者の一人ではなかったのであろうか。

8

四月二十日、故人の命日に当たるので、静子は仏参をしたのち、夕刻から親戚や故人と親しかった人々を招いて、仏の供養をいとなんだ。私もその席に連なったのであるが、その晩わき起こった二つの新らしい事実(それはまるで性質の違う事柄であったにもかかわらず、後に説き明かす通り、それらには、不思議にも運命的な、或るつながりがあったのだが)、おそらく一生涯忘れることのできない、大きな感動を私に与えたのである。

そのとき、私は静子と並んで、薄暗い廊下を歩いていた。客がみな帰ってしまってからも、私はしばらく静子と私だけの話題(春泥捜索のこと)について話し合ったのち、十一時ごろであったか、あまり長居をしては、召使いの手前もあるので、別れを告げて、静子が呼んでくれた自動車にのって帰宅したのであるが、そのとき、静子は私を玄関まで見送るために、私と肩を並べて廊下を歩いていた。廊下には庭に面して、幾つかのガラス窓がひらいていたが、私たちがその一つの前を通りかかったとき、静子は突然恐ろしい叫び声を立てて私にしがみついてきたのである。

「どうしました。何を見たんです」

私は驚いて尋ねると、静子は片手では、まだしっかりと私に抱きつきながら、一方の手でガラス窓のそとを指さすのだ。

私も一時は春泥のことを思い出して、ハッとしたが、だが、それはなんでもなかったことが、間もなくわかった。見ると、窓のそとの庭の樹立のあいだを、一匹の白犬が、木の葉をカサカサいわせながら、暗闇の中へ消えて行くではないか。

「犬ですよ。犬ですよ。怖がることはありませんよ」

私は、なんの気であったか、静子の肩をたたきながら、いたわるように言ったものだが、そうして、なんでもなかったことがわかってしまっても、静子の片手が私の背中を抱いていて、生温かい感触が、私の身内まで伝わっているのを感じると、ああ、私はとうとう、やにわに彼女を抱き寄せ、八重歯のふくれ上がった、あのモナ・リザの唇を盗んでしまったのである。

そして、それは私にとって幸福であったか不幸であったか、彼女の方でも、決して私をしりぞけなかったばかりか、私を抱いた彼女の手先に、私は遠慮勝ちな力をさえ覚えたのであった。

それが亡き人の命日であっただけに、私たちは罪を感じることがひとしお深かった。二人はそれから私が自動車に乗ってしまうまで、一ことも口をきかず、眼さえもそらすようにしていたのを覚えている。

私は自動車が動き出しても、今別れた静子のことで頭が一杯になっていた。熱くなった私の唇には、まだ彼女の唇が感じられ、鼓動する私の胸には、まだ彼女の体温が残っているように思われた。

私の心には、飛び立つばかりの嬉しさと、深い自責の念とが、複雑な織模様みたいに交錯していた。車がどこをどう走っているのだか、表の景色などは、まるで眼にはいらなかった。

だが、不思議なことには、そんな際にもかかわらず、さきほどから、ある一つの小さな物体が、異様に私の眼の底に焼きついていた。私は車にゆられながら、静子のことばかり考えて、ごく近くの前方をじっと見つめていたのだが、ちょうどその視線の中心に、私の注意を惹かないではおかぬような、或る物体がチロチロと動いていた。はじめは無関心にただ眺めていたのだけれど、だんだんその方へ神経が働いて行った。

「なぜかな。なぜおれは、これをこんなに眺めているのかな」

ボンヤリとそんなことを考えているうちに、やがて事の次第がわかってきた。私は偶然にしては余りに偶然な、二つの品物の一致をいぶかしがっていたのだった。

私の前には、古びた紺の春外套を着込んだ、大男の運転手が、猫背になって前方を見つめながら運転していた。そのよく太った肩の向こうに、ハンドルに掛けた両手が、チロチロと動いているのだが、武骨な手先に似合わしからぬ上等の手袋がかぶさっている。しかもそれが時候はずれの冬物なので、ひとしお私の眼を惹いたのでもあろうが、それよりも、その手袋のホックの飾りボタン……私はやっと此のときになって悟ることができた。かつて私が小山田家の天井裏で拾った金属の丸いものは、手袋の飾りボタンにほかならぬのであった。

私はあの金属のことを糸崎検事にもちょっと話はしたのだったが、ちょうどそこに持ち合わせていなかったし、それに、犯人は大江春泥と明らかに目星がついていたので、検事も私も遺留品なんか問題にせず、あの品は今でも私の冬服のチョッキのポケットにはいっているはずなのだ。

あれが手袋の飾りボタンであろうとは、まるで思いも及ばなかった。考えてみると犯人が指紋を残さぬために、手袋をはめていて、その飾りボタンが落ちたのを気づかないでいたということは、いかにもありそうなことではないか。

だが、運転手の手袋の飾りボタンには、私が屋根裏で拾った品物を教えてくれた以上に、もっともっと驚くべき意味が含まれていた。形といい、大きさといい、それらはあまりに似過ぎていたばかりでなく、運転手の右手にはめた手袋の飾りボタンがとれてしまって、ホックの座金だけしか残っていないのは、これはどうしたことだ。私の屋根裏で拾った金物が、もしその座金にピッタリ一致するとしたら、それは何を意味するのだ。

「君、君」

私はいきなり運転手に呼びかけた。

「君の手袋をちょっと見せてくれないか」

運転手は私の奇妙な言葉に、あっけにとられたようであったが、でも、車を徐行させながら、素直に両手の手袋をとって、私に手渡してくれた。

見ると、一方の完全なほうの飾りボタンの表面には、例のR・K・BROS・COという刻印まで、寸分違わず現われているのだ。私はいよいよ驚きを増し、一種の変てこな恐怖をさえ覚えはじめた。

運転手は私に手袋を渡しておいて、見向きもせず車を進めている。そのよく太ったうしろ姿を眺めると、私はふと或る妄想におそわれたのである。

「大江春泥……」

私は運転手に聞こえるほどの声で、独り言のようにいった。そして運転手台の上の小さな鏡に映っている、彼の顔をじっと見つめたものであった。だが、それが私のばかばかしい妄想であったことはいうまでもない。鏡に映る運転手の表情は少しも変らなかったし、第一、大江春泥が、そんなルパンみたいなまねをする男ではないのだ。だが、車が私の宿についたとき、私は運転手に余分の賃銭を握らせて、こんな質問をはじめた。

「君、この手袋のボタンのとれた時を覚えているかね」

「それははじめからとれていたんです」

運転手は妙な顔をして答えた。

「貰いものなんでね、ボタンがとれて使えなくなったので、まだ新らしかったけれど、亡くなった小山田の旦那が私にくださったのです」

「小山田さんが？」

私はギクンと驚いて、あわただしく聞き返した。

「いま僕の出てきた小山田さんかね」

「ええ、そうです。あの旦那が生きている時分には、会社への送り迎いは、たいてい私がやっていたんで。ごひいきになったもんですよ」

「それ、いつからはめているの？」

「貰ったのは寒い時分だったけれど、上等の手袋でもったいないので、大事にしていたんですが、古いのが破けてしまって、きょうはじめて運転用におろしたのです。これをはめていないとハンドルが辷《すべ》るもんですからね。でも、どうしてそんなことをお聞きなさるんです」

「いや、ちょっとわけがあるんだ。君、それを僕に譲ってくれないだろうか」

というようなわけで、結局私はその手袋を、相当の代価で譲り受けたのであるが、部屋にはいって、例の天井裏で拾った金物を出して比べてみると、やっぱり寸分も違わなかったし、その金物は手袋のホックの座金にもピッタリとはまったのである。

　これは先にもいった通り、偶然にしては余りに偶然過ぎる二つの品物の一致ではなかったか。大江春泥と小山田六郎氏とが、飾りボタンのマークまで同じ手袋をはめていたということは、しかも、そのとれた金物とホックの座金とがシックリ合うなどということが、考えられるであろうか。

　これは後にわかったことであるが、私はその手袋を持って行って、市内でも一流の銀座の泉屋洋物店で鑑定してもらった結果、それは内地では余り見かけない作り方で、おそらくは英国製であろう、R・K・BROS・COなんていう兄弟商会は内地には一軒もないことがわかった。この洋物店の主人の言葉と、六郎氏が一昨年九月まで海外にいた事実とを考え合わせてみると、六郎氏こそその手袋の持ち主で、したがって、あのはずれた飾りボタンも、小山田氏が落としたことになりはしないか。大江春泥が、そんな内地では手に入れることのできない、しかも偶然小山田氏と同じ手袋を所有していたことは、まさか考えられないのだから。

「すると、どういうことになるのだ」

私は頭をかかえて、机の上によりかかり、「つまり、つまり」と妙な独りごとを言いつづけながら、頭の芯の方へ私の注意力をもみ込んで行って、そこからなんらかの解釈を見つけ出そうとあせるのであった。

やがて、私はふっと変なことを思いついた。それは、山の宿というのは、隅田川に沿った細長い町で、そこの隅田川寄りにある小山田家は、当然大川の流れに接していなければならないということであった。考えるまでもなく、私はたびたび小山田家の洋館の窓から、大川を眺めていたのだが、なぜか、その時、はじめて発見したかのように、それが新らしい意味を持って、私を刺戟するのであった。

私の頭のモヤモヤの中に、大きなUの字が現われた。

Uの字の左端上部には山の宿がある。右端の上部には小梅町（六郎氏の碁友だちの家の所在地）がある。そして、Uの底に当たる所はちょうど吾妻橋に該当するのだ。あの晩、六郎氏はUの右端上部を出て、Uの底の左側までやってきて、そこで春泥のために殺害されたと、われわれは今の今まで信じていた。だが、われわれは河の流れというものを閑却してはいなかったであろうか。大川はUの上部から下部に向かって流れているのだ。投げ込まれた死骸が殺された現場にあるというよりは、上流から流れてきて、吾妻橋下の汽船発着所につき当たり、そこの澱みに停滞していたと考えるほうが、より自然な見方ではないだろうか。

死体は流れてきた。死体は流れてきた。では、どこから流れてきたか。兇行はどこで演ぜられたか……そうして、私は深く深く妄想の泥沼へと沈み込んで行くのであった。

9

私は幾晩も幾晩も、そのことばかりを考えつづけた。静子の魅力もこの奇怪なる疑いには及ばなかったのか、私は不思議にも静子のことを忘れてしまったかのように、ひたすら奇妙な妄想の深みへおち込んで行った。

私はそのあいだにも、或ることを確かめるために、二度ばかり静子を訪ねは訪ねたのだけれど、用事をすませると、至極あっさりと別れをつげて大急ぎで帰ってしまうので、彼女はきっと妙に思っていたにちがいない。私を玄関に見送る彼女の顔が、淋しく悲しげにさえ見えたほどだ。

そして、五日ばかりのあいだに、私は実に途方もない妄想を組み立ててしまったのである。私はそれをここに叙述する煩を避けて、そのとき糸崎検事に送るために書いた私の意見書が残っているから、それにいくらか書き入れをして、左に写しておくことにするが、この推理は、私たち探偵小説家の空想力をもってでなければ、おそらく組み立て得ない種類のものであった。そして、そこに一つの深い意味が存在していたことが、のちになってわかってきたのだが。

（前略）小山田邸の静子の居間の天井裏で拾った金具が、小山田氏の手袋のホックから脱落したものと考えるほかはないことを知りますと、今まで私の心の隅のわだかまりとなっていたいろいろの事実が、続々思い出されてくるのでありました。小山田氏の死骸がかつらをかぶっていたこと、そのかつらは同氏自身注文して拵らえさせたものであったこと（死体がはだかであったことは、後に述べますような理由で、私にはさして問題ではありませんでした）、小山田氏の変死と同時に、まるで申し合わせたように、平田の脅迫状がパッタリこなくなったこと、小山田氏が見かけによらぬ（こうしたことは多くの場合見かけによらぬものです）恐ろしい惨虐色情者（サディスト）であったことなど、これらの事実は、偶然さまざまの異常が集合したかに見えますけれど、よくよく考えますと、ことごとく或る一つの事柄を指し示していることがわかるのであります。

私はそこへ気がつきますと、私の推理を一そう確実にするため、できるだけの材料を集めることに着手しました。私は先ず小山田家を訪ね、夫人の許しを得て、小山田氏の書斎を調べさせてもらいました。書斎ほど、その主人公の性格なり秘密なりを如実に語ってくれるものはないのですから。私は夫人が怪しまれるのも構わず、ほとんど半日がかりで、書棚という書棚、引出しという引出しを調べまわったことですが、間もなく、私は、数ある本棚の中に、たった一つだけ、さも厳重に鍵のかかっている箇所のあるのを発見しました。鍵を尋ねますと、それは小山田氏が生前、時計の鎖につけて始終持ち歩いていたこと、変死の日にも兵児帯に巻きつけて家を出たままだということがわかりました。仕方がないので、私は夫人を説いて、やっとその本棚の戸を破壊する許しを得ました。

あけて見ますと、その中には、小山田氏の数年間の日記帳、幾つかの袋にはいった書類、手紙の束、書籍などが一杯はいっていましたが、私はそれをいちいち丹念に調べた結果、この事件に関係ある三冊の書冊を発見したのであります。第一は静子夫人との結婚の年の日記帳で、婚礼の三日前の日記の欄外に、赤インキで、次のような注意すべき文句が記入してあったのです。

「(前略) 余は平田一郎なる青年と静子との関係を知れり。されど、静子は中途その青年を嫌いはじめ、彼がいかなる手段を講ずるもその意に応ぜず、遂には、父の破産を好機として彼の前より姿を隠せる由なり。それにてよし。余は既往の詮議立てはせぬつもりなり」

つまり六郎氏は結婚の当初から、なんらかの事情により、夫人の秘密を知悉していたのです。そして、それを夫人には一こともいわなかったのです。

第二は大江春泥著短篇集「屋根裏の遊戯」であります。このような書物を、実業家小山田六郎氏の書斎に発見するとは、なんという驚きでありましょう。静子夫人から、六郎氏が生前なかなかの小説好きであったということを聞くまでは、私は自分の眼を疑ったほどでした。さて、この短篇集の巻頭にはコロタイプ版の春泥の肖像が掲げられ、奥付には著者平田一郎と彼の本名が印刷されてあったことを注意すべきであります。

第三は博文館発行の雑誌「新青年」第六巻第十二号です。これには春泥の作品は掲載されていませんでしたけれど、その代り、口絵に彼の原稿の写真版が原寸のまま、原稿紙半枚分ほど、大きく出ていて、余白に「大江春泥氏の筆蹟」と説明がついていました。妙なことは、その写真版を光線に当てて見ますと、厚いアートペーパーの上に、縦横に爪の跡のようなものがついているのです。これは誰かが写真の上に薄い紙を当てて、鉛筆で春泥の筆蹟を幾度もなすったものとしか考えられません。私の想像が次々と的中して行くのが怖いようでした。

その同じ日、私は夫人に頼んで、六郎氏が外国から持ち帰った手袋を探してもらいました。それは探すのに可なり手間取ったのですけれど、ついに私が運転手から買い取ったものと、寸分違わぬ品が一と揃いだけ出てきました。夫人は、それを私に渡した時、確かに同じ手袋がもう一と揃いあったはずなのにと、不審顔でした。これらの証拠品、日記帳、短篇集、雑誌、手袋、天井裏で拾った金具などは、お指図によって、いつでも提出することができます。

　さて、私の調べ上げた事実は、このほかにも数々あるのですが、それらを説明する前に、仮りに上述の諸点だけによって考えましても、小山田六郎氏が世にも無気味な性格の所有者であり、温厚篤実なる仮面の下に、甚だ妖怪じみた陰謀をたくましくしていたことは、明らかであります。われわれは大江春泥という名前に執着し過ぎていはしなかったでしょうか。彼の血みどろな作品、彼の異様な日常生活の知識などが、われわれをして、このような犯罪は春泥でなくてはできるものでないと、てんから独りぎめにきめさせてしまったのではありますまいか。彼はどうしてかくも完全に姿をくらましてしまうことができたのでしょう。彼が犯人であったとしては、少し妙ではありませんか。彼が無実であればこそ、単に彼の持ち前の厭人癖から（彼が有名になればなるほど、その名に対しても、この種の厭人病は極度に昂進するものであります）行方をくらましたのであればこそ、このように探しにくいのではないでしょうか。彼はいつかあなたがいわれたように海外に逃げ出したのかもしれません。そして、例えば上海のシナ人町の片隅に、シナ人になりすまして、水煙草でも吸っているのかもしれません。そうでなくても、もし春泥が犯人であったとすれば、あのようにも綿密に、執拗に、長年月をついやして企らまれた復讐計画が、彼にしては道草のようなものであった小山田氏殺害のみをもって、肝腎の目的を忘れたように、パッタリと中絶されたことを、なんと説明したらいいのでしょう。彼の小説を読み、彼の日常生活を知っているものには、これは余りに不自然な、ありそうもないことに思われるのです。いや、それよりも、もっと明白な事実があります。彼はどうして小山田氏所有の手袋のボタンを、あの天井裏へ落としてくることができたのでしょう。手袋が内地では手に入らぬ外国製のものであること、小山田氏が運転手に与えた手袋の飾りボタンがとれていたことなど思い合わせれば、かの屋根裏に潜んでいた者は、その小山田氏ではなくて、大江春泥であったなどと、そんな不合理なことが考えられるでしょうか（ではそれが小山田氏であったとしたら、彼はなぜその大切な証拠品を、迂闊にも運転手などに与えたか、との御反問があるかもしれません。しかし、それは後に述べますように、彼は別段法律上の罪悪を犯してなどいなかったからです。変態好みの一種の遊戯をやっていたにすぎなかったからです。ですから、手袋のボタンがとれたところで、たとえそれが天井裏に残されていたところで、彼にとってはなんでもなかったのです。犯罪者のように、このボタンのとれたのは、もしや天井裏を歩いていた時ではなかったかしら、それが証拠になりはしないかしら、などと心配する必要は少しもなかったからです）。

春泥の犯罪を否定すべき材料は、まだそればかりではありません。右に述べた日記帳、春泥の短篇集、「新青年」などの証拠品が、小山田氏の書斎の錠前つきの本棚にあったこと、その錠前の鍵は一つしかなく、同氏が常に身辺をはなさなかったことは、それらの品が同氏の陰険な悪戯を証拠立てているばかりでなく、一歩譲って、春泥が小山田氏に疑いをかけるために、その品々を偽造し、同氏の本棚へ入れておいたと考えることさえ、全然不可能なのです。第一、日記帳の偽造などできるものではありませんし、その本棚は小山田氏でなければあけることも閉めることもできなかったのではありませんか。

かく考えてきますと、われわれが今まで犯人と信じきっていた大江春泥こと平田一郎は、意外にも最初からこの事件に存在しなかったと判断するほかはありません。われわれをしてそのように信じさせたものは、小山田六郎氏の驚嘆すべき欺瞞であったとしか考えられないのであります。金満紳士小山田氏が、かくの如き綿密陰険なる稚気の所有者であったことは、彼が表に温厚篤実をよそおいながら、その寝室においては、世にも恐るべき悪魔と形相を変じ、可憐なる静子夫人を外国製乗馬鞭をもって、打擲《ちようちやく》しつづけていたことと共に、われわれのまことに意外とするところではありますけれど、温厚なる君子と陰険なる悪魔とが、一人物の心中に同居したためしは、世にその例が乏しくないのであります。人は、彼が温厚でありお人好しであればあるほど、かえって悪魔に弟子入りしやすいともいえるのではありますまいか。

さて、私はこう考えるのであります。小山田六郎氏は今より約四年以前、社用を帯びて欧州に旅行をし、ロンドンを主として、其のほか二、三の都市に二年間滞在していたのですが、彼の悪癖は、おそらくそれらの都市のいずれかにおいて芽生え、発育したものでありましょう(私は碌々商会の社員から、彼のロンドンでの情事の噂を洩れ聞いております)。そして、一昨年九月、帰朝と共に、彼の治しがたい悪癖は、彼を溺愛する静子夫人を対象として、猛威をたくましくしはじめたものでありましょう。私は昨年十月、静子夫人と初対面のおり、すでに彼女の項《うなじ》に無気味な傷痕を認めたほどですから。

この種の悪癖は、例えばかのモルヒネ中毒のように、一度なじんだら一生涯止められないばかりでなく、日と共に、月と共に、恐ろしい勢いでその病勢が昂進して行くものです。より強烈な、より新らしい刺戟をと、追い求めるものであります。きょうはきのうのやり方では満足できず、あすはまたきょうの仕草では物足りなく思われてくるのです。小山田氏も同様、静子夫人を打擲するばかりでは満足ができなくなってきたことは、容易に想像できるではありませんか。そこで彼は物狂わしく新らしい刺戟を探し求めなければならなかったでありましょう。ちょうどそのとき、彼は何かのきっかけで、大江春泥作「屋根裏の遊戯」という小説のあることを知り、その奇怪なる内容を聞いて、一読してみる気になったのかもしれません。ともかく、彼はそこに、不思議な知己を発見したのです。異様な同病者を見つけ出したのです。彼がいかに春泥の短篇集を愛読したか、その本の手摺れのあとでも想像することができるではありませんか。春泥はあの小説の中で、たった一人でいる人を（殊に女を）少しも気づかれぬように隙見することの、世にも不思議な楽しさを、繰り返し説いていますが、小山田氏がこの彼にとってはおそらく新発見であったところの、あたらしい趣味に共鳴したことは想像にかたくありません。彼は遂に春泥の小説の主人公をまねて、自から屋根裏の遊戯者となり、自宅の天井裏に忍んで、静子夫人の独居を隙見しようと企てたのであります。

小山田家は門から玄関まで相当の距離がありますので、外出から帰ったおりなど、召使いたちに知れぬよう、玄関脇の物置きに忍び込み、そこから天井伝いに、静子の居間の上に達するのは、まことに造作もないことです。私は、六郎氏が夕刻から、よく小梅の友だちの所へ碁を囲みに出かけたのは、この屋根裏の遊戯の時間をごまかす手段ではなかったかと邪推するのであります。

一方、そのように「屋根裏の遊戯」を愛読していた小山田氏が、その奥付で作者の本名を発見し、それがかつて静子にそむかれた彼女の恋人であり、彼女に深い恨みを抱いているにちがいない平田一郎と、同一人物ではないかと疑いはじめたのは、さもありそうなことではありませんか。そこで、彼は大江春泥に関するあらゆる記事、ゴシップをあさり、ついに春泥がかつての静子の恋人と同一人物であったこと、また彼の日常生活が甚だしく厭人的であり、当時すでに筆を絶って行方をさえくらましていたことを知るに至ったのでありましょう。つまり小山田氏は、一冊の「屋根裏の遊戯」によって、一方では彼の病癖のこよなき知己を、一方では彼にとっては憎むべき昔の恋の仇敵を、同時に発見したのです。そして、その知識に基づいて、実に驚くべき悪戯を思いついたのであります。

静子の独居《ひとりい》の隙見は、なるほど甚だ彼の好奇心をそそったにはちがいないのですが、惨虐色情者の彼がそれだけで、そんな生ぬるい興味だけで満足しようはずはありません。鞭の打擲に代るべき、もっと新らしい、もっと残酷な何かの方法がないものかと、彼は病人の異常に鋭い空想力を働かせたことでしょう。そして、結局、平田一郎の脅迫状という、まこと前例のないお芝居を思いつくに至ったのであります。それには、彼はすでに「新青年」第六巻第十二号巻頭の写真版のお手本を手に入れておりました。お芝居をいやが上にも興深く、まことしやかにするために、彼はその写真版によって、丹念に春泥の筆蹟の手習いをはじめました。あの写真版の鉛筆の痕がそれを物語っております。

小山田氏は平田の脅迫状を作製すると、適当な日数をおいて、一度一度ちがった郵便局から、その封書を送りました。商用で車を走らせている途中、もよりのポストへそれを投げ込ませるのはわけのないことでした。脅迫状の内容については、彼は新聞雑誌の記事によって春泥の経歴の大体に通じていましたし、静子の細かい動作も、天井からの隙見と、それで足らぬところは、彼自身静子の夫であったのですから、あのくらいのことはわけもなく書けたのです。つまり彼は、静子と枕を並べて、寝物語りをしながら、その時の静子の言葉や仕草を記憶しておいて、それをさも春泥が隙見したかの如く書きしるしたわけなのです。なんという悪魔でありましょう。かくして彼は、人の名を騙《かた》って脅迫状をしたため、それを自分の妻に送るという犯罪めいた興味と、妻がそれを読んで震えおののくさまを、天井裏から胸をとどろかせながら隙見するという悪魔の喜びとを、経験することができたのです。しかも、彼はそのあいだあいだには、やはりかの鞭の打擲をつづけていたと信ずべき理由があります。なぜといって、静子の項《うなじ》の傷は、同氏の死後になって、はじめてその痕が見えなくなったのですから。彼はこのように妻の静子を責めさいなんではいましたけれども、それは決して彼女を憎むがゆえではなく、むしろ静子を溺愛すればこそ、この惨虐を行なったのであります。この種の変態性慾者の心理は、むろん、あなたも充分ご承知のことと思います。

さて、かの脅迫状の作製者が小山田六郎であったという、私の推理は以上で尽きましたが、では、単に変態性慾者の悪戯にすぎなかったものが、どうしてあのような殺人事件となって現われたか。しかも殺されたものは小山田氏自身であったばかりでなく、彼はなにゆえにあの奇妙なかつらをかぶり、まっぱだかになって、吾妻橋下に漂っていたのであるか。彼の背中の突き傷は何者の仕業であったのか。大江春泥がこの事件に存在しなかったとすれば、では、ほかに別の犯罪者がいたのであるか、などの疑問が続出してくるでありましょう。それについて、私はさらに、私の観察と推理とを申し述べなければなりません。

簡単に申せば、小山田六郎氏は、彼のあまりにも悪魔的な所業が、神の怒りに触れたのでもありましょうか、天罰を蒙ったのであります。そこにはなんらの犯罪も、下手人もなく、ただ小山田氏の過失死があったばかりであります。では、背中の致命傷はとのお尋ねがありましょうけれど、その説明はあとに廻して、先ず順序を追って、私がそのような考えを抱くに至った筋道からお話ししなければなりません。

私の推理の出発点は、ほかならぬ彼のかつらでありました。あなたは多分、三月十七日、私が天井裏の探険をした翌日から、静子は隙見をされぬよう、洋館の二階へ寝室を移したことをご記憶でありましょう。それには静子がどれほど巧みに夫を説いたか、小山田氏がどうしてその意見に従う気になったかは明瞭でありませんが、ともかく、その日から同氏は天井の隙見ができなくなってしまったのです。しかし、想像をたくましくするならば、彼はそのころは、もう天井の隙見にも、やや飽きがきていたのかもしれません。そして、寝室が洋館にかわったのを幸いに、また別の悪戯を考案しなかったとはいえません。なぜといって、ここにかつらがあります。彼自身注文したところのふさふさとしたかつらがあります。彼がそのかつらを注文したのは昨年末ですから、むろん最初からそのつもりではなく、別に用途があったのでしょうが、それが今、計らずも間に合ったのです。

彼は「屋根裏の遊戯」の口絵で、春泥の写真を見ております。その写真は春泥の若い時分のものだといわれているほどですから、むろん小山田氏のように禿げ頭ではなく、ふさふさとした黒髪があります。ですから、もし小山田氏が手紙や屋根裏の蔭に隠れて静子を怖がらせることから一歩を進め、彼自身大江春泥に化け、静子がそこにいるのを見すまして、洋館の窓のそとからチラッと顔を見せて、あの不思議な快感を味わおうと企らんだならば、彼は何よりも先ず、彼の第一の目印である禿げ頭を隠す必要に迫られたにちがいありませんが、ちょうどそれには持ってこいのかつらがあったのです。かつらさえかぶれば、顔などは、暗いガラスのそとではあり、チラッと見せるだけでよいのですから（そして、その方が一そう効果的なのです）、恐怖におののいている静子に見破られる心配はありません。

その夜（三月十九日）小山田氏は小梅の碁友だちの所から帰り、まだ門があいていたので、召使いたちに知れぬよう、ソッと庭を廻って洋館の階下の書斎に入り（これは静子から聞いたのですが、彼はそこの鍵を例の本棚の鍵と一緒に鎖に下げて持っていたのです）そのときはもう階上の寝室にはいっていた静子に悟られぬよう、闇の中で例のかつらをかぶり、そとに出て、立木を伝って洋館の軒蛇腹にのぼり、寝室の窓のそとへ廻って行って、そこのブラインドの隙間から、ソッと中を覗いたのであります。のちに静子が窓のそとに人の顔が見えたと私に語ったのは、この時のことだったのです。

さて、それでは、小山田氏はどうして死ぬようなことになったのか、それを語る前に、私は一応、私が同氏を疑い出してから二度目に小山田家を訪ね、洋館の問題の窓から、そとを覗いてみた時の観察を申し述べねばなりません。これはあなた自身行ってごらんなさればわかることですから、くだくだしい描写は省くことにいたしますが、その窓は隅田川に面していて、そとはほとんど軒下ほどの空地もなく、すぐ例の表側と同じコンクリート塀に囲まれ、塀は直ちにかなり高い石崖につづいています。地面を倹約するために、塀は石崖のはずれに立ててあるのです。水面から塀の上部までは約二間、塀の上部から二階の窓までは一間ほどあります。そこで小山田氏が軒蛇腹（それは幅が非常に狭いのです）から足を踏みはずして転落したとしますと、よほど運がよくて、塀の内側へ（そこは人一人やっと通れるくらいの細い空地です）落ちることも不可能ではありませんが、そうでなければ、一度塀の上部にぶっつかってそのままそとの大川へ墜落するほかはないのです。そして、六郎氏の場合はむろん後者だったのであります。

　私は最初、隅田川の流れというものに思い当たったときから、死体が投げこまれた現場にとどまっていたと考えるよりは、上流から漂ってきたと解釈するほうが、より自然だとは気づいていました。そして、小山田家の洋館のそとは、すぐ隅田川であり、吾妻橋よりも上流に当たることをも知っていました。それゆえ、もしかしたら、小山田氏はその窓から落ちたのではないかと、考えたことは考えたのですが、彼の死因が水死ではなくて、背中の突き傷だったものですから、私は長いあいだ迷わなければなりませんでした。

　ところが、ある日、私はふと、かつて読んだ南波杢三郎氏著「最新犯罪捜査法」の中にあった、この事件と似よりの一つの実例を思い出したのです。同書は私が探偵小説を考える際、よく参考にしますので、中の記事も覚えていたわけですが、その実例というのは次の通りであります。

「大正六年五月中旬頃、滋賀県大津市太湖汽船株式会社防波堤付近ニ男ノ水死体漂着セルコトアリ死体頭部ニハ鋭器ヲ以テシタルガ如キ切創アリ。検案ノ医師ガ右ハ生前ノ切傷ニシテ死因ヲ為シ、尚腹部ニ多少ノ水ヲ蔵セルハ、殺害ト同時ニ水中ニ投棄セラレタルモノナル旨ヲ断定セルニ依リ、茲ニ大事件トシテ俄ニ捜査官ノ活動ハ始マレリ。被害者ノ身元ヲ知ランガ為メニアラユル方法ハ尽サレ遂ニ端緒ヲ得ザリシ所、数日ヲ経テ、京都市上京区浄福寺通金箔業斎藤方ヨリ同人方雇人小林茂三（二三）ノ家出保護願ノ郵書ヲ受理シタル大津警察署ニ於テハ、偶々其人相着衣ト本件被害者ノ夫《ソレ》ト符合スル点アルヲ以テ、直ニ斎藤某ニ通知シ死体ヲ一見セシメタルニ全ク其雇人ナルコト判明シタルノミナラズ、他殺ニ非ズシテ実ニ自殺ナル事ヲモ確定セラレヌ。何トナレバ水死者ハ主家ノ金円ヲ多ク消費シ遺書ヲ残シテ家出セルモノナリシヲ知レバ也、同人ガ頭部ニ切傷ヲ蒙リ居タルハ、航行中ノ汽船ノ船尾ヨリ湖上ニ投身セル際、廻転セルすくりゅうニ触レ、切創様ノ損傷ヲ受ケタル事明白トナレリ」

　もし私がこの実例を思い出さなかったら、私はあのようなとっぴな考えを起こさなかったかもしれません。しかし、多くの場合、事実は小説家の空想以上なのです。そして、はなはだありそうもない頓狂なことが、実際にはやすやすと行われているのです。といっても、私は小山田氏がスクリューに傷つけられたと考えるものではありません。この場合は右の実例とは少々違って、死体はまったく水を呑んでいなかったのですし、それに夜中の一時ごろ、隅田川を汽船が通ることはめったにないのですから。

　では、小山田氏の背中の肺部に達するほどもひどい突き傷は何によって生じたか、あんなにも刃物と似た傷をつけうるものは一体なんであったか。それはほかでもない、小山田家のコンクリート塀の上部に植えつけてあった、ビール壜の破片なのです。それは表門の方も同様に植えつけてありますから、あなたも多分ごらんなすったことがありましょう。あの盗賊よけのガラス片は、ところどころに飛んでもない大きなやつがありますから、場合によっては、充分肺部に達するほどの突き傷をこしらえることができます。小山田氏は軒蛇腹から転落した勢いで、それにぶっつかったのです。ひどい傷を受けたのも無理はありません。なおこの解釈によれば、あの致命傷の周囲のたくさんの浅い突き傷の説明もつくわけであります。

かようにして、小山田氏は自業自得、彼のあくどい病癖のために、軒蛇腹から足を踏みはずし、塀にぶっつかって致命傷を受け、その上隅田川に墜落し、流れと共に吾妻橋汽船発着所の便所の下へ漂いつき、とんだ死に恥をさらしたわけであります。以上で本件に関する私の新解釈を大体陳述しました。一、二申し残したことをつけ加えますと、六郎氏の死体がどうして裸体にされていたかという疑問については、吾妻橋界隈は浮浪者、乞食、前科者の巣窟であって、溺死体が高価な衣類を着用していたなら（六郎氏はあの夜、大島の袷に塩瀬の羽織を重ね、白金の懐中時計を所持しておりました）、深夜人なきを見て、それをはぎ取るくらいの無謀者は、ごろごろしていると申せば充分でありましょう（註、この私の想像は、後に事実となって現われ、一人の浮浪人があげられたのだ）。それから、静子が寝室にいて、なぜ六郎氏の墜落した物音を気づかなかったかという点は、その時彼女が極度の恐怖に気も顚倒していたこと、コンクリート作りの洋館のガラス窓が密閉されていたこと、窓から水面までの距離が非常に遠いこと、また、たとえ水音が聞こえたとしても、隅田川はときどき徹夜の泥舟などが通るので、その櫓櫂の音と混同されたかもしれないこと、などをご一考願いたいと存じます。なお注意すべきは、この事件が毫《ごう》も犯罪的の意味を含まず、不幸変死事件を誘発したとはいえ、まったく悪戯の範囲を出でなかったという点であります。もしそうでなかったならば、小山田氏が証拠品の手袋を運転手に与えたり、本名を告げてかつらを注文したり、錠前つきとは申せ、自宅の本棚に大切な証拠物を入れておいたりした、ばかばかしい不注意を、説明のしようがないからであります。(後略)

以上、私は余りに長々と私の意見書を写し取ったが、これをここに挿入したのは、あらかじめ右の私の推理を明らかにしておかなければ、これからあとの私の記事が甚だ難解なものになるからである。私はこの意見書で、大江春泥は最初から存在しなかったといった。だが、事実は果してそうであったかどうか。もしそうだとすれば、私がこの記録の前段において、あんなにも詳しく彼の人となりを説明したことが、まったく無意味になってしまうのだが。

10

糸崎検事に提出するために、右の意見書を書き上げたのは、それにある日付によると、四月二十八日であったが、私はまずこの意見書を静子に見せて、もはや大江春泥の幻影におびえる必要のないことを知らせ、安心させてやろうと、書き上げた翌日、小山田家を訪ねたのである。私は小山田氏を疑ってからも、二度も静子を訪ねて家宅捜索みたいなことをやっていながら、実はまだ彼女には何も知らせてはいなかったのだ。

当時、静子の身辺には、小山田氏の遺産処分につき、毎日のように親族の者が寄り集まって、いろいろの面倒な問題が起こっているらしかったが、ほとんど孤立状態の静子は、よけい私をたよりにして、私が訪問すれば、大騒ぎをして歓迎してくれるのだった。私は例によって、静子の居間に通されると、甚だ唐突に、

「静子さん。もう心配はなくなりましたよ。大江春泥なんて、はじめからいなかったのです」

と言い出して、静子を驚かせた。むろん彼女にはなんのことだか意味がわからぬのだ。そこで、私は私が探偵小説を書き上げたとき、いつもそれを友だちに読みきかせるのと同じ気持で、持参した意見書の草稿を、静子のために朗読したのである。というのは、一つには静子に事の仔細を知らせて安心させるため、また一つには、これに対する彼女の意見も聞き、私自身でも草稿の不備な点を見つけ、充分訂正をほどこしたいからであった。

小山田氏の惨虐色情を説明した箇所は、甚だ残酷であった。静子は顔赤らめて消え入りたい風情を見せた。手袋の箇所では、彼女は「私は、確かにもう一と揃いあったのに、変だ変だと思っていました」と口を入れた。

六郎氏の過失死のところでは、彼女は非常に驚いて、まっ青になり、口もきけない様

子であった。

だが、すっかり読んでしまうと、彼女はしばらくは「まあ」といったきり、ぼんやりしていたが、やがて、その顔にはほのかな安堵の色が浮かんできた。彼女は大江春泥の脅迫状が贋物であって、もはや彼女の身には危険がなくなったと知って、ほっと安心したものにちがいない。

私の手前勝手な邪推が許されるならば、彼女はまた、小山田氏の醜悪な自業自得を聞いて、私との不義の情交について抱いていた自責の念を、いくらか軽くすることができたにちがいない。「あの人がそんなひどいことをして私を苦しめていたのだもの、私だって……」という弁解の道がついたことを、彼女はむしろ喜んだにちがいないのである。ちょうど夕食時だったので、気のせいか彼女はいそいそとして、洋酒などを出して、私をもてなしてくれた。

私は私で、意見書を彼女が認めてくれたのが嬉しく、勧められるままに、思わず酒を過ごした。酒に弱い私は、じきまっ赤になって、すると私はいつもかえって憂鬱になってしまうのだが、あまり口もきかず、静子の顔ばかり眺めていた。

静子は可なり面やつれをしていたけれど、その青白さは彼女の生地であったし、からだ全体にしなしなした弾力があって芯に陰火の然えているような、あの不思議な魅力は、少しも失せていなかったばかりか、そのころはもう毛織物の時候で、古風なフランネルを着ている彼女のからだの線が、今までになくなまめかしくさえ見えたのである。私は、その毛織物をふるわせて、くねくねとうごめく彼女の四肢の曲線を眺めながら、まだ知らぬ着物に包まれた部分の肉体を、悩ましくも心のうちに描いてみるのだった。

そうしてしばらく話しているうちに、酒の酔いが私にすばらしい計画を思いつかせた。それは、どこか人目につかぬ場所に、家を一軒借りて、そこを静子と私との逢引きの場所と定め、誰にも知られぬように、二人だけの秘密の逢う瀬を楽しもうということであった。

そのとき私は、女中が立ち去ったのを見とどけて、浅ましいことを白状しなければならぬが、いきなり静子を引き寄せ、彼女と第二の接吻をかわしながら、そして、私の両手は彼女の背中のフランネルの手ざわりを楽しみながら、私はその思いつきを彼女の耳にささやいたのだ。すると彼女は私のこのぶしつけな仕草を拒まなかったばかりでなく、わずかに首をうなずかせて、私の申し出を受けいれてくれたのである。

それから二十日あまりの、彼女と私との、あのしばしばの逢引きを、ただれきった悪夢のようなその日その日を、なんと書きしるせばよいのであろう。

私は根岸御行の松のほとりに、一軒の古めかしい土蔵つきの家を借り受け、留守は近所の駄菓子屋のお婆さんに頼んでおいて、静子としめし合わせては、多くは昼日中、そこで落ち合ったのである。

私は生れてはじめて、女というものの情熱の烈しさ、すさまじさを、しみじみと味わった。あるときは、静子と私とは幼い子供に返って、古ぼけた化物屋敷のように広い家の中を、猟犬のように舌を出して、ハッハッと肩で息をしながら、もつれ合って駈けまわった。私が摑もうとすると、彼女はイルカみたいに身をくねらせて、巧みに私の手の中をすり抜けては走った。グッタリと死んだように折りかさなって倒れてしまうまで、私たちは息を限りに走りまわった。

あるときは、薄暗い土蔵の中にとじこもって、一時間も二時間も静まり返っていた。もし人あって、その土蔵の入口に耳をすましていたならば、中からさも悲しげな女のすすり泣きにまじって、二重唱のように、太い男の手離しの泣き声が、長いあいだつづいているのを聞いたであろう。

だが、ある日、静子が芍薬の大きな花束の中に隠して、例の小山田氏常用の外国製乗馬鞭を持ってきたときには、私はなんだか怖くさえなった。彼女はそれを私の手に握らせて、小山田氏のように彼女のはだかの肉体を打擲せよと迫るのだ。

長いあいだの六郎氏の惨虐が、とうとう彼女にその病癖をうつし、彼女は被害色情者の耐えがたい慾望に、さいなまれる身となり果てていたのである。そして、私もまた、もし彼女との逢う瀬がこのまま半年もつづいたなら、きっと小山田氏と同じ病にとりつかれてしまったにちがいない。

なぜといって、彼女の願いをしりぞけかねて、私がその鞭を彼女のなよやかな肉体に加えたとき、その青白い皮膚の表面に、俄かにふくれ上がってくる毒々しいミミズ脹れを見た時、ゾッとしたことには、私はある不可思議な愉悦をさえ覚えたからである。

しかし、私はこのような男女の情事を描写するために、この記録を書きはじめたのではなかった。それらは、他日私がこの事実を小説に仕組むおり、もっと詳しく書きしるすこととして、ここには、その情事生活のあいだに、私が静子から聞きえた、一つの事実を書き添えておくことにとどめよう。

それは例の六郎氏のかつらのことであったが、あれは正しく六郎氏がわざわざ注文して拵らえさせたもので、そうしたことには極端に神経質であった彼は、静子との寝室の遊戯の際、絵にならぬ彼の禿頭を隠すため、静子が笑って止めたにもかかわらず、子供のように真剣になって、それを注文しに行ったとのことであった。「なぜ今まで隠していたの」と私が尋ねたら、静子は「だって、そんなこと恥かしくって、いえませんでしたわ」と答えた。

さて、そんな日が二十日ばかりつづいたころ、あまり顔を見せないのも変だというので、私は口をぬぐって小山田家を訪ね、静子に会って、一時間ばかりしかつめらしい談話をかわしたのち、例のお出入りの自動車に送られて、帰宅したのであったが、その自動車の運転手が、偶然にもかつて私が手袋を買い取った青木民蔵であったことが、またしても、私があの奇怪な白昼夢へと引き込まれて行くきっかけとなったのである。

手袋は違っていたが、ハンドルにかかった手の形も、古めかしい紺の春外套も（彼はワイシャツの上にすぐそれを着ていた）、その張り切った肩の恰好も、前の風よけガラスも、その上の小さな鏡も、すべて約一か月以前の様子と少しも違わなかった。それが私を変な気持にして行った。

　私はあの時、この運転手に向かって「大江春泥」と呼びかけてみたことを思い出した。すると、私は妙なことに、大江春泥の写真の顔や、彼の作品の変てこな筋や、彼の不思議な生活の記憶で、頭の中が一杯になってしまった。しまいには、クッションの私のすぐ隣に春泥が腰かけているのではないかと思うほど、彼を身近に感じ出した。そして、一瞬間、ボンヤリしてしまって、私は変なことを口走った。

「君、君、青木君。このあいだの手袋ね、あれはいったいいつごろ小山田さんに貰ったのだい」

「へえ?」

と運転手は、一か月前の通りに顔をふり向けて、あっけにとられたような表情をしたが、

「そうですね、あれは、むろん去年でしたが、十一月の……たしか帳場から月給を貰った日で、よく貰いものをする日だと思ったことを覚えていますから、十一月の二十八日でしたよ。間違いありませんよ」

「へえ、十一月のねえ、二十八日なんだね」

　私はまだボンヤリしたまま、うわごとのように相手の返事を繰り返した。

「だが、旦那、なぜそう手袋のことばかり気になさるんですね。何かあの手袋に曰くでもあったのですか」

運転手はニヤニヤ笑ってそんなことをいっていたが、私はそれに返事もしないで、じっと風よけガラスについた小さなほこりを見つめていた。車が四、五丁走るあいだ、そうしていた。だが、突然、私は車の中で立ち上がって、いきなり運転手の肩をつかんで、どなった。

「君、それはほんとうだね、十一月二十八日というのは。君は裁判官の前でもそれが断言できるかね」

車がフラフラとよろめいたので、運転手はハンドルを調節しながら、

「裁判官の前ですって。冗談じゃありませんよ。だが、十一月二十八日に間違いはありません。証人だってありますよ。私の助手もそれを見ていたんですから」

青木は、私があんまり真剣なので、あっけにとられながらも、まじめに答えた。

「じゃあ、君、もう一度引っ返すんだ」

運転手はますます面くらって、やや恐れをなした様子だったが、それでも私のいうがままに、車を帰して、小山田家の門前についた。私は車を飛び出すと、玄関へかけつけ、そこにいた女中をとらえて、いきなりこんなことを聞きただすのであった。

「去年の暮れの煤掃きのおり、ここのうちでは、日本間の方の天井板をすっかりはがして、灰汁洗《あくあら》いをしたそうだね。それはほんとうだろうね」

先にも述べた通り、私はいつか天井裏へあがったとき、静子にそれを聞いて知っていたのだ。女中は私が気でも違ったと思ったかも知れない。しばらく私の顔をまじまじと

見ていたが、

「ええ、ほんとうでございます。灰汁洗いではなく、ただ水で洗わせたのですけれど、灰汁洗い屋が来たことは来たのです。あれは暮れの二十五日でございました」

「どの部屋の天井も？」

「ええ、どの部屋の天井も」

それを聞きつけたのか、奥から静子も出てきたが、彼女は心配そうに私の顔を眺めて、

「どうなすったのです」

と尋ねるのだ。

私はもう一度さっきの質問を繰り返し、静子からも女中と同じ返事を聞くと、挨拶もそこそこに、また自動車に飛びこんで、私の宿へ行くように命じたまま、深々とクッションにもたれ込み、私の持ち前の泥のような妄想におちいって行くのだった。

小山田家の日本間の天井板は昨年十二月二十五日、すっかり取りはずして水洗いをした。それでは、例の飾りボタンが天井裏へ落ちたのは、そののちでなければならない。しかるに一方では、十一月二十八日に手袋が運転手に与えられている。天井裏に落ちていた飾りボタンが、その手袋から脱落したことは、先にしばしば述べた通り、疑うことのできない事実だ。

すると、問題の手袋のボタンは、落ちぬ先になくなっていたということになる。このアインシュタイン物理学めいた不可思議な現象は、そも何を語るものであるか、

私はそこへ気がついたのであった。

　私は念のためにガレージに青木民蔵を訪ね、彼の助手の男にも会って、聞きただしてみたけれど、十一月二十八日に間違いはなく、また小山田家の天井洗いを引受けた請負人をも訪ねてみたが、十二月二十五日に思い違いはなかった。彼は、天井板をすっかりはがしたのだから、どんな小さな品物にしろ、そこに残っているはずはないと請合ってくれた。

　それでもやはり、あのボタンは小山田氏が落としたものだと強弁するためには、こんなふうにでも考えるほかはなかった。

　すなわち、手袋からとれたボタンが小山田氏のポケットに残っていた。小山田氏はそれを知らずにボタンのない手袋は使用できぬので運転手に与えた。それから少なく見て一か月後、多分は三か月後に（脅迫状がきはじめたのは二月からであった）、同氏が天井裏へ上がった時、偶然にもボタンがそのポケットから落ちたという、持って廻った順序なのだ。

　手袋のボタンが外套でなくて服のポケットに残っていたというのも変だし（手袋は多く外套のポケットへしまうものだ。そして、小山田氏が天井裏へ外套を着て上がったとは考えられぬ。いや、背広を着て上がったと考えることさえ、可なり不自然だ）、それに小山田氏のような金満紳士が、暮れに着ていた服のままで春を越したとも思われぬではないか。

これがきっかけとなって、私の心には又しても陰獣大江春泥の影がさしてきた。小山田氏が惨虐色情者であったという近代の探偵小説めいた材料が、私にとんでもない錯覚を起こさせたのではなかったか（彼が外国製乗馬鞭で静子を打擲したことだけは、疑いもない事実だけれど）。そして、彼はやっぱり何者かのために殺害されたのではあるまいか。

大江春泥、ああ、怪物大江春泥の俤《おもかげ》が、しきりに私の心にねばりついてくるのだ。ひとたびそんな考えが芽ばえると、すべての事柄が不思議に疑わしくなってくる。一介の空想小説家にすぎない私に、意見書にしるしたような推理が、あんなにやすやすと組み立てられたということも、考えてみればおかしいのだ。現に、私はあの意見書のどこやらに、とんでもない錯誤が隠れているような気がしたものだから、一つは静子との情事に夢中だったせいもあるけれど、草稿のまま清書もしないでほうってある。事実私はなんとなく気が進まなかった。そして、今ではそれがかえってよかったと思うようにさえなってきたのだ。

考えてみると、この事件には証拠が揃い過ぎていた。私の行く先々に、待ちかまえていたように、おあつらえ向きの証拠品がゴロゴロしていた。大江春泥自身も彼の作品でいっていた通り、探偵は多過ぎる証拠に出会ったときこそ、警戒しなければならないのだ。

第一あの真に迫った脅迫状の筆蹟が、私の妄想したように、小山田氏の偽筆だったというのは、甚だ考えにくいことではないか。かつて本田もいったことだが、たとえ春泥の文字は似せることができても、あの特徴のある文章を、しかも方面違いの実業家であった小山田氏に、どうしてまねることができたのであろう。

私はその時まで、すっかり忘れていたけれど、春泥作「一枚の切手」という小説には、ヒステリーの医学博士夫人が、夫を憎むあまり、博士が彼女の筆蹟を手習いして、贋の書置きを作ったような証拠を作り上げ、博士を殺人罪におとしいれようと企らんだ話がある。ひょっとしたら、春泥はこの事件にも、その同じ手を用いて、小山田氏を陥れようと計ったのではないだろうか。

見方によっては、この事件はまるで大江春泥の傑作集の如きものであった。例えば、天井裏の隙見は「屋根裏の遊戯」であり、証拠品のボタンも同じ小説の思いつきであるし、春泥の筆蹟を手習いしたのは「一枚の切手」だし、静子の項《うなじ》の生傷が惨虐色情者を暗示したのは「B坂の殺人」の方法である。それから、ガラスの破片が突き傷をこしらえたことといい、はだかの死体が便所の下に漂っていたことといい、そのほか事件全体が大江春泥の体臭に充ち満ちていたのだ。

これは偶然にしては余りに奇妙な符合ではなかったか。はじめから終りまで、事件の上に春泥の大きな影がかぶさっていたではないか。私はまるで、大江春泥の指図に従って、彼の思うがままの推理を組み立ててきたような気がするのだ。春泥が私にのりうつったのではないかとさえ思われるのだ。

春泥はどこかにいる。そして、事件の底から蛇のような眼を光らせているにちがいない。私は理屈ではなく、そんなふうに感じないではいられなかった。だが、彼はどこにいるのだ。

私はそれを下宿の部屋で、蒲団の上に横になって考えていたのだが、さすが肺臓の強い私も、この果てしのない妄想にはうんざりした。考えながら、私は疲れ果ててウトウトと眠ってしまった。そして、妙な夢を見てハッと眼が醒めたとき、ある不思議なことを思い浮かべたのだ。

夜がふけていたけれど、私は彼の下宿に電話をかけて、本田を呼び出してもらった。

「君、大江春泥の細君は丸顔だったといったねえ」

私は本田が電話口に出ると、なんの前置きもなく、こんなことを尋ねて、彼を驚かした。

「ええ、そうでしたよ」

本田はしばらくして、私だとわかったのか、眠むそうな声で答えた。

「いつも洋髪に結っていたのだね」

「ええ、そうでしたよ」

「近眼鏡をかけていたのだね」

「ええ、そうですよ」

「金歯を入れていたのだね」

「歯がわるかったのだね。そして、よく頬に歯痛止めの貼り薬をしていたというじゃないか」

「よく知ってますね、春泥の細君に会ったのですか」

「いいや、桜木町の近所の人に聞いたのだよ。だが、君の会った時も、やっぱり歯痛をやっていたのかね」

「ええ、いつもですよ。よっぽど歯の性がわるいのでしょう」

「それは右の頬だったかね」

「よく覚えないけれど、右のようでしたね」

「しかし、洋髪の若い女が、古風な歯痛止めの貼り薬は少しおかしいね。今どきそんなもの貼る人はないからね」

「そうですね。だが、いったいどうしたんです。例の事件、何か手掛りが見つかったのですか」

「まあ、そうだよ。詳しいことはそのうち話そうよ」

といったわけで、私は前に聞いて知っていたことを、もう一度念のために本田にただして見たのだった。

それから、私は机の上の原稿紙に、まるで幾何の問題でも解くように、さまざまの形や文字や公式のようなものを、ほとんど朝まで書いては消し、書いては消ししていたのである。

11

そんなことで、いつも私の方から出す逢引きの打ち合わせの手紙が三日ばかり途切れたものだから、待ちきれなくなったのか、静子からあすの午後三時ごろ、きっと例の隠れがへきてくれるようにとの速達がきた。それには「私という女のあまりにもみだらな正体を知って、あなたはもう私がいやになったのではありませんか、私が怖くなったのではありませんか」と怨じてあった。

私はこの手紙を受取っても、妙に気が進まなかった。彼女の顔を見るのがいやでしょうがなかった。だが、それにもかかわらず、私は彼女の指定してきた時間に、御行の松の下の、あの化物屋敷へ出向いて行った。

それはもう六月にはいっていたが、梅雨の前の、そこひのように憂鬱な空が、押しつけるように頭の上に垂れ下がって、気違いみたいにむしむしと暑い日だった。電車をおりて、三、四丁歩くあいだに、腋の下や背筋などが、ジクジクと汗ばんで、さわってみると、富士絹のワイシャツがネットリと湿っていた。

静子は、私よりもひと足先にきて、涼しい土蔵の中のベッドに腰かけて待っていた。土蔵の二階にはジュウタンを敷きつめ、ベッドや長椅子を置き、幾つも大型の鏡を並べなどして、私たちの遊戯の舞台をできるだけ効果的に飾り立てたのだが、静子は私が止めるのを聞かず、長椅子にしろ、ベッドにしろ、ばかばかしく高価な品を、惜しげもなく買い入れたものだ。

静子は、派手な結城紬の一重物《ひとえもの》に、桐の落葉の刺繍を置いた黒繻子の帯をしめて、例によって艶々とした丸髷のつむりをふせ、ベッドの純白のシーツの上に、フーワリと腰をおろしていたが、洋風の調度と、江戸好みな彼女の姿とが、ましてその場所が薄暗い土蔵の二階なので、甚だしく異様な対照を見せていた。

私は、夫をなくしても変えようともしない、彼女の好きな丸髷が、匂やかに艶々しく輝いているのを見ると、すぐさま、その髷がガックリとして、前髪がひしゃげたように乱れて、ネットリしたおくれ毛が、首筋のあたりにまきついている、あのみだらがましき姿を眼に浮かべないではいられなかった。彼女はその隠れがから帰るときには、乱れた髪をときつけるのに、鏡の前で三十分もついやすのが常であったから。

「このあいだ、灰汁洗い屋のことを、わざわざ聞きに戻っていらしったのは、どうしたんですの。あなたの慌てようったらなかったのね。あたし、どういうわけだかと、考えてみたんですけど、わかりませんのよ」

私がはいって行くと、静子はすぐそんなことを聞いた。

「わからない？　あなたには」私は洋服の上衣を脱ぎながら答えた。「大変なことなんだよ。僕は大間違いをやっていたのさ。天井を洗ったのが十二月の末で、小山田さんの手袋のボタンのとれたのがそれよりひと月以上も前なんですよ。だってあの運転手に手袋をやったのが十一月の二十八日だっていうから、ボタンのとれたのはその以前にきまっているんだからね。順序がまるであべこべなんですよ」

「まあ」

と静子は非常に驚いた様子であったが、まだはっきりとは事情がのみこめぬらしく、

「でも天井裏へ落ちたのは、ボタンがとれたよりはあとなんでしょう」

「あとにはあとだけれど、そのあいだの時間が問題なんだよ。つまりボタンは小山田さんが天井裏へ上がったとき、その場でとれたんでなければ、変だからね。正確にいえばなるほどあとだけれど、とれると同時に天井裏へ落ちて、そのままそこに残されていたのだからね。それがとれてから、落ちるまでのあいだに一と月以上もかかるなんて、物理学の法則では説明できないじゃないか」

「そうね」

彼女は少し青ざめて、まだ考え込んでいた。

「とれたボタンが、小山田さんの服のポケットにでもはいっていて、それが一と月のちに偶然天井裏へ落ちたとすれば、説明がつかぬことはないけれど、それにしても、小山田さんは去年の十一月に着ていた服で、春を越したのかい」

「いいえ。あの人おしゃれさんだから、年末にはずっと厚手の温かい服に替えていましたわ」

「それごらんなさい。だから変でしょう」

「じゃあ」

と彼女は息を引いて、

「やっぱり平田が……」

と言いかけて、口をつぐんだ。

「そうだよ。この事件には、大江春泥の体臭があまり強すぎるんだよ。で、僕はこのあいだの意見書を、まるで訂正しなければならなくなった」

私はそれから前章にしるした通り、この事件が大江春泥の傑作集の如きものであること、証拠の揃いすぎていたこと、偽筆が余りにも真に迫っていたことなどを、彼女のために簡単に説明した。

「あなたは、よく知らないだろうが、春泥の生活というものが、実に変なんだ。あいつはなぜ訪問者に会わなかったか。なぜあんなにもたびたび転居したり、旅行をしたり、病気になったりして、訪問者を避けようとしたか。おしまいには、向島須崎町の家を無駄な費用をかけて、なぜ借りっぱなしにしておいたか。いくら人厭いの小説家にもしろ、あんまり変じゃないか。人殺しでもやる準備行為でなかったとしたら、あんまり変じゃないか」

私は、ベッドの静子の隣に腰をおろして話していたのだが、彼女は、やっぱり春泥の仕業であったかと思うと、俄かに怖くなった様子で、ぴったり私の方へからだをすり寄せて、私の左の手首を、むず痒く握りしめるのであった。

「考えてみると、僕はあいつの思うままに、なぶられていたんだよ。あいつのあらかじめ拵らえておいた偽証を、そのまま、あいつの推理をお手本にして、おさらいさせられたも同然なんだよ。アハハハハ」

私は自から嘲るように笑った。

「あいつは恐ろしいやつですよ。僕の物の考え方をちゃんと呑みこんでいて、その通りに証拠を拵らえ上げたんだからね。普通の探偵やなんかでは駄目なんだ。僕のような、推理好みの小説家でなくては、こんな廻りくどい、とっぴな想像ができるものではないのだから。だが、もし犯人が春泥だとすると、いろいろ無理ができてくる。その無理ができてくるところが、この事件の難解なゆえんで、春泥が底のしれない悪者だというわけだけれどね。

無理というのはね、せんじつめると、二つの事柄なんだが、一つは例の脅迫状が小山田さんの死後パッタリこなくなったこと、もう一つは、日記帳だとか、春泥の著書、『新青年』なんかが、どうして小山田さんの本棚にはいっていたかということです。

この二つだけは、春泥が犯人だとすると、どうも辻褄が合わなくなるんだよ。たとえ日記帳の例の欄外の文句は、小山田さんの筆癖をまねて書きこめるにしたところが、また『新青年』の口絵の鉛筆のあとなんかも、偽証を揃えるためにあいつが作っておいたとしたところが、どうにも無理なのは、小山田さんしか持っていない、あの本棚の鍵を、春泥がどうして手に入れたかということだよ。そして、あの書斎へ忍びこめたかということだよ。

僕はこの三日のあいだ、その点を頭の痛くなるほど考え抜いたのだがね。その結果、どうやら、たった一つの解決法を見つけたように思うのだけれど。

僕はさっきもいったように、この事件に春泥の作品の匂いが充ち満ちていることから、あいつの小説をもっとよく研究してみたら、何か解決の鍵がつかめやしないかと思って、あいつの著書を出して読んでみたんだよ。それからね、あなたにはまだ言ってないけれど、博文館の本田という男の話によると、春泥がとんがり帽に道化服という変な恰好で、浅草公園をうろついていたというんだ、しかも、それが広告屋で聞いてみると、公園の浮浪人だったとしか考えられないんだ。春泥が浅草公園の浮浪人の中にまじっていたなんて、まるでスチブンソンの『ジーキル博士とハイド』みたいじゃないか。僕はそこへ気づいて、春泥の著書の中から、似たようなのを探してみると、あなたも知っているでしょう、あいつが行方不明になるすぐ前に書いた『パノラマ国』という長篇と、それよりも前の作の『一人二役』という短篇と、二つもあるのです。それを読むと、あいつが『ジーキル博士』式なやり方に、どんな魅力を感じていたか、よくわかるのだ。つまり、一人でいながら、二人の人物にばけることにね」

「あたし怖いわ」

静子はしっかり私の手を握りしめて言った。

「あなたの話しかた、気味がわるいのね。もうよしましょうよ、そんな話。こんな薄暗い蔵の中じゃいやですわ。その話はあとにして、きょうは遊びましょうよ。あたし、あなたとこうしていれば、平田のことなんか、思い出しもしないのですもの」

「まあお聞きなさい。あなたにとっては、命にかかわることなんだよ。もし春泥がまだあなたをつけねらっているとしたら」

私は恋愛遊戯どころではなかった。

「僕はまた、この事件のうちから、ある不思議な一致を二つだけ発見した。学者くさい言いかたをすれば、一つは空間的な一致で、一つは時間的な一致なんだけれど。ここに東京の地図がある」

私はポケットから、用意してきた簡単な東京地図を取り出して、指でさし示しながら、

「僕は大江春泥の転々として移り歩いた住所を、本田と象潟署の署長から聞いて覚えているが、それは、池袋、牛込喜久井町、根岸、谷中初音町、日暮里金杉、神田末広町、上野桜木町、本所柳島町、向島須崎町と、大体こんなふうだった。このうち池袋と、牛込喜久井町だけは大変離れているけれど、あとの七か所は、こうして地図の上で見ると、東北の隅の狭い地域に集まっている。これは春泥の大変な失策だったのですよ。池袋と牛込が離れているのは、春泥の文名が上がって訪問記者などがおしかけはじめたのは、根岸時代からだという事実を考え合わせると、よくその意味がわかる。つまりあいつは喜久井町時代までは、すべて原稿の用事を手紙だけですませていたのだからね。ところ

で、根岸以下の七か所を、こうして線でつないでみると、不規則な円周を描いていることがわかるが、その円の中心を求めたならば、そこにこの事件解決の鍵が隠れているのだよ。なぜそうだかということは、いま説明するがね」

その時、静子は何を思ったのか、私の手を離して、いきなり両手を私の首にまきつけると、例のモナ・リザの唇から、白い八重歯を出して、

「怖い」

と叫びながら、彼女の頰を私の頰に、彼女の唇を私の唇に、しっかりとくっつけてしまった。ややしばらくそうしていたが、唇を離すと、今度は私の耳を人差指で巧みにくすぐりながら、そこへ口を近づけて、まるで子守歌のような甘い調子で、ボソボソとささやくのだった。

「あたし、そんな怖い話で、大切な時間を消してしまうのが、惜しくてたまらないのですわ。あなた、あなた、私のこの火のような唇がわかりませんの、この胸の鼓動が聞こえませんの。さあ、あたしを抱いて、ね、あたしを抱いて」

「もう少しだ。もう少しだから辛抱して僕の考えを聞いてください。その上できょうはあなたとよく相談しようと思ってきたのだから」

私はかまわず話しつづけて行った。

「それから時間的の一致というのはね。春泥の名前がパッタリ雑誌に見えなくなったのは、私はよく覚えているが、おととしの暮れからなんだ。それとね、小山田さんが外国

から帰朝したときと――あなたはそれがやっぱり、おとといの暮れだっていったでしょう。この二つがどうして、こんなにぴったり一致しているのかしら。これが偶然だろうかね。あなたはどう思う?」

私がそれを言い切らぬうちに、静子は部屋の隅から例の外国製乗馬鞭を持ってきて、無理に私の右手に握らせると、いきなり着物を脱いで、うつむきにベッドの上に倒れ、むき出しのなめらかな肩の下から、顔だけを私の方へふりむけて、

「それがどうしたの。そんなこと、そんなこと」

と何かわけのわからぬことを、気違いみたいに口走ったが、

「さあ、ぶって! ぶって!」

と叫びながら、上半身を波のようにうねらせるのであった。

小さな蔵の窓から、鼠色の空が見えていた。電車の響きであろうか、遠くの方から遠雷のようなものが、私自身の耳鳴りにまじって、オドロオドロと聞こえてきた。それはちょうど、空から魔物の軍勢が押しよせてくる陣太鼓でもあるかのように、気味わるく思われた。おそらくあの天候と、土蔵の中の異様な空気が、私たち二人を気ちがいにしたのではなかったか。静子も私も、あとになってみると、正気の沙汰ではなかったのだ。私はそこに横たわってもがいている彼女の汗ばんだ青白い全身を眺めながら、執拗にも私の推理をつづけて行った。

「一方ではこの事件の中に大江春泥がいることは、火のように明らかな事実なんだ。だ

が、一方では日本の警察力がまる二か月かかっても、あの有名な小説家を探し出すことができず、あいつは煙みたいに完全に消えうせてしまったのだ。

　ああ、僕はそれを考えるさえ恐ろしい。こんなことが悪夢でないのが不思議なくらいだ。なぜ彼は小山田静子を殺そうとはしないのだ。ふっつりと脅迫状を書かなくなってしまったのだ。あいつはどんな忍術で小山田さんの書斎へはいることができたんだ。そして、あの錠前つきの本棚をあけることができたんだ……

　僕は或る人物を思い出さないではいられなかった。ほかでもない、女流探偵小説家平山日出子だ。世間ではあれを女だと思っている。作家や記者仲間でも、女だと信じている人が多い。日出子のうちへは毎日のように愛読者の青年からのラブ・レターが舞い込むそうだ。ところがほんとうは彼は男なんだよ。しかも、れっきとした政府のお役人なんだよ。

　探偵作家なんてみんな、僕にしろ、春泥にしろ、平山日出子にしろ、怪物なんだ。男でいて女に化けてみたり、猟奇の趣味が高じると、そんなところまで行ってしまうのだ。ある作家は、夜、女装をして浅草をぶらついた。そして、男と恋のまねごとさえやった」

　私はもう夢中になって、気ちがいのようにしゃべりつづけた。顔じゅうに一杯汗が浮かんで、それが気味わるく口の中へ流れ込んだ。

「さあ、静子さん。よく聞いてください。僕の推理が間違っているかいないか。春泥の住所をつないだ円の中心はどこだ。この地図を見てください。あなたの家だ。浅草山の宿だ。皆あなたの家から十分以内のところばかりだ。

小山田さんの帰朝と一緒に、なぜ春泥は姿を隠したのだ。もう茶の湯と音楽の稽古に通よえなくなったからだ。わかりますか。あなたは小山田さんの留守中、毎日午後から夜に入るまで、茶の湯と音楽の稽古に通よったのです。

ちゃんとお膳立をしておいて、僕にあんな推理を立てさせたのは誰だった。あなたですよ。僕を博物館で捉えて、それから自由自在にあやつったのは。

あなたなれば、日記帳に勝手な文句を書き加えることだって、そのほかの証拠品を小山田さんの本棚へ入れることだって、天井へボタンを落としておくことだって、自由にできるのです。僕はここまで考えたのです。ほかに考えようがありますか。さあ、返事をしてください。返事をしてください」

「あんまりです。あんまりです」

裸体の静子が、ワッと悲鳴を上げて、私にとりすがってきた。そして、私のワイシャツの上に頬をつけて、熱い涙が私の肌に感じられるほども、さめざめと泣き入るのだった。

「あなたはなぜ泣くのです。さっきからなぜ僕の推理をやめさせようとしたのです。あたりまえなれば、あなたには命がけの問題なのだから、聞きたがるはずじゃありませんか。これだけでも、僕はあなたを疑わないではいられぬのだ。お聞きなさい。まだ僕の推理はおしまいじゃないのだ。

　大江春泥の細君はなぜ目がねをかけていた？　金歯をはめていた？　歯痛止めの貼り薬をしていた？　洋髪に結って丸顔に見せていた？　あれは春泥の『パノラマ国』の変装法そっくりじゃありませんか。春泥はあの小説の中で、日本人の変装の極意を説いている。髪形を変えること、目がねをかけること、含み綿をすること、それから又、『一銭銅貨』の中には丈夫な歯の上に、夜店の鍍金《めっき》の金歯をはめる思いつきが書いてある。あなたは人目につき易い八重歯を持っている。それを隠すために鍍金の金歯をかぶせたのだ。あなたの右の頰には大きな黒子がある。それを隠すために、あなたは歯痛止めの貼り薬をしたのだ。洋髪に結って瓜実顔を丸顔に見せるくらいなんでもないことだ。そうしてあなたは春泥の細君に化けたのだ。

　僕はおととい、本田にあなたを隙見させて、春泥の細君に似ていないかを確かめた。本田はあなたの丸髷を洋髪に換え、目がねをかけ、金歯を入れさせたら、春泥の細君にそっくりだといったじゃありませんか。さあ、言っておしまいなさい。すっかりわかってしまったのだ。これでもあなたは、まだ僕をごまかそうとするのですか」

　私は静子をつき離した。彼女はグッタリとベッドの上に倒れかかり、激しく泣き入って、いつまで待っても答えようとはしない。私はすっかり興奮してしまって、思わず手にしていた乗馬鞭をふるって、ピシリと彼女のはだかの背中へ叩きつけた。私は夢中になって、これでもか、これでもかと、幾つも幾つも打ちつづけた。

見る見る彼女の青白い皮膚は赤み走って、やがてミミズの這った形に、まっ赤な血がにじんできた。彼女は私の足の下に、いつもするのと同じみだらな恰好で、手足をもがき、身をくねらせた。そして、絶え入るばかりの息の下から、

「平田、平田」

と細い声で口走った。

「平田？　ああ、あなたはまだ私をごまかそうとするんだな。あなたが春泥の細君に化けていたなら、春泥という人物は別にあるはずだとでもいうのですか。春泥なんているものか。あれはまったく架空の人物なんだ。それをごまかすために、あなたは彼の細君に化けて雑誌記者なんかに会っていたのだ。あんなにもたびたび住所を変えたのだ。しかし或る人には、まるで架空の人物ではごまかせないものだから、浅草公園の浮浪人を雇って、座敷に寝かしておいたんだ。春泥が道化服の男に化けたのではなくて、道化服の男が春泥に化けていたんだ」

静子はベッドの上で死んだようになってだまりこんでいた。ただ、彼女の背中の赤ミミズだけがまるで生きているかのように、彼女の呼吸につれてうごめいていた。彼女がだまってしまったので、私もいくらか興奮がさめて行った。

「静子さん。僕はこんなにひどくするつもりではなかった。もっと静かに話してもよかったのだ。だが、あなたがあんまり私の話を避けよう避けようとするものだから、そして、あんな嬌態でごまかそうとするものだから、僕もつい興奮してしまったのですよ。

勘弁してくださいね。ではね、あなたは口をきかなくてもいい。僕があなたのやってきたことを、順序を立てていってみますからね。もし間違っていたら、そうでないとひとことといってくださいね」

そうして、私は私の推理を、よくわかるように話し聞かせたのである。

「あなたは女にしては珍らしい理智と文才に恵まれていた。それは、あなたが私にくれた手紙を読んだだけでも、充分わかるのです。そのあなたが、匿名で、しかも男名前で、探偵小説を書いてみる気になったのは、ちっとも無理ではありません。だが、その小説が意外に好評を博した。そして、ちょうどあなたが有名になりかけた時分に、小山田さんが、二年間も外国へ行くことになった。その淋しさをなぐさめるため、且つまた、あなたの猟奇癖を満足させるため、あなたはふと一人三役という恐ろしいトリックを思いついた。あなたは『一人二役』という小説を書いているが、その上を行って、一人三役というすばらしいことを思いついたのです。

あなたは平田一郎の名前で、根岸に家を借りた。その前の池袋と牛込とはただ手紙の受け取り場所を造っておいただけでしょう。そして、厭人病や旅行などで、平田という男性を世間の眼から隠しておいて、あなたが変装をして平田夫人に化け、平田に代って原稿の話まで一切きりまわしていた。つまり原稿を書くときには大江春泥の平田になり、雑誌記者に会ったり、うちを借りたりするときには、平田夫人になり、山の宿の小山田家では、小山田夫人になりすましていたのです。つまり一人三役なのです。

そのために、あなたはほとんど毎日のように午後一ぱい、茶の湯や音楽を習うのだといってうちをあけなければならなかった。半日は小山田夫人、半日は平田夫人と、一つからだを使い分けていたのです。それには髪も結いかえる必要があり、着物を着換えたり変装をしたりする時間が要るので、あまり遠方では困るんです。そこで、あなたは住所を変えるときは、山の宿を中心に、自動車で十分ぐらいの所ばかり選んだわけですよ。僕は同じ猟奇の徒なんだから、あなたの心持がよくわかります。ずいぶん苦労な仕事ではあるけれど、世の中にこんなにも魅力ある遊戯は、おそらくほかにはないでしょうからね。

僕は思い当たることがありますよ。いつか或る批評家が春泥の作を評して、女でなければ持っていない不愉快なほどの猜疑心に充ち満ちている。まるで暗闇にうごめく陰獣のようだといったのを思い出しますよ。あの批評家はほんとうのことをいっていたのですね。

そのうちに、短い二年が過ぎ去って、小山田さんが帰ってきた。もうあなたは元のように一人三役を勤めることはできない。そこで大江春泥の行方不明ということになったのです。でも、春泥が極端な厭人病者だということを知っている世間は、その不自然な行方不明をたいして疑わなかった。

だが、あなたがどうしてあんな恐ろしい罪を犯す気になったか、その心持は男の僕にはよくわからないけれど、変態心理学の書物を読むと、ヒステリィ性の婦人は、しばしば自分で自分に当てて脅迫状を書き送るものだそうです。日本にも外国にもそんな実例はたくさんあります。

つまり自分でも怖がり、他人にも気の毒がってもらいたい心持なんですね。あなたもきっとそれなんだと思います。自分が化けていた有名な男性の小説家から、脅迫状を受け取る、なんというすばらしい着想でしょう。

同時にあなたは年をとったあなたの夫に不満を感じてきた。そして、夫の不在中に経験した変態的な自由の生活にやみがたいあこがれをいだくようになった。いや、もっと突っ込んでいえば、かつてあなたが春泥の小説の中に書いた通り、犯罪そのものに、殺人そのものに、言い知れぬ魅力を感じたのだ。それにはちょうど春泥という完全に行方不明になった架空の人物がある。この者に嫌疑をかけておいたならば、あなたは永久に安全でいることができる上、いやな夫には別れ、莫大な遺産を受け継いで、半生を勝手気ままに振舞うことができる。

だが、あなたはそれだけでは満足しなかった。万全を期するため、二重の予防線を張ることを考えついた。そして、選び出されたのが僕なんです。あなたはいつも春泥の作品を非難する僕をあやつり人形にして、かたき討ちをしてやろうと思ったのでしょう。だから僕があの意見書を見せたときには、あなたはどんなにかおかしかったことでしょうね。僕をごまかすのは造作もなかったですね。手袋の飾りボタン、日記帳、『新青年』、『屋根裏の遊戯』それで充分だったのですからね。

だが、あなたがいつも小説に書いているように、犯罪者というものは、どこかにほんのつまらないしくじりを残しておくものです。あなたは小山田さんの手袋からとれたボタンを拾って、大切な証拠品に使ったけれど、それがいつとれたかをよく調べてみなかった。その手袋がとっくの昔、運転手に与えられたことを少しも知らずにいたのです。なんというつまらないしくじりだったでしょう。小山田さんの致命傷はやっぱり僕の前の推察通りだと思います。ただ違うのは小山田さんが窓のそとからのぞいたのではなくて、多分はあなたと情痴の遊戯中に（だからあのかつらをかぶっていたのでしょう）あなたが窓の中からつきおとしたのです。

さあ、静子さん。僕の推理が間違っていましたか。なんとか返事をしてください。できるなら僕の推理を打ち破ってください。ねえ、静子さん」

私はグッタリしている静子の肩に手をかけて、軽くゆすぶった。だが、彼女は恥と後悔のために顔を上げることができなかったのか、身動きもせず、ひとことも物をいわなかった。

私は言いたいだけ言ってしまうと、ガッカリして、その場に茫然と立ちつくしていた。私の前には、きのうまで私の無二の恋人であった女が、傷つける陰獣の正体をあらわにして倒れている。それをじっと眺めていると、いつか私の眼は熱くなった。

「では僕はこれで帰ります」私は気を取りなおしていった。「あなたは、あとでよく考えてください。そして正しい道を選んでください。僕はこのひと月ばかりのあいだ、あなたのお蔭で、まだ経験しなかった情痴の世界を見ることができました。そして、それを思うと、今でも僕はあなたと離れがたい気がするのです。しかし、このままあなたとの関係を続けて行くことは、僕の良心が許しません……ではさようなら」

　私は静子の背中のミミズ脹れの上に、心をこめた接吻を残して、しばらくのあいだ彼女との情痴の舞台であった、私たちの化物屋敷をあとにした。空はいよいよ低く、気温は一層高まってきたように思われた。私はからだじゅう無気味な汗にひたりながら、そのくせ歯をカチカチいわせて、気ちがいのようにフラフラと歩いて行った。

12

　そして、その翌日の夕刊で、私は静子の自殺を知ったのだった。

　彼女はおそらくは、あの洋館の二階から、小山田六郎氏と同じ隅田川に身を投じて、覚悟の水死をとげたのである。運命の恐ろしさは、隅田川の流れ方が一定しているために起こったことではあろうけれど、彼女の死体は、やっぱり、あの吾妻橋下の汽船発着所のそばに漂っていて、朝、通行人に発見されたのであった。

　何も知らぬ新聞記者は、その記事のあとへ、「小山田夫人は、おそらく夫六郎氏と同じ犯人の手にかかって、あえない最期をとげたものであろう」と付け加えた。

　私はこの記事を読んで、私のかつての恋人の可哀そうな死に方を憐れみ、深い哀愁を覚えたが、それはそれとして、静子の死は、彼女が彼女の恐ろしい罪を自白したも同然で、まことに当然の成り行きであると思っていた。ひと月ばかりのあいだは、そんなふうに信じきっていた。

だが、やがて、私の妄想の熱度が、徐々に冷えて行くにしたがって、恐ろしい疑惑が頭をもたげてきた。

私はひとことさえも、静子の直接の懺悔を聞いたわけではなかった。さまざまの証拠が揃っていたとはいえ、その証拠の解釈はすべて私の空想であった。二に二を加えて四になるというような、厳正不動のものではあり得なかった。現に私は、運転手の言葉と、灰汁洗い屋の証言だけをもって、あの一度組み立てたまことしやかな推理を、さまざまの証拠を、まるで正反対に解釈することができたではないか。それと同じことが、もう一つの推理にも起こらないとどうして断言できよう。

事実、私はあの土蔵の二階で静子を責めた際にも、最初は何もあんまでするつもりではなかった。静かにわけを話して、彼女の弁明を聞くつもりだった。それが、話の半ばから、彼女の態度が変に私の邪推を誘ったので、ついあんなに手ひどく、断定的に物を言ってしまったのだ。そして、最後にたびたび念を押しても、彼女が押しだまって答えなかったので、てっきり彼女の罪を肯定したものと独り合点をしてしまったのだった。だが、それはあくまでも独り合点ではなかったであろうか。

なるほど、彼女は自殺をした（だが果たして自殺であったか。他殺！　他殺だとしたら下手人は何者だ。恐ろしいことだ)。自殺をしたからといって、それが果たして彼女の罪を証することになるであろうか。もっとほかに理由があったかもしれないではないか。例えば、たよりに思う私から、あのように疑い責められ、まったく言い解くすべがないと知ると、心の狭い女の身では、一時の激動から、つい世を果敢《はか》なむ気になったのではあるまいか。

とすれば、彼女を殺したものは、手こそ下さね、明らかにこの私であったではないか。私はさっき他殺ではないかといったけれど、これが他殺でなくてなんであろう。

だが、私がただ一人の女を殺したかもしれないという疑いだけなれば、まだしも忍ぶことができる。ところが、私の不幸な妄想癖は、もっともっと恐ろしいことさえ考えるのだ。

彼女は明らかに私を恋していた。恋する人に疑われ、恐ろしい犯罪人として責めさいなまれた女の心を考えてみなければならない。彼女は私を恋すればこそ、その恋人の解きがたい疑惑を悲しめばこそ、ついに自殺を決心したのではないだろうか。

また、たとえ私のあの恐ろしい推理が当たっていたとしてもだ、彼女はなぜ長年つれ添った夫を殺す気になったのであろう。自由か、財産か、そんなものが、一人の女を殺人罪におとしいれるほどの力を持っているだろうか。それは恋ではなかったか。そして、その恋人というのは、ほかならぬ私ではなかったか。

ああ、私はこの世にも恐ろしい疑惑をどうしたらよいのであろう。静子が他殺者であったにしろ、なかったにしろ、私はあれほど私を恋い慕っていた可哀そうな女を殺してしまったのだ。私は私のけちな道義の念を呪わずにはいられない。世に恋ほど強く美しいものがあろうか。私はその清く美しい恋を、道学者のようなかたくなな心で、無残にもうちくだいてしまったのではないか。

だがもし彼女が私の想像した通り大江春泥その人であって、あの恐ろしい殺人罪を犯したのであれば、私はまだいくらか安んずるところがある。とはいえ、今となって、それがどうして確かめられるのだ。小山田六郎氏は死んでしまった。小山田静子も死んでしまった。そして、大江春泥は永久にこの世から消え去ってしまったとしか考えられぬではないか。本田は静子が春泥の細君に似ているといった。だが似ているというだけで、それがなんの証拠になるのだ。

私は幾度も糸崎検事を訪ねて、その後の経過を聞いてみたけれど、彼はいつも曖昧な返事をするばかりで、大江春泥捜索の見込みがついているとも見えない。私はまた、人を頼んで、平田一郎の故郷である静岡の町を調べてもらったけれど、まったく架空の人物であってくれればよいという空頼みの甲斐もなく、今は行方不明の平田一郎なる人物があったことを報じてきた。だが、たとえ平田という人物が実在していたところで、彼がほんとうに静子のかつての恋人であったところで、それが大江春泥であり小山田氏殺害の犯人であったと、どうして断定することができよう。彼はいま現にどこにもいないのだし、静子はただ昔の恋人の名を、一人三役の一人の本名に利用しなかったとはいえないのだから。さらに、私は親戚の人の許しを得て、静子の持ち物、手紙類などをすっかり調べさせてもらった。そこからなんらかの事実を探り出そうとしたのだ。しかしこの試みもなんのもたらすところもなかった。

私は私の推理癖を、妄想癖を、悔んでも悔んでも悔み足りないほどであった。そして、できるならば、平田一郎の大江春泥の行方を探すために、たとえそれがむだだとわかっていても、日本全国を、いや世界の果てまでも、一生涯巡礼をして歩きたいほどの気持になっている。

だが、春泥が見つかって、彼が下手人であったとしても、またなかったとしても、それぞれ違った意味で、私の苦痛は一そう深くなるかもしれないのだが。

静子が悲惨な死をとげてから、もう半年にもなる。だが、平田一郎はいつまでたっても現われなかった。そして私の取りかえしのつかぬ恐ろしい疑惑は、日と共に深まって行くばかりであった。

編者解説

日下三蔵

江戸川乱歩の名前を知らない人は、ほとんどいないと思うが、具体的に何をした人か、というと、答えられない人がいるかもしれない。乱歩の果たした仕事は数多いが、大ざっぱに分類すれば、四つの功績をあげることができるだろう。

まず一つは、初期の短篇群によって、日本に本格推理小説をもたらしたこと。日本の探偵小説が、まだ勃興《ぼっこう》期にあった大正十二年に、処女作「二銭銅貨」をひっさげて颯爽《さっそう》と登場した乱歩は、以後、「恐ろしき錯誤」「D坂の殺人事件」「心理試験」「灰神楽《はいかぐら》」「何者」といった傑作短篇を次々と発表、日本でも欧米に負けない本格ミステリが書かれ得ることを、実作で示してみせた。

第二に、『一寸法師』以下の長篇で一般読者を、『少年探偵団』シリーズで年少の読者をそれぞれ開拓し、推理小説の普及に絶大な貢献を果たしたこと。大正十五（昭和元）年の『一寸法師』に始まる、いわゆる乱歩の「通俗もの」は、トリックやプロットを外国の作品から借用したものが多いが、第一級のストーリーテリングで、読むものを飽かせない。『孤島の鬼』『蜘蛛男《くもおとこ》』『魔術師』『黄金仮面』『吸血鬼』といった長篇で、まだまだマイナーな存在だった探偵小説の面白さを、広く一般にアピールした功績は大きい。また、『少年探偵団』については、いうまでもないだろう。いまだに版を重ねている不朽の人気シリーズで、子供のころに読まなかったという人の方が少ないのではないだろうか。

第三に、欧米のミステリを系統だてて日本に紹介したこと。自らが熱狂的なマニアだった乱歩は、原書で外国の作品を読み漁り、これは、と思うものについては実に熱っぽい筆で内容を紹介している。特に、昭和二十年代には、海外ミステリ紹介の第一人者として活躍、初期のハヤカワ・ポケット・ミステリも、ほとんど乱歩が解説を書いているほどだ。乱歩の熱意の結晶のようなミステリ評論集『幻影城』（双葉文庫／日本推理作家協会賞受賞作全集）を読めば、紹介された本を手に取らずにはいられなくなってしまうだろう。

第四に、新人作家の育成に全力を注いだこと。戦後に登場した推理作家は、みな大なり小なり乱歩の世話になっているといっても過言ではない。見知らぬ人から送られてきた推理小説の原稿にも必ず目をとおし、時には朱を入れて返したという。そのいい例が高木彬光だ。また戦後最大のミステリ専門誌『宝石』の経営が悪化したときには、自ら編集長に就任して、私財をつぎこんでいるし、江戸川乱歩賞設立の基金も、乱歩のポケットマネーから出ている。推理小説にかける情熱は余人の及ぶところではなく、乱歩なくして日本ミステリの発展はなかったといってまちがいない。

乱歩の業績は、だいたい以上のようなものだが、だから現在でも有名な大作家なのか、というと、実はそうではない。もっとも重要なのは、乱歩の小説がズバ抜けて面白い、という点にあるのだ。とにかく一冊でも読めば、お解りいただけると思うが、乱歩の小説はどれも面白い。今から六十―七十年も前に発表された作品なのに、まるで古びていないのは、ほとんど驚異的ですらある。

本書には、そうした乱歩の作品群の中から、怪奇・幻想ものの傑作八篇を収めた。乱歩の中・短篇は、謎解《なぞと》き興味の本格ミステリと、猟奇趣味の怪奇・幻想小説の二つの系統があるが、本書のように、どちらかの系統にしぼったテーマ別の傑作集は、今まであまりなかった。一つには、乱歩の小説作品は文庫版で二十―三十冊の分量しかないため、春陽文庫（全三十巻）、角川文庫（旧版／全二十巻）、創元推理文庫（既刊二十七巻／刊行中）等のように、全作品を出してしまうケースが多かったためもあるだろう。逆に、新潮文庫版『江戸川乱歩傑作選』等は、二つの系統からバランスよく作品をとっているので、まったくの初心者の入門には適しても分量の点でやや物足りない。本格ミステリ系の傑作集としては、明智小五郎が登場する作品だけを集めて九五年に刊行された『明智小五郎全集』（講談社文庫／大衆文学館）があるが、本書はこれと対をなす、怪奇・幻想ものの ベストコレクションといっていいだろう。とにかく傑作中の傑作、代表作中の代表作ばかりをそろえたので、初めて乱歩を読むという方はもちろん、すべてのミステリファン、ホラーファンに、自信を持っておすすめできる。
以下、各篇について、乱歩自身のあとがきをまじえながら、簡単にご紹介していこう。

人間椅子（「苦楽」大正十四年十月号）
閨秀《けいしゅう》作家・佳子女史が受け取った手紙は、今ならさしずめストーカーともいうべき人物からのものであった。その、思わず後ろを振り向きたくなるような不気味さと、ラストの鋭い切れ味がうまくマッチして、鮮やかな印象を残す一篇。掲載誌の読者投票で、一位になったというのもうなずける佳品である。

鏡地獄（「大衆文芸」大正十五年十月号）
発表誌の「大衆文芸」は、白井喬二、国枝史郎、小酒井不木、直木三十五といった、そうそうたるメンバーで構成された作家クラブ「二十一日会」の機関誌。「ある通俗科学雑誌の読者欄に、『球形の内部を鏡にして、その中にはいったら、どんな像が写るでしょうか』という質問があり、私はそれを読んで怖くなり、その怖さを短篇小説に書きあげたのがこの『鏡地獄』である」というが、随筆「レンズ嗜好《しこう》症」、あるいは『湖畔亭事件』や『パノラマ島奇談』といった作品を見れば解るように、もともと乱歩にはレンズへの恐怖と興味があり、本篇は、それが最良の形で結晶したものといえるだろう。三十枚を一晩で一気に書き上げたというだけあって、完成度の高い緊密な作品に仕上がっている。

人でなしの恋（「サンデー毎日」大正十五年十月一日号）

ある未亡人の回想記という形をとった、スリル満点の逸品。果たして、亡夫が夜な夜な通う土蔵の二階には、何があったのか？　自作に厳しい乱歩も「私自身はやや気にいっている作品の一つ」という本篇は、「ホラー」というよりは、古風に「怪談」と呼びたいような正統派の怪異譚《たん》である。

芋虫（「新青年」昭和四年一月号）

初出時タイトルは「悪夢」。戦争で両手両足を喪《うしな》い、耳と口もつぶれてしまった須永中尉と、時子夫人の歪《ゆが》んだ愛のかたちを描いた、なんとも凄《すさ》まじい一篇。発表当時、戦争の悲惨さをえぐったとして左翼から称賛され、逆に当局からは発売禁止の指示を受けたというが、もちろん乱歩自身の思惑は、そうしたイデオロギーとはまったく関係がなく、「この作は極端な苦痛と、快楽と、惨劇とを書こうとしたもので、人間にひそむ獣性のみにくさと、怖さと、物のあわれともいうべきものが主題であった。反戦的な事件を取り入れたのは、偶然それが最もこの悲惨を語るのに好都合な材料だったからにすぎない」という。

白昼夢（「新青年」大正十四年七月号）

原稿用紙にして十枚ほどの掌篇だが、タイトルどおり、むしあつい昼間にふと垣間見《かいまみ》た、悪夢のような一篇である。作品中に登場する「屍蠟《しろう》」は、死体が流水に触れていたときなどに、まるで蠟人形のように凝固する現象で、横溝正史の『八つ墓村』でも印象的な使われ方をしていたので、ご記憶の方も多いのではないだろうか。

踊る一寸法師（「新青年」大正十五年一月号）

乱歩の怪奇・幻想小説のベストテンを作ったら、おそらく完成度の高い幻想小説の名品「押絵と旅する男」（角川ホラー文庫『屋根裏の散歩者』所収）がトップになると思う。しかし、私は、それとは対極に位置する、ゲテモノ趣味横溢《おういつ》の本篇をベストに推したい。猟奇的な見世物小屋を舞台に、思いきって残虐なストーリーに徹した作品で、「小人の復讐《ふくしゅう》」というモチーフは、乱歩もお気に入りのE・A・ポーの傑作『ちんば蛙』を下敷きにしたものだ。ショッキングなラストシーンは、一度読んだら忘れられない、異様な迫力に満ちている。

パノラマ島奇談（「新青年」大正十五年十月号―昭和二年四月号）

初出時タイトルは「パノラマ島奇譚」。「当時の同誌編集長は横溝正史君で、同君の巧みな勧めによって執筆したもの」だという。人工楽園建設の夢を奔放に綴《つづ》った本篇は、めくるめくような極彩色のイメージで、読むものを圧倒する。ラストには探偵役の人物との対決シーンも用意されてはいるが、あくまでも幻想の中での謎解きにとどまっており、作品全体の雰囲気を破壊するものではない。ストーリー的には破天荒もいいところだが、ここには誰もが共感せずにはいられない原始的な夢が、乱歩特有の筆力で熱っぽく描かれており、萩原朔太郎や三島由紀夫が本篇を絶賛した理由も、そこにあると思われる。

陰獣（「新青年」昭和三年八月増刊号―十月号）

　謎解きものの骨格に、怪奇小説の肉付けをほどこしたような本篇においては、乱歩のもつ二つの嗜好が見事に融合をとげている。ミステリファンと怪奇ファンのどちらをも満足させうる、希有《けう》な作品といえるだろう。本篇は、横溝正史編集長が別の雑誌にうつる直前の「新青年」に発表されたが、乱歩が一年三ヶ月にわたる沈黙を破った作品だったということもあって、おおいに評判となった。完結篇が掲載された号は完売し、雑誌としては異例の再版、三版が発行されたというから、その反響の大きさが知れようというものだ。横溝正史は、「『パノラマ島奇譚』と『陰獣』が出来る話」で、次のように回想する。

〈果たして増刊が出るや騒然たる話題を呼んだ。乱歩はそのことを私の提灯記事がよかったからだと、「『陰獣』回顧」のなかでしきりに感謝しているが、私はべつに商売気を出して、心にもない提灯記事を書いたわけではない。私の興奮がそのまま筆に乗り移ったのであろう。（中略）私の雑誌記者生活は短かったけれど、その後もたえずジャーナリズムと接触を保ってきた身である。わずか百七十五枚の長さの小説で、あれほど騒がれた小説の例はあとにもさきにも私は知らない〉

本篇では、作中の探偵作家・大江春泥が、乱歩自身を彷彿《ほうふつ》させるように設定されていること自体が、一つのトリックになっており、そうした先入観にとらわれていると、みごとな背負い投げをくらうことになる。文句なしに乱歩のベスト級作品の一つである。

乱歩の怪奇小説は、数がそれほど多くないかわりに、同じパターンの作品もほとんどなく、それぞれが独創性にあふれている。おかげで本書も、実にバラエティ豊かな作品集となった。現代ホラーの原点ともいうべき乱歩の傑作を、ぞんぶんに楽しんでいただきたいと思う。

角川文庫新版への追記

本書は、一九九七（平成九）年十二月に角川ホラー文庫の一冊として刊行された『江戸川乱歩怪奇幻想傑作選　鏡地獄』の新装版である。二十年以上前、フリーになったばかりの時に声をかけていただき、力を入れて編集した本だったから、読者アンケートで上位に入って復刊されると聞いた時にはうれしかった。やはり角川ホラー文庫で編んだ『夢野久作怪奇幻想傑作選　あやかしの鼓』『新青年傑作選　爬虫館事件』などと共に、本書のセレクトには、今でも自信と愛着がある。

乱歩は六五年に亡くなっているので、その業績や各作品の内容について記した部分については、特に変更はない。「今から六十—七十年も前に発表された作品」という箇所も、旧版のまま残したが、無論これは九七年における記述だから、本書を二〇一九年に読む皆さんは「八十—九十年」、それ以降に手に取った皆さんは、適宜年数を加算してお読みいただきたい。

変わったのは乱歩作品の出版状況で、講談社文庫コレクション大衆文学館はシリーズごとなくなり、『明智小五郎全集』は買えなくなってしまった。明智ものについては、集英社文庫から『明智小五郎事件簿』（全十二巻／二〇一六～一七年）が刊行されていて、これは全作品を作中の事件の発生順に並べたものである。

新潮文庫の『江戸川乱歩傑作選』は相変わらず乱歩の文庫最長のロングセラーとして君臨しているが、縁あって二〇一六年に同文庫で姉妹編『江戸川乱歩名作選』を編む機会を得た。乱歩の本格系統の傑作も気になるという方は、こちらの二冊をぜひ手に取っていただきたい。怪奇幻想系の短篇では本書との重複もあり、『傑作選』では九篇中「人間椅子」「鏡地獄」「芋虫」の三篇、『名作選』では七篇中「人でなしの恋」「白昼夢」

「踊る一寸法師」「陰獣」が重なっている。その代わり『名作選』では、本書の旧版刊行時に角川ホラー文庫の既刊『屋根裏の散歩者』に収録されていたため省かざるを得なかった「押絵と旅する男」を読むことが出来る。

二〇〇三年から〇六年にかけて光文社文庫から刊行された『江戸川乱歩全集』（全三十巻）が、乱歩の全集としては最新版になる。これは第二十三巻までに少年ものを含めた全作品を、発表年代順に収めている（第二十四巻以降はエッセイと評論）。乱歩のすべてを読んでみたいと思われた方は、この全集に進んでいただくのがいいだろう。

本書は、角川ホラー文庫版（一九九七年十二月一日初版）を底本としています。

本文中には、気ちがい、躄《いざり》、狂人、廃人、不具者、低能、片輪もの、畸形、ジプシー、白痴、つんぼ、唖《おし》、癩病やみといった差別語、ならびに今日の人権擁護の見地に照らして不適切と思われる表現がありますが、作品舞台の時代背景や発表当時の社会状況、また、作品の文学性や著者が故人であることなどを考え合わせ、底本のままとしました。

（編集部）

鏡地獄《かがみじごく》

江戸川乱歩《えどがわらんぽ》

平成31年 3月25日 初版発行
令和2年 4月25日 4版発行

発行者●郡司 聡

発行●株式会社KADOKAWA
〒102-8177 東京都千代田区富士見2-13-3
電話 0570-002-301(ナビダイヤル)

角川文庫 21509

印刷所●株式会社KADOKAWA
製本所●株式会社KADOKAWA

表紙画●和田三造

Printed in Japan
ISBN 978-4-04-107932-4 C0193

◆◇◇

角川文庫発刊に際して

角川源義

第二次世界大戦の敗北は、軍事力の敗北であった以上に、私たちの若い文化力の敗退であった。私たちの文化が戦争に対して如何に無力であり、単なるあだ花に過ぎなかったかを、私たちは身を以て体験し痛感した。西洋近代文化の摂取にとって、明治以後八十年の歳月は決して短かすぎたとは言えない。にもかかわらず、近代文化の伝統を確立し、自由な批判と柔軟な良識に富む文化層として自らを形成することに私たちは失敗して来た。そしてこれは、各層への文化の普及滲透を任務とする出版人の責任でもあった。

一九四五年以来、私たちは再び振出しに戻り、第一歩から踏み出すことを余儀なくされた。これは大きな不幸ではあるが、反面、これまでの混沌・未熟・歪曲の中にあった我が国の文化に秩序と確たる基礎を齎らすためには絶好の機会でもある。角川書店は、このような祖国の文化的危機にあたり、微力をも顧みず再建の礎石たるべき抱負と決意とをもって出発したが、ここに創立以来の念願を果すべく角川文庫を発刊する。これまで刊行されたあらゆる全集叢書文庫類の長所と短所とを検討し、古今東西の不朽の典籍を、良心的編集のもとに、廉価に、そして書架にふさわしい美本として、多くのひとびとに提供しようとする。しかし私たちは徒らに百科全書的な知識のジレッタントを作ることを目的とせず、あくまで祖国の文化に秩序と再建への道を示し、この文庫を角川書店の栄ある事業として、今後永久に継続発展せしめ、学芸と教養との殿堂として大成せんことを期したい。多くの読書子の愛情ある忠言と支持とによって、この希望と抱負とを完遂せしめられんことを願う。

一九四九年五月三日

黒蜥蜴と怪人二十面相

江戸川乱歩

カバーイラスト 泳与

文豪ストレイドッグスとのコラボカバーで復刊！

妖艶な美貌と大胆なふるまいで暗黒街の女王として君臨する「黒蜥蜴《くろとかげ》」。この稀代の女賊が、名探偵・明智小五郎の目の前で宝石商の愛娘の誘拐を試みた！(「黒蜥蜴」)。ある日、実業界の大物の家に「ロマノフ王家の大金剛石《ダイヤモンド》六顆《か》を近日中に頂戴する」と記された二十面相からの予告状が届く。怪人と名探偵、初めての対決！(「怪人二十面相」)。乱歩作品の中でも屈指の人気を誇る、明智小五郎の二大ライバルが一冊で楽しめる。解説・東雅夫

角川文庫

ISBN 978-4-04-107931-7